2021

中国少数民族
文学之星丛书

"80后"少数民族作家群研究

李晓伟 著

作家出版社

图书在版编目（CIP）数据

"80后"少数民族作家群研究 / 李晓伟著．-- 北京：作家出版社，2021.11

（中国少数民族文学之星丛书·2021年卷）

ISBN 978-7-5212-1521-2

Ⅰ.① 8… Ⅱ.① 李… Ⅲ.① 少数民族 - 作家群 - 研究 - 中国 - 当代 Ⅳ.① I206.7

中国版本图书馆 CIP 数据核字（2021）第 181104 号

"80后"少数民族作家群研究

作　　者：李晓伟
责任编辑：史佳丽　李亚梓
特约编辑：刘　皓
装帧设计：孙惟静
出版发行：作家出版社有限公司
社　　址：北京农展馆南里 10 号　　　邮　编：100125
电话传真：86 - 10 - 65067186（发行中心及邮购部）
　　　　　86 - 10 - 65004079（总编室）
E - mail: zuojia@zuojia. net. cn
http: // www. zuojiachubanshe. com
印　　刷：三河市北燕印装有限公司
成品尺寸：152×230
字　　数：228 千
印　　张：18.5
版　　次：2021 年 11 月第 1 版
印　　次：2021 年 11 月第 1 次印刷
ISBN 978-7-5212-1521-2
定　　价：46.00 元

编委会名单

主　任：邱华栋

副主任：彭学明　黄国辉

编　委：

霍俊明　付秀莹　颖　慧　刘大先　舒晋瑜

周　芳　杨玉梅　陈　涛　刘　皓　李　婧

以民族的情意，打造文学的星辰

——"中国少数民族文学之星"丛书总序

邱华栋　彭学明

"中国少数民族文学之星"丛书是中国作家协会少数民族文学发展工程的一个新项目，于2018年开始实施，由中国作家协会创作联络部具体组织落实。出版"中国少数民族文学之星"丛书的目的，是重点培养少数民族文学中青年作家，打造少数民族文学精品，为那些已经在少数民族文学界和全国文学界成绩斐然、广有影响的少数民族中青年作家再助一力，再送一程，从而把少数民族文学最优秀的中青年作家集结在一起，以最整齐的队伍、最有力的步伐、最亮丽的身影，走向文学的新高地，迈向文学的高峰，让少数民族文学的星空星光灿烂，少数民族文学的长河奔流不息。以文学的初心，繁荣民族的事业；以民族的情意，打造文学的星辰。

入选"中国少数民族文学之星"丛书的作家，必须是年龄在50岁以下的、在少数民族文学界和全国文学界广有影响的少数民族作家。不管是否出版过文学书籍，只要其作品经过本人申请申报、各团体会员单位推荐报送、专家评审论证和中国作协书记处审批而入选的，中国作协将在出版前为其召开改稿会，请专家为其作品望闻问切，以修改作品存在的不足，减少作品出版后无法弥补的遗憾。待其作品修改好后，由中国作协统一安排出版，并进行广泛的宣传推广。

中国是一个多民族的大家庭。每一个民族都沐浴着党的民族政策的光辉、感受着党的民族政策的温暖，都在党的民族政策关怀下，蓬勃发展，欣欣向荣。在这个伟大的新时代，我们正创造着中华民族的新辉煌。每一个民族的发展与巨变，每一个民族的气象与品质，都给我们提供了生生不息的创作源泉。我们每一个民族作家，都应该以一种民族自豪感，去拥抱我们的民族，以一种民族责任感，为我们的民族奉献。用崇高的文学理想，去书写民族的幸福与荣光、讴歌民族的伟大与高尚；以文学的民族情怀，去观照民族的人心与人生、传递民族的精神与力量。

我们期待每一位少数民族作家，都能够到火热的生活中去，到广大的人民中去，立心，扎根，有为，为初心千回百转，为文学千锤百炼，写出拿得出、立得住、走得远、留得下的文学精品。不负时代。不负民族。不负使命。

目 录

少数民族文学的同时代批评　刘大先　/1

少数民族文学的同时代批评

——《"80后"少数民族作家群研究》序

刘大先

2017年4月10日，我去南宁参加《民族文学》杂志社联合广西民族大学、广西作家协会在南宁举办的"少数民族'80后''90后'作家对话会"。记得当时有蒙古、回、藏、苗、彝、壮、布依、满、白、土家、哈萨克、黎、佤、畲、东乡、达斡尔、羌、仡佬等民族的青年作家参加。李晓伟那时候已经博士毕业在山东理工大学任教，没有参加，不过这倒不妨碍他在《"80后"少数民族作家群研究》一书的材料搜集——"80后"的主要少数民族作家几乎全都有所涉猎。

晓伟曾求学于兰州、南京，又到淄博工作，选择少数民族文学这样的题目应该与他的出身背景有关。这个来自大理的白族孩子平日沉默寡言，但是我有时候能在他的社交账号上读到他充满个性与内在激情的文字。尽管早已离开故乡，但他始终没有忘怀边地与边缘，同时他自己也是一个"80后"，与他的对象同步前行，所以这本书也是"同时代"批评的一个案例。

作家的代际划分无疑是一种现代时间观念，暗示了一种年代更迭所带来的技法与观念的转移，指向于对变化的认知与渴求。但是，并非在当代写作的作家及其作品就一定是当代的，后一代的作家作品也不一定就会区别或者超越于其前辈，这是文学的特殊性，不同于科学技术上进化式的更新换代，它带有一种夹杂着滞后性与恒久性叠合的特质。滞后性指的是生活与文学之间的不同步，因为审美创造需要一定的时空距离感；恒久性指的是好的作品即便从具体事物出发，但总会（意图）超越于一时一地的特殊性。因此，某个代际，尤其是以十年为标识的代际比如"70后"或"80后"可能并不能明确显现出某种群体特点，但词语与概念往往具有约定俗成的效力——当媒体乃至专业期刊都在使用，并且有学者不断对其进行阐述与解释时，它也便具有了实在性。

一般而言，"80后"作家最初指的是在20世纪末伴随"新概念作文大赛"、互联网与商业营销策划所涌现出来的"青春文学"，他们或多或少具有某种共性，带有散淡的共同体意味。但随着进入新世纪以来文学生态场域的变化，"80后"更多成为一种客观时间的标记，也就是说，尽管主观上有着种种观念上的期待，客观上它成为一种被武断抽取的时间切片，用以命名与观察特点年龄段的作家们的创作与活动。在这个客观截取的时间段中，不同的写作者可能与时代同频共振，也可能迟滞迂回，也许有着相似的感受方式与表述形式，更也许不过是在纯粹偶然性中成为同时异代者。晓伟并没有纠结在代际的概念纠缠当中，事实上，他只是将其挪用过来。他很清楚所谓的"'80后'少数民族作家"与整体分享着相近的特质与资源，但因为他们特殊的民族身份和文化背景，而逐渐生发出更趋多元的写作向度。

全书分为五个章节，第一章"代际浮现的常与变"就是体现出在时代共性标签中作为少数民族写作者的生长性，他们很多从"青春文学"起步，呈现出另一种青春的面貌，同时也逐渐探索自己的叙事结构、讲述声音与美学风格。第二章"大、小乡土之间"也有着类似的情况，

"80后"少数民族作家身处城乡变革剧烈的时代，同样感受到普遍性的"大乡土"现代性转型。与此同时，"少数民族文化中对于自然万物的神性崇拜使得这些作家们与泥土的联系会更加的别致，另外，由于'少数民族'身上特有的'边地'色彩使得他们的创作本身就有着别致的韵味，不但在文化书写方面提供了与中原不一样的民族民俗、风情，而且'边地'的雪域高原、崇山峻岭以及神秘巫医等等也都展现出能与主流拉开距离的独特的审美风韵，这是一种不一样的乡土风景。同时，在他们异域眼光的打量中，更能对古老的中华大地作出深刻剖析，也就是说，这样的'风景'也意味着是某种深刻。这样独特的'风景'源自边地的独特，每位作家触摸到的都是属于自我的故土家园，从这里生发的文学也就构建了他们自己的一方'文学地理'"。我认为晓伟对"小乡土"的发现是有意义的，往往我们无所用心的套用"乡土中国"的说法的时候，可能不自觉地同农耕文化关联在一起，但是事实上中国不仅仅有农耕文化（这其中还包含稻作为主与麦作为主的差别），还有游牧文化、渔猎文化，只有形形色色的"乡土"辐辏在一起，才构成一幅完整的中国文化版图。

如果说前两章主要着眼于题材，那么第三章"讲故事的人"、第四章"多维的现实"和第五章"边缘书写的活力"则着重于形式与主题。晓伟敏锐地发现，"80后"少数民族作家的写作走出青春成长故事、走出代言体的寓言写作，开始"讲故事"，"通过'故事'的讲述也即对自己民族传统中天然神性的书写，透射出了民族志书写的雄心壮志，从探寻'我是谁''我从哪里来'开始，最终他们将要完成的是对'我往何处去'的解答"。这种说法不无拔高之嫌，但某种意义上也是一种期许，就同时代批评而言，是与作家一起寻找方向。通过对小说、散文、诗歌乃至报告文学文本的解读，晓伟将"80后"作家所呈现出来的现实的多重褶皱厘析出来，其中还有关于性别书写的独特见解，并且将目光伸展到了海外题材书写。最后还附有几位作家的访谈录，所有这一切都显示出他的扎实与诚恳。

本书涉及的“80后”少数民族作家、诗人，有白族的冯娜、鲁娟、何永飞、李达伟，蒙古族的陈萨日娜、鲍尔金娜、陈璐，回族的马金莲、石彦伟，畲族的朝颜，彝族的包倬、阿微木依萝、加撒古浪、阿索拉毅、英布草心、吉克阿优，满族的周子湘、杨蓥莹，达斡尔族的晶达，土家族的陈克海、向迅、米米七月、陈丹玲，藏族的拉先加、雍措，哈尼族的秋古墨，佤族的张伟锋，羌族的羌人六，壮族的陶丽群、韦孟驰，哈萨克族的艾多斯·阿曼泰，仡佬族的弦河，台湾原住民布农人作家裴立安等，其中不乏鲁迅文学奖、骏马奖得主。我陆续参加过第十一届（2016年）、第十二届（2020年）全国少数民族文学创作“骏马奖”的评选工作，从2016年开始就有一个直观感受，“70后”、“80后”日益成为当代少数民族文学创作的中坚力量，代际更替基本上到2020年已经完成。这当然是自然时间带来的结果，但也显示出“80后”少数民族作家确实无论从数量还是体量上来说，都已然成为一种可以独立讨论的群体。

晓伟此书的好处是没有刻意寻求某种“民族性”，而是径直从这些少数民族作家的文本出发，即无论他们的作品是少数民族题材还是非少数民族题材，都一视同仁，而只是将少数民族身份作为讨论对象的选取标准。这符合当代文学批评的客观性，而没有将少数民族文学狭窄化，也就意味着少数民族与主体民族都是同时代人，面对的是同样的时空、科技、人文与生活现实。需要指出的是，他所谈论的对象其中有许多显然是无法“经典化”的平凡之人与平庸之作，也恰是在这样的地方显示出一个批评家的职业道德：他不能仅仅凭借某种单一的标准选择那些"好"的作品，也要关注那些一般的、普通的作品，唯有如此才能展示出一个时代真正意义上整体的文学风貌与文化生态。

几年前，我曾经在一篇文章中谈到过少数民族文学的"内卷化"问题，意指那种日益收缩、向内生长的现象，在创作上的具体表现为题材的窄化，情节结构的套路化，人物形象的扁平倾向，美学风格的自我风情化，价值理念的偏狭。比如，新世纪以来的少数民族文学创作中经常可以看到某些模式化的现象：历史叙述接受新历史小说所形成的那种个人主义史观，以家族史、情感史、生活史取代此前的革命史、斗争史和解放史，并且将族群与地方结合，形成与中华民族和国家的映照结构，从而割裂了具体族群与整个国家历史进程的关联，成为一种封闭叙事的想象套路。现实题材作品则更多聚焦于现代性流播之于边地、边疆的少数民族既有传统的冲击，它们往往会以城市与乡村的二元对立结构出现，乡土、族群、血缘、族群共同体在叙述中成为现代化的牺牲者，其情感结构以对旧有文化的怀旧与缅怀、对新兴文化的怨恨与感伤为主。在影视文学和诗歌之中，源于民间口头传统的滋养作为精神与技术资源依然存在，但因为非物质文化遗产观念的加持，往往对某些已经过时的东西不加辨析与批判，在风景与意象的营造中落入到刻板印象之中，经常出现的是陈腐的观念与内容。八十年代盛行一时的"魔幻现实主义"至今依然是少数民族小说中常见的手法，本来作为未被工具理性所驯化的"诗性思维"或者"元逻辑"，魔幻与超现实手法有其合法性，但在具体作品中我们更多看到的是无所用心的挪用，很多时候不过是观察中偷懒和表述中惰性的表征。

"80后"少数民族作家多少也存在着这种"内卷化"情形，以至于有些少数民族文学研究者与评论者在方法与理念也不自觉地内卷了，机械套用身份认同、族群理论，方法论陈旧，缺乏范式转型。晓伟采取的是通行的当代文学研究方法与观念来观照"80后"少数民族作家这一家族相似的群体，并没有陷入到关于少数民族文学的单一想象之中，从而有效规避了上述问题。他所显示出来的全面的把握、同情的理解与明确的问题意识，反馈给作家们，清晰地勾勒出了他们所处的语境与位置。相信假以时日，能够对青年一代少数民族作家起到良性的影响效果。

是为序。

2021 年 5 月 28 日于北京昌平

绪　论

一、年代的侧影与群体的崛起

新世纪以来，少数民族作家的队伍中涌现出了一大批青年作家，在这其中，"80后"作家是一支不可忽视的文学生力军。因此，作为连接"80后"文学（作家）和少数民族文学（作家）的一个重要纽扣，"80后"少数民族作家逐渐进入了研究者的视野。

在这里笔者愿意用这样一个关键词——"年代"来引出对当下多民族文学中的一些新态势的关注，这一年代当然首先意指文学中的年代书写，但在具体的讨论中，笔者更愿意挖掘的则是作家身上的年代标签，或者说是代际身份。尽管在整个文学场域之中，这群作家们看上去似乎还是文学新军，但在创作中却又呈现出极强的生长力。以自己对"年代"的敏感来书写不一样的年代，就如"80后"回族作家马金莲所言，"以年代为标题，把年份镶嵌进去，便是属于自己的年份书"[①]。

这样的"群体"我们大概可以从"大群体"—"小群体"的对应角度来理解，一方面，整体的"80后"作家在以代际依据命名下呈现出了

---

① 马金莲：《1987年的浆水和酸菜》，广州：花城出版社2016年版，第199页。

大的群体特征，与之相对，在这一大群体之下，我们又可以以少数民族身份来找到一个小的群体，即"80后"少数民族作家群体；另一方面，这样的"大"——"小"又可以理解为大群体意义上的某一个或数个民族"80后"作家，以及小群体意义上的以地域性为特质的"80后"少数民族作家群体。

这些"80后"少数民族青年作家的创作普遍具有一种"双重视界"，即在"母语"与汉语、本民族文化与汉族文化、地方文化与都市文化之间游移，因此，对他们文学创作的研究，对于透视整个文学场域以及展望中华多民族文学的发展都具有典型意义。在这样的代际命名之下，我们获得了一个别样的切入当下文学现场的视角。回溯文学史的线索，我们会发现这些少数民族作家的写作之路大致上是覆盖于整体的"80后"作家潮流之下的，而作为"'80后'少数民族作家"这样一个在身份标识上更加细节化的作家群体称谓被文坛集中关注则要晚一些。2010年，作为唯一的全国性少数民族文学杂志，《民族文学》以专号的形式在4、5、6三期分别推出了蒙古族、藏族、维吾尔族青年作家的作品专集，在这其中，蒙古族作家专号实为"80后"作家专号，而在藏族和维吾尔族作家专号中也有着为数不少的"80后"作家的身影。在随后的两三年时间里，这些"80后"年轻作家便逐渐成为了一些研讨会和文学评奖活动中的主角，如2010年度的首届朵日纳文学奖上，陈萨日娜（蒙古族）的中篇小说《情缘》获得新锐奖，在此次文学奖活动上还同时举办了蒙古族、藏族、维吾尔族青年作家研讨会。随后《民族文学》杂志社又在2013年的第5期推出了"'80后''90后'作家专号"，至此，"80后"少数民族作家群可谓是真正地成形了。事实上，在2012年前后，一部分"80后"少数民族作家如鲍尔金娜（蒙古族）、杨鎏莹（满族）、马金莲（回族）、晶达（达斡尔族）、木琮尔（蒙古族）、陈德根（布依族）、陈克海（土家族）、何永飞（白族）、鲁娟（彝族）、冯娜（白族）、沙力浪（布农族）等也都先后出版了自己的作品，正式地走上了文坛。再到2016年度，又有十余位年轻作家推出了新作，这样集中的亮相可谓是当年度文学界"格外引人注目的一个侧面"①。尤其是在2016年第十一届少数民族文学创作"骏马奖"上，陶丽群（壮族）、雍措（藏族）、马金莲、何永飞、鲁娟这五位"80后"年轻作家脱颖而出，在小说、散文和诗歌几方面分获大奖，而且马金莲还凭借《1987年的浆水和酸菜》获得了第七届鲁迅文学奖的短篇小说奖，这足以说明这一年轻作家群创作的强大实力和生长性。

同时让人感到意外的是，与这些年轻作家们所取得的成绩相比，研究界对于他们的关注度却显得不那么"匹配"。年轻作家在迅速地崛起，但是对于他们的研究并没有能够"升温"。或者换句话说，研究者对这一群"80后"少数民族作家们的关注，更多的时候还是在一个整体的"80后"语境中去考察的。这样一来，一方面"80后"少数民族作家这一个极富创作活力的作家群体所具有的群体性特征就在整体的"80后"文学研究话语中被稀释了；另一方面，因为在整体"80后"文学中特异的少数民族身份的存在，常常使得这部分"80后"少数民族作家被单一地对应到某个民族文学当中，少数民族文学整体上的丰富性和多元化也随之被窄化。有学者就曾表达过这样的忧虑："当某一位少数民族作家创作出产生较大反响的作品时，我们很少或者没有意识到这是中国少数民族文学的收获，从少数民族文学创作的整体高度来界定其意义，而仅仅将之视为某个民族文学的收获，因此，其所具有的改变中国少数民族

---

① 李晓伟：《流动时代的立体书写——2016年度少数民族文学出版掠影》，《中国图书评论》2017年第1期。

文学弱势和边缘地位的意义和影响便被大大削弱和降低。"①

　　再如另一位学者刘大先指出的那样："……但是毋庸讳言，当前的少数民族作家文学批评与主流文学史的书写是脱节的。……少数民族文学批评的捉襟见肘不光表现在少数民族文学批评著作的影响范围局限于民族地区和专门研究机构，更主要在于其研究水准的普遍低下。造成这种状况的原因一方面是由于少数民族作家文学的边缘性地位并没有得到解决相反有日趋严重的倾向，另一方面也是由于批评者话语系统的陈旧有关。"② 事实上不论讨论的出发点为何，这些学者们实际上都是试图在"多民族文学"的视野中来完成对于少数民族文学的重新观照，这也是本书的着眼点之一。

　　同时，这些焦虑实际上也代表着对这群作家展开研究的必要性所在，即在新时代语境下，对多民族文学的整体观照正在召唤着新的批评话语以及进入"多民族文学"这一文学场域的方式。在"前文学史"的语境中，作为文学史写作重要积淀的文学批评因为能够与时下的文学创作保持同步而兼具着记录、筛选、研究等职能。因此，研究的展开也意味着我们对于这一群"80后"少数民族作家所强调的是"在场"的研究、批评，即保持研究与创作之间的互动。因为"文学批评的'介入'，一方面，要求批评者在客观评价的前提之下对于文学的发展保驾护航；另一方面，批评者也与作家、作品一样都是独立的主体，所以'介入'更应该强调一种'对话'，而不是话语霸权。批评者与作家、作品甚至与读者之间都是平等的，在一种互动的交流、对话中共生、发展，并且推动作家继续创作，这是文学得以健康发展的依仗，也是批评的应有

---

① 李晓峰：《中国当代少数民族文学创作与批评现状的思考》，《民族文学研究》2003年第1期。
② 刘大先：《当代少数民族文学批评：反思与重建》，《文艺理论研究》2005年第2期。

之义"①。

二、文学生态场域的扫描

作为考察对象的"80后"少数民族作家，因自身特异的文学色彩和强劲的文学生长力在新世纪多民族文学版图中占据了重要的一角，与此同时，以这个作家群体为主的文学生态场域也在逐渐形成。

相较于同一时代的部分"80后"作家的登场，这些少数民族作家们似乎更青睐于通过传统的文学期刊来开启自己的文学之路，特别是作为中国少数民族文学领域"国刊"的《民族文学》更是这些作家们重要的文学阵地，很多作家的重要作品都是在《民族文学》之上发表，并且在其上发表的作品数量也为数不少②，就如有论者指出的："当代文学期刊形成的等级机制在少数民族作家身份认同的获得过程中表现了出来……文学期刊等级的高低一定意义上决定了少数民族作家身份认同的范围和程度的大小。"③ 作为中国最重要的专门刊发中国少数民族文学作品的刊物，《民族文学》对于年轻作家的成长意义重大。

除此之外，一些着眼于民族文学以及民族区域自治省份或者是有少数民族聚居地区所主办的文学杂志如《回族文学》（新疆）、《满族文学》

---

① 李晓伟：《文学批评不能只把玩理论》，《中国社会科学报》2014年1月13日，第A05版。
② 笔者借助"读秀"学术检索系统，对一部分"80后"少数民族作家的作品发表情况进行了简单的检索，发现截止到2020年10月，这些作家在《民族文学》之上发表的作品数量是很可观的，如包倬有2篇，朝颜有6篇，马金莲有13篇，张伟锋有4篇，晶达有5篇，虽然这是一个不太全面的数据统计，但也能从一个侧面看出一份期刊在作家成长路上的重要性。
③ 陈祖君：《汉语文学期刊影响下的中国当代少数民族文学》，北京：中国社会科学出版社2009年版，第167、168页。

（吉林）、《草原》（内蒙古）、《西藏文学》（西藏）、《朔方》（宁夏）、《边疆文学》（云南）、《山花》（贵州）、《飞天》（甘肃）等，也都是年轻作家们重要的发表阵地。不论是被视为"国刊"的《民族文学》，又或是各地区的文学期刊，这些刊物在不同的地理区域、期刊等级等维度间构建成了少数民族文学的期刊方阵，它们对于少数民族作家、题材等方面的集中关注无疑是从外部来推动和强化了年轻的少数民族作家们对自身民族元素的认识和书写，作家的群体性获得了塑形，这也是"80 后"少数民族作家这一作家群体能够从整体的"80 后"作家乃至是新世纪文学中突围出来的一个重要依仗。①

另外还需要注意到的是，这一批"80 后"可谓是非常独特的一代，他们的成长是合流于中国融入全球化、走向世界的进程中的。在这其中，改革开放、独生子女、互联网、城市化等时代关键词都在他们的身上留下了共同的时代印记。特别是互联网技术在日常生活中的逐渐渗透，让这一代作家们的书写方式也有了巨大的变化。一些作家实际上是以网络作家的身份出道的，例如哈尼族作家秋古墨一开始就在网络上连载自己的作品，有《千年蛊虫》《葬仙》等逾三百万字的长篇小说，到2020 年又推出了新作《妖都行》，连载的方式是比较新颖的，一个是在"知乎"平台上连载的文字版，一个则是在"喜马拉雅 FM"平台上进行的有声版的连载。但秋古墨的创作并不局限于网络，传统的文学形式也在他的手中持续，既有带着网络小说风格的《锦上花》（此作品也曾获得了中国作家协会少数民族文学重点作品扶持项目的资助），也有以冷峻目光审视世态人生的《人间闹剧》，除此之外，他也还有编剧作品，

---

① 例如马金莲在一篇文章中回忆自己的写作与《回族文学》之间的渊源时就如是说："这本刊物之于我，已经不是单纯的一本文学刊物，更像是一种依赖、一个牵挂。它见证了我的成长，我也铭记了自己和它的每个美好瞬间。"见马金莲：《你像一双温暖有力的手》，《回族文学》2017 年第 1 期。

这样丰富的书写形式当然是可以为这一批作家的多元化写作面貌做一个注脚的。

不少"80后"少数民族作家除了以传统的刊物投稿来发表作品之外，还集中在网络空间中进行自己作品的传播，例如利用博客、BBS等社交媒体空间，像向迅（土家族）、李达伟（白族）、何永飞、马金莲、张伟锋（佤族）等都从自己写作之初就开始将自己的作品整理之后发布到博客空间上，一方面，不论在纸媒上发表与否，作品都获得了更多的阅读，实现了从作者到读者的传递；另一方面，这个发表的空间又是开放的，作者与读者、作者与作者都能够在博客空间中与其他人进行交流、对话，所以文学空间实际上是被拓展了，从纸本再到网络虚拟，这显然是传统文学空间无法比拟的。①

在进入新媒体时代以后，文学的书写形式也有了更多的实践，这些作家们在保留着最初的博客空间的同时也开始了新的新媒体平台的实践，如壮族作家韦孟驰的微信公众号"文学营"，专注于广西年轻作家的推广；还有佤族作家张伟锋一直在管理着自己的微信公众号"土木文化传媒"（后更名为"诗与像"）。相较于博客空间，微信公众号的更新和传播要更加迅速、便捷，受众也更加地广泛，同时与传统传媒的差异也反向推动着作家们书写方式的多元化。以张伟锋为例，在他的公众号从"土木文化传媒"更名为"诗与像"后，写作形式的实验性质就被凸显出来了，即如公众号名字所代表的那样，"诗"与"像"也就是文字的诗歌与图像的摄影两种形式的结合，无疑是对文学书写形式的有益尝试。

正如前文所讨论的，各个级别层面的文学期刊互相交错，构建起了一个少数民族文学的方阵，为这些年轻作家的文学成长提供了有效的空

---

① 事实上笔者最初与这些作家就是通过"博客"这一平台相识的，因为有了在这个空间中的多次交流也慢慢成为了很好的朋友。

间。而在这些主流的期刊之外，其实还有着很多民间刊物在为文学默默发声，其中不少都是主要由"80后"的少数民族作家在主持。例如仡佬族作家弦河曾经主持诗歌民刊《佛顶山》，于 2012 年创刊，连续出版 5 期后短暂停刊，后于 2017 年复刊，推出了"少数民族诗歌专号""'80后''90后'少数民族诗人诗选"两期专号，也受到了多方的关注。另外还有彝族诗人阿索拉毅虽然蛰居于大凉山，但却始终以他自己的方式来回应着文坛。阿索拉毅于 2011 年 10 月独立创办了《此岸》诗刊以及"彝族现代诗歌资料馆"，主要通过收集、整理诸多的彝族诗人诗集（实物），包括诗集复印件、诗刊、电子诗集、诗论、彝族古代诗等相关彝族诗歌资料。截止到 2019 年，《此岸》诗刊一共出版 23 期，除一部分为合集外，其他均为各民族诗人作品专集。在主编诗刊之余，阿索拉毅还策划制作推出了"彝诗馆文丛系列作品"，值得注意的是，这些本是个人或是民间的编著，最终都得以正式出版，如《中国彝族现代诗全集（1980—2012）》《中国彝族当代诗歌大系》以及"当代彝族女性文学作品"系列选集等，不仅是对当下文学的记录，也是对过往文学资料的整理、收集。

可以说，这些来自于民间的文学声音与主流的文学期刊方阵为"多民族文学"营构了一个多元的文学场域，而"80后"少数民族作家无疑是这个文学场域中一道独特的年代风景。他们的写作既有着年轻一代的新颖和活力，也有着对传统的承续与发展，"从这些'80后'少数民族作家身上，凸显着'向内'与'向外'两个维度上的思考……这些'80后'年轻作家们思考内心的同时又关切外在，既有着民族性的独到，又同时在努力实现着更为广阔的跨越。"① 这样的"内""外"兼修显然是

---

① 李晓伟：《流动时代的立体书写——2016 年度少数民族文学出版掠影》，《中国图书评论》2017 年第 1 期。

他们群体性的重要特质。

将这些青年作家们以"作家群"的视野加以考察、研究，一方面是对当代文学版图的完善，另一方面则是力图在批评研究与作家创作这一个关系架构中找到一个互动的关节点，这是本书研究的目的之一；其二，"80后"少数民族作家的创作极具生长性，尤其是在新媒介时代背景下，对这样一种在各种平台之上呈现出成长式趋势的文学创作进行追踪式的研究，也是文学研究视野的一次转换；其三，"80后"少数民族青年作家的创作普遍具有一种"双重视界"，即在"母语"与汉语、本民族文化与汉族文化、地方文化与都市文化之间游移，因此，对他们文学创作的研究，对于透视整个文学场域以及展望中华多民族文学的发展都具有典型意义。同时，对于这一年轻创作群体的整体关注与把握，也能够对当代文学，尤其是当代少数民族文学的发展起到前瞻性的指导作用。因此，在接下来的讨论中，我们也将尝试从"80后"少数民族作家们文学内在的成长、与传统的对话和接续以及对于现实的多维书写等角度来展开对这群极富有文学生长性的年轻作家们的考察，以一种"在场"的研究姿态来回应这一股文学力量。

第一章　代际浮现的常与变

　　不论是作为写作主体的作家的身份，还是写作的主题呈现，抑或是在文坛上作为一个"共同体"而出现的轨迹，这些都昭示着"80后"作家们的写作最直接地呈现出了一种青春色调。一方面，这与他们作为"青年作家"这样一个特别的群体有着直接的关联；另一方面，"新概念作文大赛"、互联网、商业包装等等因素也参与到了这种写作色调的形成之中。正如有论者指出的："'80后'青春文学起源于新概念作文大赛，发端于网络媒体的兴盛，受惠于图书市场的推波助澜，成就于一批中坚力量不懈的文学写作。"[①] 自己写作时所积累（或者说能够写出）的人生经历、情感经验，以及阅读者、推动者所持的期待视野，都在内、外两条轨道上将这一个群体推向了"青春文学"的大舞台。那么，在作为一个大群体的整体"80后"作家之下同步成长起来的小群体："'80后'少数民族作家"，也必然会与大群体分享这一文学起步时的特质和资源。尽管在之后的文学之路上，他们会因为自己特殊的民族身份逐渐生发出更多的写作向度，但至少在开始，这些"80后"少数民族作家是

[①] 　郭艳：《代际与断裂——亚文化视域中的"80后"青春文学写作》，《中国现代文学研究丛刊》2011年第8期。

覆盖于整体的"80后"作家潮流之下的。

第一节 代际的分野与混沌

由于身处于整体的"80后"作家成长潮流之中，这些"80后"少数民族作家在开始自己的文学道路之初是带着一种同代人的通性出现的，他们关注的仍然是自己最为熟悉的校园生活、青春话题，甚至是社会性的普遍议题也都是从青春视角来展开的。蒙古族作家木琼尔在《雏凤清声》中通过一对母女之间从争执到和解的描写展现了年轻一代是如何追寻自我理想的，这样的意图实际上也还是包裹于青春叛逆的故事当中的。①另一位达斡尔族作家晶达的《青刺》和《大猫就是这样逃跑的》也是关于这一类型故事的书写。而故事的背景大多集中于校园，或者是校园与"社会"交错，即使是那些主要聚焦于刚刚走入社会的年轻人生活困顿的故事中，人物身上也都带着浓浓的校园气质，"校园"呈现出了一种延续性。于是，这样的"校园"因素实际上也就成为了青春的同义词。作家所能够掌握的经验以及受众所持的期待视野，都在表明着这些作家们在文学之路的开端都与青春书写的青春、爱情、成长这些元素是分不开的。

一、青春志的残酷与烦恼

这些作家早期的写作无一例外地在整体"80后"文学共性下展开，校园、青春的书写是主调，在这个空间中发生的苦恼、欢乐、爱情、困顿等等是他们着力的主题，这是青春的活力，但亦是个性均齐之后的平庸。乃至当他们自己或者是与笔下人物一起走入社会之后，青春书写中

---

① 小说之后以《凤雏斗》为名，收录于作者的小说集《天马行空那些年》。

的愁绪也在延续。空间变化了,可是故事、人物还是从前的,同样的故事又在另一个空间中发生。从这个角度来说,这无疑是他们的短板,当然,也会成为这之后转变也即文学成长的一个起点。

这样的"青春书写"特性一方面从故事、人物、环境等的设定上即可看出;另一方面,也能从这些年轻作家的"自我宣言"中展露无疑,如自我简介,访谈中的自我定位、评价等。例如鲍尔金娜的自我简介中是这样描述的:"灵感从哪里来?青春里的阴谋与爱情,平凡生活里了不起的小事,北京灰霾里的白色太阳,家里的黑猫。"(《摸黑记》)她在自己第一部长篇小说《紫茗红菱》出版后接受的访谈中也有这样的自述:"我猜想许多人在青春期的时候都有过想写一部关于自己生活的书的想法,我只是我们这代人中这种欲望比较强烈并且及时按照自己意图写出来的那一批中的一个。……是一个朴实的或许有些残酷的关于成长的故事。"① 再如晶达对于自己的简介是这样来写的:"晶达,没有笔名,没有姓。女。1986年出生,但不喜欢被称为'80后'。狮子座,信星座,而且很'狮子'。……弃法从文,开始写诗,但拒绝自称为'诗人'。后散文和小说逐步迈入笔下,但拒绝自称为'作家',而是写手。……喜欢文字为灵魂发出声响的感觉,但文风多变。喜欢音乐,包括摇滚和古典。喜欢电影,包括商业片和文艺片。喜欢与艺术有关的一切。双重性格。爱疯,爱玩,又懒又馋。"(《青刺》)可以说,小说内、外的语言都在相当程度上体现出了这一代作家以"青春骑士"的身份冲入文坛时的那种自信和桀骜不驯。

即使是作为推广者的出版商,也是紧紧地抓住了这些元素来进行宣传。这里我们来列举几位"80后"少数民族作家早期代表作品出版时的封面推荐语:

---

① 鲍尔金娜:《紫茗红菱》,沈阳:春风文艺出版社2007年版,第405页。

关于青春、叛逆、误会和逃亡的故事，关于朋克、大麻、背叛和堕胎的故事。自以为是的青春就要伤痕累累。

　　　　　　　　　　　　　　　　　——晶达：《青刺》

一对校园姐妹花的迥异人生，本年度最吸引人的青春小说。

　　　　　　　　　　　　　　——鲍尔金娜：《紫茗红菱》

少女成长期的手抄本，17 岁的中国杜拉斯。

在这一年的春天和夏天之间。米米七月将内心狂妄爆发得体无完肤。她在一处偏僻的山村里发誓，一定要写母性迫害，写暗藏杀机的青春，写一个少女、一座小城、一个家族的成长史。

　　　　　　　　　　　——米米七月：《他们叫我小妖精》

青春很残酷，危机四伏，却又美得倾国倾城。

　　　　　　　　　　　　　　——米米七月：《肆爱》

四个故事，四段华彩，四个女孩儿。对于千篇一律生活的积极斗争和消极反抗，对于学校、家长、社会改造年轻人能力的质疑和挑战，将她们死死地联结在一起。被他人的意愿淹没，还是挣扎着逆流航行，这其实不是个问题。生活在我们面前敞开的是一座窄门，由着一条人人都走的大道一路走去，最终却发现无法到达。

　　　　　　　　　　　　——陈璐：《天马行空那些年》

她说喜欢 99℃的爱情，在没达到沸点前，保持最后 1℃的清醒，可真正爱上一个人时，一切变得身不由己。

——秋古墨：《爱情 99℃》

如果说这些年轻作家们在自我介绍、自述中展现的是他们对于自我、世界、文学等的定位，那么出版社对他们的描绘则在某种意义上代表了外界对于这一批年轻作家们的想象和期待。尽管这些看上去很"吸睛"的语言更多的是出版社的营销手段，但不可否认的是，这些作家们早期的写作大都呈现为了一种"青春文学"的标签化写作，而且出版社的营销也确实抓住了这些作家笔下最吸引人的特点，或许我们可以说作家和外在世界（出版社、受众）达成了一次共谋。曾经作为"80 后"作家代表而登上《时代周刊》杂志封面的春树在一次记者问答中，也对类似的问题有过自己的回应：

问：你是否同意用"叛逆"和"残酷青春"来界定你的作品？

春树：原来我很介意，毕竟宣传如果和自己的作品不太符合会伤害作者的形象，也会让读者对作品产生误会，但现在我不在乎了。无非都是为了宣传，书就是书，读者怎么想和宣传无关。出《北京娃娃》时我在意书评人的意见和看法，而现在我只关心销量。

问：香港版本《北京娃娃》用"不良少女"作为广告语，对此你是否激愤，你认同你的生活经历，包括感情经历是《北京娃娃》《欢乐》的卖点吗？

春树：不激愤。没什么好激愤的。生活中更值得激愤的事多了，他们怎么用是他们的事，虽然我觉得用这么危言耸听的话有些不负责任。可我也想理解书商，他们想让书多卖，而很多读者看到这种广告会好奇。对，当然是卖点之一。其实所有的作者基本都是这样。①

虽然不属于少数民族作家的范畴，但是作为"共享"了大部分"80后"文学共性的年轻作家，春树的这一回应还是很有代表性的，也能够为我们理解这样一次文学共谋提供一些有意思的注脚。不论是有意或无意，这些作家们就是在这样的内、外互动中开始了自己的文学之路。同时，这样的一次互动与共谋中实际上也透露出了我们接下来要讨论的话题——"青春"——所具有的一些关键词：残酷、问题、爱情、成长、烦恼……

（一）残酷与烦恼的多维风景

在这些青春小说中，潜藏着一个主题：成长。不仅仅是年纪、学习阶段的成长，同时也有着在这样的物理时间流动之中经历了人情世故后的逐渐领悟，当然，这样的领悟中也不乏一些是"为赋新词强说愁"。在这些青春故事中，我们能够读到友谊纷争、懵懂爱情、师生矛盾、家庭问题、叛逆青春，这也大致圈定了"青春"在其中的面貌：残酷青春、烦恼青春。

需要指出的一点是，这些青春小说中的"成长"，很多都是进行时的。一方面作家们按照人物的成长经历（一般都是升学的历程）来组织故事，以线性的时间线索来呈现人物的青春流动和成长，这是内在的"成长叙事"；另一方面，这些年轻作家们在写下这些故事时，是与人物平行在同一时空的，就像是在以平行的视角记录自己的生活一般，

---

① 李师江：《春树：北京娃娃的欢乐和忧伤》。（http://culture.163.com/editor/030711/030711_75041.html）

这样的平行视角自然要比多年后的回望真实许多，也更凸显着青春的色彩，这又是外在的"进行时的成长叙事"。事实上，我们都知道即使是完全的平行，也并不一定意味着就是完全的真实，而小说这一文体中所内蕴着的虚构性也在一定程度上重构了作家所写下的真实。但这些年轻作家们常常以一种文学信仰式的姿态表达着对"真实"的崇拜，例如鲍尔金娜在总结自己的长篇小说处女作《紫茗红菱》时有过这样的自述："……同时我又是一个追求真实的人，我这本书里所有的人物塑造和故事都有真实生活为原型，有的是我自己的，有的是我听人讲来的，或是从媒体得来的。我把它们糅在一起再做加工，但真实仍然是基调……我只是老老实实写出若干种我们这代人的真实生活。……存在的就是合理的，真实的就是宝贵的。"① 无独有偶，另一位达斡尔族作家晶达也在完成了第一部长篇小说《青刺》之后在后记中这样写道："文中很多具体的描写，来自我的眼睛，包括过去和现在。……失真的细节和触感是一部作品的败笔。人，不应只以五官来感受这个世界，而是心。"② 显然，在这些年轻作家们看来，真实包括了生活中亲历的真实，也包括内心的真实，而后者显然是他们更为看重的。这样的"内心真实"印证了平行的视角记录，同时也隐喻着他们个体所折射出来的一代人的记忆与情绪，这样的情绪在书中被放大之后并没有失真、稀释，相反，引起了同龄人的共鸣。这里写一个小细节，笔者在几年前第一次阅读晶达的《青刺》时，首先被吸引的就是小说中随处可见的那些和我们这一代人成长息息相关的各种事物，比如网络游戏、QQ、摇滚乐等等，小说主人公唐果开始高中生活的第一天遇到了同班同学杨夕，两人的友谊是从一支香烟的分享开始的，一种名叫"More"的香烟。这个细节给了笔者极大的

① 鲍尔金娜：《紫茗红菱》，沈阳：春风文艺出版社2007年版，第406页。
② 晶达：《青刺》，天津：天津人民出版社2012年版，第318页。

冲击力，因为让笔者想起来在上高中时，和若干好友试图打破规矩以实现某种莫名的成就感时，所尝试的就是这样一支"More"香烟。当这样的细节，也就是"内心真实"，在历经时空距离后相遇，当然能够将一代人的某些相似情绪联结、调动起来。

如果仔细梳理就会发现，在这群"80后"少数民族作家中，与最早一批"80后"作家差不多时候登场的几位作家都是从青春的多维书写开始的。蒙古族作家鲍尔金娜在我们所聚焦的"80后"少数民族作家群体中是比较早开始文学写作的一位，早在2006年就以散文《蓝毛黄毛鹦格丽鹉》获得了"新纪元全球华文青年文学奖"，还获得余光中如此的评价："文风生动，犀利有力，情感真诚，有很好的幽默感和谐趣，而且笔触充满悲悯之心，很吸引人。"可谓是出手不凡！第二年鲍尔金娜就推出了自己的第一部长篇小说《紫茗红菱》，虽然文体、题材都不尽相同，但余光中评价中所点出的一些特质还是蕴含于其中。写一群一直在校园中的少男少女的生活，故事的时空从小学到中学，语言则自带一种青春转述的特点：轻松、诙谐，亦有玩世不恭，这些大概是青春书写中的基本质素。

小说主要围绕着两位同一天、同一个产房出生的姐妹淘唐紫茗与阮红菱从出生一直到小学、中学整个成人之前的校园生活而展开，两人之间也经历了从亲密到隔阂、敌对，再到最后的和好如初。可以说，两个女孩不同的生活轨迹大致分出了青春中的两个维度：烦恼青春、残酷青春。唐紫茗家境优越，所以她在生活中所感受到的大多是一些少女情绪，例如情窦初开时的感情困扰，即在霍峥与叶勃朗之间的摇摆，还有当在学校中出现学习成绩和外貌都和自己势均力敌的竞争对手——袁如意——时受到的打击，以及和自己姐妹淘阮红菱多年来的潜在争斗，这些更像是一种青春的烦恼；而阮红菱由于家境的窘迫，从小就决定了她不可能如自己的好朋友唐紫茗一般地成长，家境或者说原生家庭的裂痕将她逐渐推离了正常的生活轨道。出众的面貌对于她而言并不是一种上天的馈赠，反倒成为了堕落的源头。所以当唐紫茗在校园中困扰于学习压力、同学关系等时，阮红菱早已开始了在生活底层的摸爬滚打，被裹挟于李银宝、六哥这些社会黑暗人物之间，经历了辍学、打胎、流浪等等的残酷与阵痛，这些就完全可以看作是一种残酷的青春了。

而晶达的《青刺》讲述的"问题少女"唐果在母亲因未知原因离开家庭使得自己再也无法感受到母爱和完整的家庭之后，选择了自暴自弃这样极端的方式来对抗自己假想中的敌人：父亲、学校等。一个有意思的现象是，"父亲"这一形象背后可能指向的父权意味以及"学校"本身就内含着的教条、规范，使得它们天然地就成为了这些年轻作家们笔下的对立面，青春的挣扎、反抗首先就是从这里开始的。即如有学者指出的那样："如果说，20世纪90年代这种代际冲突更多地表现为一种文化和价值观念的冲突，那么21世纪以来的代际冲突则更突出地表现为两代人之间的利益和话语权之争。"[①] 唐果亦然。抽烟、旷课逃学、不穿校服、听摇滚……可以看作是这一代年轻人对"成人世界"的不满和反叛，这也是一种青春个性、叛逆的共性标签。而对自己"小妈"的敌视、对父亲的不理解甚至是恨意、与贝音的爱恨纠葛以及背叛，这些则透露出"唐果"们对爱情的追寻和态度。

我们可以看到鲍尔金娜和晶达对于青春不羁的定义和书写更多地表现为这群少男少女们在化身为"学校""家庭"等形象的规则中冲撞、奔突，但最终还是能够获得一种"和解"。例如《紫茗红菱》中唐紫茗与阮红菱两个姐妹花历经坎坷，跌跌撞撞地各自奔向尽管未知但却为希

---

① 李春玲主编：《境遇、态度与社会转型：80后青年的社会学研究》，北京：社会科学文献出版社2013年版，第83页。

望的光芒所笼罩的前方；而唐果经历了家庭和感情方面的出走、背叛、伤害等之后，还是回到了最初的轨道：学校。这样的结局设定，将贯穿在小说中与"青春"相关的那些残酷、烦恼都淡化了，大概可以用时下流行的一句话来总结：纵然历尽千帆，归来仍是少年。

同样是对一群青春期"厌学者"的刻绘，另外一位作家米米七月（土家族）在她的作品中则是完全地打碎了与体制、规则和解的可能，用脱颖于常人的才情、热情来书写这些"厌学者"的特立独行、青春残酷以及伤痕累累。

米米七月在 2003 年写完《他们叫我小妖精》，轰动一时，写作的才华、大胆、残酷都让人为之侧目，这时她不过才 17 岁，刚上大一。[1] 这样夺人眼球的标题，大胆的内容，第一人称"我"的叙述，以及出版社的宣传语"少女成长期的手扎本，17 岁的中国杜拉斯"，很容易就能够让人感受到这是一种自我的宣告。小说从一个少女"我"和自己男友围之间的分分合合讲起，又串联起"我"的家族过往：父亲的邋遢沉沦、母亲的粗暴庸俗以及潜藏在家族各个角落的阴暗、龌龊。对于"成人世界"，她感受到的是："我从来不信任何人。十几年来我对所有人充满了警觉，我老是觉得没有人肯真心实意对你好、为你着想、替你担待，哪怕是至善至亲的人，所有人从心底里等着看你笑话，看你出乖露丑，人在这个世上孤立无援。"[2] 尽管在生活中孤立无援，但是文学则成为了一种武器，所以她郑重地宣告："绝大多数被我提到的人，都将平庸而死。无论他们是否真的像我记忆中的那样逞能，一旦我拿起我的武器，

---

[1] 小说一开始题为《他们叫我小婊子》，正式出版时改为了现名，内容也经过出版社的大量调整。尽管如此，小说的语言和内容也还是充满了冲击性，出版不久书籍即被禁。甚至小说中写到的一些内容因为故事原型涉及一些老师，最后米米七月被以"侮辱罪、诽谤罪"遭到起诉。

[2] 米米七月：《他们叫我小妖精》，北京：民族出版社 2005 年版，第 21 页。

我的笔，他们顿时缴械，成了弱者。也许我在写作中任何一次有心无意的提及都会给他们带来灾难。"① 面对这些充满着愤怒、叛逆的文字，我们很难说是否这就是米米七月经历的真实生活，但可以确定的是，这些宣言中所透露的情绪，如张狂个性、对"权威"的挑战等是可以获得共鸣的。

这样的少女形象到了米米七月接下来的小说《肆爱》中就更加明晰了，小说中借一个人物阿攛之口给出了女主人公小怎的一个形象特写："你是一个飞扬跋扈的人，一个玩世不恭的人，一个唯我独尊的人，一个天马行空的人。你知道吗，你是这样的一个人。"② 这显然不仅仅是一个人的形象，它也指向了一个群体。

小说中小怎是一个对爱抱着必死信念的女性，能为爱决绝，亦能因爱痴狂。与恩度的短暂相恋（或许都不能够称为恋爱，只是相处）让她彻底地为其疯魔，陷入了一段甜蜜、痴狂且痛苦的思恋之中。恩度的暧昧态度、飘忽行踪，以及身边神秘女性青争的浮现，使得小怎这一段感情注定要成为一个无法逃脱的枷锁。她也想要逃脱，可是却越来越沉沦，这样的代价、结局在她迈出第一步时就已经注定。这也让她唯一的一次挣脱枷锁的机会：与阿攛的恋爱无疾而终。这样的爱的疯魔中，呈现出的亦是青春的残酷一面。

而再到几年后米米七月另一部也是最后一部小说《小手河》中，小说中的"我"回望的同时也在讲述一条河之上的和青春相关的那些奇闻艳史，残酷的一面在淡化，但是这些少男少女们的爱情寻求却依然是无疾而终的。一些对米米七月的评语大多将之视为杜拉斯式的写作，姑且不论这样的评价是否得当，就其小说中展示出的那些人世沧桑感，还是

---

① 米米七月：《他们叫我小妖精》，北京：民族出版社 2005 年版，第 180 页。
② 米米七月：《肆爱》，沈阳：万卷出版公司 2010 年版，第 211 页。

能够读出一点影子来的。相较于其他作家，米米七月大多数时候没有试图以平行视角去记录这些青春，相反都是站在回顾的姿态之上去书写这一些已经完成了的成长，长成了的青春。回忆也不能够避免残酷，所以，"就像一把伞，明明在现实中是撑开的，却在记忆里收拢了。过去的种种躲在我身上，路过回忆的关卡，还要被搜身，还要被盘查。……常常觉得我们被一双手揉搓，不知道要捏成什么花样才罢休。我们从未知情，也于事无补。"[1] 更多了些看淡风云的泰然自若。

　　在经历了文学上的"热闹"，米米七月又开始了转向，在《肆爱》之后就基本停笔了，走马观花一般地开始了很多"身份"：网红直播、独立制片人、原创音乐人、旅行体验师等。从前在撕裂开青春残酷时的那种桀骜不驯似乎就这样消失了，是否是因为这样平行视角中的青春始终是按照线性的时间在延伸，在场感最终也会消逝？又或者是这样的青春残酷本身就是带着青春年少时的张狂想象，而青涩褪去后，一切还是会退场呢？一次访谈中，米米七月在回顾自己过往的时候有过这样的自白："我是在十几岁的时候开始文学创作，在张家界一中读书的时候接触到了张爱玲和杜拉斯的小说，所以因为看得太多了其实是有一点潜意识去模仿她们。当时写作的心理是比较灰暗也是有一些刻薄的。现在我都不怎么敢去看自己小时候写的作品，因为那时候三观并不是很成熟，对世界呀对社会还有人性的一些认知都是一知半解的。其实众生皆苦，每一个人生活在这个世界上都是非常艰苦的，我们没有必要去挖掘和深耕那些苦，所以现在很多人提起说，米米，你是一个美女作家，我其实内心是有一些回避的。……在我们'80后'那一代，写作是一件非常艰巨、清苦的事情，突然有一天我觉得年轻的我没办法去忍受，所以我就想着去转型。为什么后来我从一名作家转型成一名网红，可能是因

————————————————

[1]　米米七月：《小手河》，郑州：河南文艺出版社 2007 年版，第 206 页。

为大环境变化了吧。有很多传统的、古老的东西被抛弃，比如说纸媒啊这种行业也是比较滞后。突然觉得自己还有一点小漂亮、小皮相，所以想去试一试。……有时候挺庆幸的，自己曾经是一名贫寒而愤怒的叛逆少女，渐渐地被岁月吞噬和消磨，成长为一名感恩喜悦、内心平和的妇女。从人尖到人精，从小确丧到小确幸，这也许就是成长、成熟的所有意义。"① 这样一番可谓是心路历程的自述或许可以为我们理解这些作家的文学之路提供一个别致的角度。

历经世事沧桑，自然水到渠成，而这样的转变如果呈现于文学之中就会使得这些作家的创作具有了不一般的意味。在文本内，这可能体现为一种题材、主题等方面的变化，而在文本外，就可以看作是作家本人文学观念的变化，也就是一种"成长"。在我们所聚焦的这一群"80后"少数民族作家中，不少作家都呈现出了笔者称之为"文学性成长"的这样一种"转变"，这也将是本论题的一个讨论重点。

（二）循环的叙事设定

生命当然只有一次，没有谁的人生是可以重复设置的，诸如时空穿梭、旅行大概也只能是存在于科幻当中。因此青春的这些残酷、烦恼在"一次性"的成长完成之后，也自然而然地会远去，尽管留下伤痕累累。不过一些作家也还是会通过叙事的编织来在自己设定的故事空间中，尝试以一种循环的方式讲述青春，文本内的时间被复制、延续，青春的伤痕与遗憾也就获得了某种文学疗救。

杨鎏莹（满族）的小说《凝暮颜》就有一个很巧妙的故事设置：小说在"民国"与"当下"两条时间线的交错中展开，同时各条时间线上的人物又以一种轮回式的对应相互关联着，形成了"前世今生"的结

---

① 《碎梦》专访："佛系网红米米，从小确丧到小确幸"。（https://mp.weixin.qq.com/s/ZpLoXkYRkPZn5rKbTdzrKg）

构。可以说小说既有着古典的韵味——这来自于小说中"民国"时间线，也因为小说中大量的古典诗词和意象的运用——也包裹着"80后"作家中常见的青春书写的元素：从校园到社会的个人成长、爱情经历，在这其中所得到的年轻人的人生体悟，以及一些文艺元素：旅行、音乐、酒吧、英文歌等等。最引人注目的当然还是"轮回"的奇幻了。作家大学毕业之后便负笈海外，从事精神分析与文学创作的研究，这一部小说便是完成于巴黎留学期间，这些经历与学术背景大概可以视为小说风格的组成部分。从这些角度来看，这一部小说是可以作为分析"80后"少数民族作家写作的一个典型文本的。

在小说的"民国"这一时间线（即前世）中，白家世代经营茶业，如今家业兴旺，大公子世舫正值新婚又接手家业，也正准备将产业拓展至南洋，似正是意气风发之时；被收养到白家做仆已有 11 年的凝痕也在白家二夫人主持下嫁给了二公子世明，等待她的好像将会是一个灰姑娘似的美好童话……可实际上一切花好月圆的背后也潜藏着未知的阴霾，大时代下战争阴云密布，与这一家族各有渊源的几个年轻人也都被卷入了家仇国恨之中：世舫早已心有所向却又无奈放手；凝痕所嫁的二公子世明实际是个傻子，她与世舫的同学晞彦两心相知却又无法携手一生，晞彦抱憾出走但又始终不能释怀，也让在他身边默默守候的谨予黯然情伤；与白家大有渊源的军阀副官张东盛也在暗中酝酿着复仇……再看"当下"时间线（即今生）中的边暮、廖彦、萧忆等这些年轻人：边暮与萧忆的校园爱情在走向社会的过程中不断被冲击，两人在社会洪流中越走越远，而边暮也在师兄孟瀚和上司冯经理的默默爱意之下拼命挣扎；佘芳为了情感或者说是一种信仰，只身远行去寻找意中人廖彦；沈舫与妻子裴曼相爱相依，却不料妻子罹患重疾，两人关系也由此发生了微妙的变化；孟凡心中深埋着对廖彦的无法言说的"不可能之爱"，于是选择远游却客死异乡。他们毫无例外地都是在情缘交汇中身不由己地奔突，为爱情、为理想。因此，虽然"民国"故事线中设置了抗日战争的背景，但并不是最主要的一块，反而这些大时代下的儿女情长、家族恩怨在此映衬下越发清晰动人了，显示出一种动荡中的平和与沉静。当两条时间线成为一对相互比照的标本被推至前台时，我们惊异地发现他们的青春是如此的相似，这是奇幻，也是一种莫名的悲伤。

"今生"的故事在城市中展开，人生挫折也在这里现形，那么如果按照惯常的青春书写思路，这个现代的、多彩的、充满了无限可能的都市才是主角，或者说是唯一的舞台，年轻人们带着青春、理想和热情来到这里，渴望着获得它的认可，却一再地折载……但是在杨鋆莹笔下，这个都市缺席了，或者说，我们看不到太多对这个"都市"的直接描写，除了酒吧、咖啡馆等这些青春书写中常见的"文艺"元素，似乎年轻人生活的这个都市是没有面目、形状的。相反，那个"民国"时间线中的小镇在两个时间中不断出现，成为了关联两个时间的重要一环。一方面完成了"前世"—"今生"这一奇幻的叙事构型，另一方面，或许也可以认为，在这个"小镇"身上有着作者有意无意的映衬意图，①"青春书写"在这里打了个转，转向了一种深沉或者说是传统的一维。

同时这也意味着，小说中故事发生的空间被有意识地悬置了，小镇无名，都市无形，而故事的时间则成为了绝对的主角，两条时间线随着最后边暮在浥昔河边听着夏老的讲述意识到自己与多年前凝痕之间冥冥中的联系而重叠，是结束又是开始，虽然小说中各个主人公总是带着种种遗憾，但是这样的时间闭合是否也可以看作是作者在有意地构建一次

---

① 在一次闲聊中，杨鋆莹曾经和笔者提到，出版社编辑读过小说后曾错以为作者会是一位"南方老奶奶"，她也笑谈说这一部小说写的时候是带有一心想要退休的"美好理想"的。小说中的青春正当时，而文本外的作家又颇有"归隐"之意，这也是很有意味的。

修补呢？小说的"今生"时间线中，边暮始终被困在了与萧忆的感情纠葛中，他们一起从大学走入社会，走入的同时却也走散了，时间流逝的同时也在改变着很多事情，就如边暮自己所感慨的："现在的世界，什么都很快，什么似乎都在奔跑，一切的感情转起来像是漩涡，很快地跳进去，很快地跳出来，受过伤的，心生一种怨，暗暗地笑着自己很傻，其实什么都是太快了，人们每天都面对着选择，然后就在飞速转起来的圆盘上，顶着暗暗的一丝侥幸，投射出一枚飞镖，'啪'的一声钉在了转盘上，却没有时间仔细地看看结果，而下一轮的选择又开始了……什么似乎都做到了，想到了，可是蓦然回首，却仍是一片茫然……"① 时间的流淌不可阻挡，不论是"前世"抑或"今生"，这群年轻人都在追寻、获得、失去这样的链条之上徘徊、挣扎。由此小说沉浸在了一种怀旧的色调之中，边暮、陆军、萧忆等人在"当下"时间线中不断地徘徊、迷离，实际上就是和那个冥冥中的过去有着无法摆脱的纠葛。恰如斯维特兰娜·博伊姆所言："对于修复型的怀旧而言，过去之对于现在，乃是一种价值；过去不是某种延续，而是一个完美的快照。而且，过去是不应该显露出任何衰败迹象的；过去应该按照'原来的形象'重新画出，保留永远的青春气息。"② 如果能够借助文学的形式在文本空间中重新结构起这个支离破碎的世界，那么这种自我的破碎感也就会在怀旧书写中被慢慢修复了，青春当然也就是无悔的。

如果说杨鋆莹在《凝暮颜》中构建的"前世今生"这一轮回带有一些作者本人学院派背景的影响，那么哈尼族作家秋古墨在他的《爱情99℃》中安排下的两对校园恋人相似的命运就更多了些对校园爱情遗憾

① 杨鋆莹：《凝暮颜》，长春：吉林人民出版社2010年版，第71页。
② ［美］斯维特兰娜·博伊姆：《怀旧的未来》，杨德友译，南京：译林出版社2010年版，第55页。

的惋惜和试图以文学方式修补的尝试意味了。

小说甫一开始就有这样一段展现出回顾姿态的感慨:

> 有人说,时间可以消灭一切。
>
> 时间真能消灭一切吗?可为什么有些画面始终定格在脑海里呢?
>
> 菲菲,第一次见面时,她恬静地站在站台上,背着手,专心地听着 MP3。
>
> 白羽,我对他说"天涯何处无芳草,何必单恋一枝花",他总不屑地瞪我一眼,继续给远方的女友写信。
>
> 耶稣,那一只掉在宿舍中央的破鞋,一直无法改变的粗野口吻:"奶奶的,老子……"
>
> 大虾,我们被游戏中的 BOSS 狂虐时,大骂:"你们这些菜鸟,太菜了……"
>
> 崔老师,向我们解释:"我这不叫秃顶,叫聪明绝顶。"
>
> 秦云学长,跪在恋人墓前,不住地把头往墓碑上撞。
>
> 赵玲,在我耳边轻叹:"我真累了!"
>
> ……
>
> 时间,祭奠了我们流逝的青春和爱情。[1]

小说在第一人称的讲述中展开,"我"在北上求学的路途中偶遇了后来的恋人夏菲菲,在火车上的这一次巧遇也为之后跌宕起伏的大学生活埋下了伏笔。这样的故事结构实际上暗合了一种线性时间的成长,就像余华所写的《十八岁出门远行》一样,"我"走出家门,走向了另一

---

[1] 秋古墨:《爱情99℃》,北京:新世界出版社2013年版,第1页。

个未知的目的地，也是另一个人生阶段的开始，未知又充满了神秘吸引力。"我"与夏菲菲从萍水相逢到互生情愫，再到因为赖川等人的胁迫而分手，这一命运像极了文学社前辈秦云与赵玲的故事。秦云感叹夏菲菲与赵玲之间的相似，而"我"也逐渐生出对命运未知的悲戚："……夏菲菲和我前去查看相片，我望着照片中的自己和夏菲菲，这照片，心中猛然有种似曾相识的感觉。想了片刻，我才想起这种感觉的源头。我曾看到秦云钱包里有一张他和赵玲的合影，那情景和今天我与夏菲菲的情景多么相似。……或许，我和夏菲菲正在上演着他们曾经相恋的故事。"① 不同的人物，总会走向相似的结局，文本中的"拯救"才有了可能。

　　或许是作者的有意安排，前文所提到的这一段感慨也出现在了小说的结尾，回忆回到了原点，同时也打开了新的起点。秦云与雨等终于能够走在一起，而赵玲虽然逝去，但秦云为自己刚出生的女儿起名"照玲"则又无形中为这个残缺补上了一块；夏菲菲因为反抗赖川而头部受伤，这时也在慢慢恢复，而"我"恢复了学籍，还因为之前文学社的一系列活动受到了表彰。每个人的生活又回到了正轨，同时也在继续向前。如果说小说开篇的感慨还带有回顾往事不甚唏嘘的感伤的话，那么当这一段文字再次出现在小说结尾，就更多的是一种尘埃落定后的从容与舒缓了。

　　事实上，在鲍尔金娜、晶达等人的故事结构中也多少有这样的"循环"的影子存在，如唐紫茗、阮红菱和唐果等对于爱情的追寻也都或多或少地印上了上一辈的印记，父母辈的爱情故事部分地在她们身上重演。这种循环大概也能够看作是一种对青春遗憾、错误的救赎。如果生活的破碎无法捡拾，那么修复至少可以在修辞的语境中完成。青春的破

---

① 　秋古墨：《爱情99℃》，北京：新世界出版社2013年版，第201、203页。

碎、爱情的缺憾，都在这样的循环呼应中获得了修复，"修复某物就是在想象中拯救它，或者更正和改造它，怀旧可以通过一种叙事的术语来达到这种对失落感的修复"[①]，这或许也是"青春叙事"的目的所在。

二、另一种的青春

青春是残酷、烦恼的，它能如夏花般灿烂，也留下伤痕累累，这样的残酷和烦恼隐现在青春花季时的恣意轻狂中。就如在前文所论及的作品中，青春残酷被放置在了一个对当下教育体制、升学模式或者是一切束缚青春的枷锁的反抗之下，这似乎已经成为了一个固化的写作模式。"相对于中国文学历来'尚学'的传统，'80后'青春文学写作几乎呈现出集体'厌学'的精神状况，表达了一代人群体性的反文化反教育的倾向。反文化倾向在'80后'青春文学写作那里，以反叛当下教育体制和升学模式为发端……"[②] 这种自我内在与外在世界的冲突在青春走出校园、走进社会之后也还在延续，更多的呈现为现代人置身于现代世界中不可避免的现代性冲击。

而在另外一些"80后"少数民族作家笔下，青春一开始就是和脚下的生活交织在一起的，明亮又残酷，有烦恼也有恬静，更多的是在历经冲刷之后透出的坚韧底色，这是另一种的青春书写。

在这一维度的青春书写之下，马金莲是一个特别的书写者。坚韧、辽阔，这是马金莲所书写的青春关键词，承载着这些精神质素的是她笔下那些有名、无名的西北女性。她所经历和书写的青春都逸出了我们所

---

① Roberta Rubenstein, Home Matters: Longing and Belonging, Nostalgia and Mourning in Women's Fiction. New York:Palgrave,2001,p.6. 转引自赵静蓉：《怀旧：永恒的文化乡愁》，商务印书馆 2009 年版，第 70 页。

② 郭艳：《代际与断裂——亚文化视域中的"80后"青春文学写作》，《中国现代文学研究丛刊》2011 年第 8 期。

熟悉的世界，所以作为同代作家的王威廉曾经这样感叹道："马金莲和我同属'80后'写作者的行列，但她与这些同代的同行者，几乎没有精神气质上的相似性。她书写的当然也是青春、情感与人生，可这是一种怎样沉重的青春、情感与人生啊！如果将她和郭敬明并置在一起，后者的浮华、虚妄与轻率只在瞬间便显露无遗。所以，我想这么说，她是西海固的信使，她向我们报信：这个世界上的苦难依然深重，这个世界上还有着除了风花雪月之外的另一种青春。"①

与其他作家不同的是，作为一位祖祖辈辈生活在宁夏土地上的回族作家，马金莲身体力行，用朴实的笔触还原着回族女性沉着的生活与命运，她笔下的环境设置没有都市的灯红酒绿，而是代之以厚重深沉的黄土地，笔下人物亦没有职业女性经济独立的能力与优势，相反，她们依靠男性寻求家庭的庇佑与安宁，虽性格多样，命运却始终与男性紧密相连。难以脱离的乡土情结使世世代代的回民笼罩着一层朦胧的乡土气息，她们在黄土的气息里来到这世界，在尘雾漫天的黄土地里成长，在偏僻的农村乡场嫁为人妻繁衍生息，在沉静的黄土地上体味一番人世甜酸，终于又将沉静地安睡到黄土中去。在这片黄土之上，孩子变成了女人，女人变成了孩子，世世代代，不同的命运，却有着归一的宿命。在自己的文字里，马金莲用细致的笔触将女性的一生一一展现，将命运的长河炼成女性的银河，这土地一样的母性情怀，容纳着万千生死来去，也时刻孕育着新的生命奇迹。这奇迹是土地赋予女性的荣耀，女性的命运便在这银河的柔光下百转千回，自幼至老，自死而生。

小说《尕师兄》中"我"的情感从懵懂年少时的情窦初开到最后又无疾而终，代表着"我"由懵懂走向成熟。对尕师兄初来的一番描述

① 王威廉：《在另一种青春的逼视下——评马金莲的小说》，《创作与评论》2013年第21期。

是情节铺垫，小女孩的懵懂无知中便已经孕育了诸多情愫在其中，"我"
教尕师兄一些简单的木材活儿融入着一厢情愿的儿女情长，再到后来请
尕师兄做精巧的杏木灯架，整个过程孕育着少女初成的万千情愫。而灯
架自开始时的迅速有致到后来弃置一旁被人遗忘也暗示了女孩的爱情之
路的坎坷："这个灯托，已经被尕师兄刻出了大形，五个花瓣绽放开来，
花边交错搭牵的细微之处也看得清了。可是，距离真正的灯架，还差着
那么一步。这一步，我们没有迈过去。"① 贯穿始终的是女孩初触人事对
情感的认识与再认识，并通过对以往心念的不断否定进而对情感价值观
进行重建。这个过程注定痛苦，却只能独自默默承受，灵魂在撕心裂肺
中得到成长，其中的成长意味便在于女性最先体味到生命的朦胧意义与
命运的不可抗性。

　　将成长包裹在女性情感的逐渐绽放之中，这在另一篇作品《柳叶
哨》中也有体现。梅梅与和自己家一墙之隔的马仁本来并没有太多交
集，但在那个饥饿的年代里，马仁悄悄从墙头的豁口上扔过来的食物，
伴随着一阵阵的柳哨声，不但填饱了梅梅的肚子，也温暖了一颗少女的
心。当梅梅的后妈将墙上的豁口堵上之后，"梅梅伤心极了，觉得心里
的一扇窗户被人封死了，她的世界黑下来，没有光亮了。……她这才
知道，那一道豁口，对自己有那么重要，远比一口饼子一口吃食重要，
不，她贪图的不是那一口干粮，她留恋墙那边的世界。那是另一个世
界，安宁，清净，平和，暖暖的阳光下，一个文静的少年，捧着一块亮
白的木香板，在专注地念经，偶尔，还会响起一阵哨音，柳叶儿吹出的
鸣响。在这枯燥乏味的天地里，听到哨音，日子里似乎添了些新鲜的味
儿。可惜，梅梅明白得迟了。是后妈将豁口封死后她才明白过来的，她
才发现自己是那么向往那边的院子，其中，还有些喜欢那个少年吧。她

---

① 　马金莲：《碎媳妇》，银川：宁夏人民出版社 2012 年版，第 38 页。

脸红了。"① 成年后的马仁与梅梅渐行渐远，直到墙的另一边响起马仁结婚的乐声，梅梅才醒悟到自己终究是无法吹响那片柳叶的，代表着朦胧的情愫的哨声也在成长的步伐中淡下去了。女性绵密的心绪在这些故事中展露无遗，尽管有着苦涩和惋惜，但这其中印证着的少女心路也自有一番青春的风景。

《尕师兄》中的"我"，《柳叶哨》中的梅梅都在自己的情感之河里打捞起了复杂的青春滋味，另一些女性则是从旁观者的位置静静凝视，在生与死、得与失中体味着生命流逝。赛麦也许一生也都无法走出自己所生活的这些山沟，但是在经历了姐姐悄然的"成熟"、弟弟和爷爷先后逝去之后，对生命的体悟早已越过了院子，越出了大山。（《赛麦的院子》）再如小说《长河》中，分别发生在春、夏、秋、冬四个季节中的四场葬礼，从年少到年老，每一个生命的逝去都在"我"的生命河里留下一朵小浪花，卷走青涩，留下了静谧。

在《老人与窑》中，为了能够给家里多挣一些工分，"我"虽然才八岁出头，但是就已经参加了大队劳动，与一位被批斗而在窑厂中积年累月放羊的阿訇"老疯子"一起做伴。和老人做伴的日子也是我一步步"成长"的过程："坐在这深秋的大山洼上，看着头顶辽阔得无边无际的蓝天，还有那一朵一朵飘忽不定不住变幻着形状的云朵，我禁不住幻想长大后的日子。……成长是让人忧伤的烦恼的事，因为每天除了放羊、念经，盼望一口吃食外，我又多了一份心事，就是莫名其妙地心烦。望着远山，天际在远处低下来，落在山头上，山把天接住了。我禁不住忧伤地作想，难道天空就这么小？被四周的山一托，就是尽头？天地不过如此狭小，那么，老疯子的老家，那个叫作张家川的地方，离这里也就不会太远。老疯子为什么不回去看看呢？他那里有亲人吗？有家园吗？

---

① 马金莲：《碎媳妇》，银川：宁夏人民出版社2012年版，第109页。

他会想念他们吗?"①"老疯子"教给我的不仅是数字、知识,更重要的是一种信仰、精神。他为求队长放"我"一马,被迫痛苦地在自然死去的动物身上动刀子。这种矛盾的痛苦在眼睁睁看着一庄人"坏口"中日益加剧,阿訇终于与世长辞,他对洁净至高无上的尊崇也在默默地影响着"我"。多年后"我"也成为了一名阿訇,结合"老疯子"在那段艰苦岁月中偷偷教导"我"学习《古兰经》的时光,"我"成为阿訇这一步便不仅仅意味着是对"老疯子"学问的继承,更重要的是对那种黄土地之上博爱的延续,这样的青春和成长显然要更加辽阔得多。

马金莲对于这些青春的书写大都聚焦于青春成长所依附的黄土地之上,因此闪现出不一样的厚重和朴实。青春扎根于这片土地,也就和它有了如血浓于水一般的缠绕。不论是耕耘于此还是挣扎着走出去,青春都会因此而获得坚韧的底色。因此,同样是写校园这个空间,《念书》中的马早早校园生活就要清苦、单调得多。在农村作为女孩子先天就受着强大的偏见,更不用说上学念书了。但马早早的聪慧为自己争取到了升入回小这一宝贵的机会:"我的心就飞起来了。带着些忐忑,掺着些欢快,未来,未来的念书生活,真叫人向往!"②曲折的求学经历和一心向学的坚持,相互映衬出的是一颗向往更大世界的少女心,那种在苦涩生活中挣扎着向前、向上的努力,让这样的青春有了和其他作家不一样的青春滋味。这样的刻绘在其他作品如《镜子里的脸》《暗伤》等中也都有所涉及。

如果说马早早对于知识的向往,也隐喻着对未来命运的想象或者是想要去改变的努力,那么牧羊的少年顺儿对小河流向的远方的着迷就寓意着更多青春的不羁和奔腾了。顺儿从小与母亲相依为命,母亲每日除

---

① 马金莲:《难肠》,银川:宁夏人民教育出版社2017年版,第9、48、49页。
② 马金莲:《长河》,北京:作家出版社2014年版,第77页。

了操劳家务之外便是在期待着一段不可告人的情爱：那个不知何时会来的男人刀背。这对于顺儿来说并不意味着是家的温暖，终日孤独的少年并不能够理解母亲的这份期待，面对着静静流淌的小河，顺儿决定"去远方"，"将一把羊鞭直直插在家门外的河滩上，拍拍身上的土，沿河岸向下走去。他经过了平日里放羊的地方，经过了大胡子摆渡的地方，走过了许多浅滩与河湾。河水还是向着前方走。他想，只要小河不歇步，他就不会歇下步子。"① 小河流向的未知远方，也就是少年顺儿要去的远方。

当然，在这些"另一种"的青春风景中，也会有残酷。陶丽群（壮族）的小说《灿的葡萄》就写到了一个叫灿的乡间女孩，与自己的母亲、哥哥相依为命，繁重的劳动间隙总是期待着能够像隔壁赵巫婆一样有属于自己家的一棵葡萄苗。对世间险恶一无所知的灿被母亲的一位情人劁猪匠诱惑、猥亵，在无意中她用鼠药将其毒死。最后兄妹俩在赵巫婆"作法"让尸体消失并填满了菜园中的大坑之后，终于种下了心心念之的葡萄苗，罪恶、伤害也都被掩埋。"灿跳开了，追着哥的背后跑去。下午的阳光跟随着她不断晃动的胳膊跳跃着，明亮如水。"② 乡间的这一切是残酷的，但是赵巫婆的"法术"又为这位小女孩送上了一丝暖意。

另外值得注意的还有对青春期萌动的书写。阳光、梦幻、羞涩、迷茫、忧伤……在"青春"之下我们可以找到太多的关键词，或许还有"秘密"。在小说《爱哭的珍妮》里，周子湘（满族）用细腻柔软的笔触带着我们邂逅了那一个深嵌于时间针脚里的小"秘密"。三十二岁的陆洁在讲述着自己十四岁夏天的一场秘密，围绕着一位语文老师萌芽的少女情愫因为其他女性的介入而成为了一把燃烧的烈火，最后当语文老师与另一位女老师幽会时，她成为了那个告密者。也许残酷抑或刻骨铭心

---

① 马金莲：《长河》，北京：作家出版社 2014 年版，第 156 页。

② 陶丽群：《暗疾》，济南：济南出版社 2019 年版，第 189 页。

的痛苦，但这些无疑都是生命中不可抹去的"成长的烦恼"，小说中，女孩最后的倾诉"终于有勇气面对那个十四岁的自己"，实际上也成为了一次成长的宣言。①

即便是马金莲笔下那个在乡村野蛮生长的碎哥，也有内心细腻的一刻。炎炎夏日，青春期的少年充满了对世界、异性的强烈好奇，内心也在悄然地泛起微波。邻居牛旦的女人从新婚到怀孕，再到最后难产而死，这些在碎哥的心中留下的是莫名和复杂的冲击。不管怎么样，碎哥也给出了自己的"宣言"："碎哥跑了。深夜撬开牛旦家的房门，盗走了牛旦媳妇遗留的首饰，金耳环和银戒指，揣上它们出远门了。"②

青春是否一定要与躁动、叛逆关联呢？这可能并没有确定的答案，但至少这些年轻的作家们在写下自己对于青春的理解时，已经为我们提供了另一种的青春风景。

第二节　潜在的文学成长

我们也能发现，相当一部分的"80后"少数民族作家在开始自己文学之路时都不约而同地选择了"青春叙事"，或者至少"青春"也是个中重要的主题。一方面这其中折射出的恰恰是这样一个群体身上所覆盖着的一种共性，不论是大群体的"80后"作家，又或者是本论题中聚焦的小群体的"80后"少数民族作家，这是他们身上的时代底色；另一方面，这样的写作共性也会是一种局限，让这些年轻作家们在一开始就缺少了足够多的丰富性。特别是对于具有特殊的民族身份的少数民族作家而言，沉溺于这些普泛性的文学话题使得他们的写作很容易同质化、标

---

① 周子湘：《爱哭的珍妮》，《满族文学》2015年第6期。

② 马金莲：《伴暖》，北京：北京十月文艺出版社2018年版，第283页。

签化，从而失去了本应有的辨识度。正因为如此，一些论者才会提出担忧，如《民族文学》2010 年第 4 期曾经推出蒙古族"80 后"作家专号，兴安在谈到这一期专号时就不无遗憾地点出："如果不看作者的蒙古族署名，我会以为是汉族作家'80 后'的专号。"[①] 而针对于这些作家们早期的青春式书写，其他论者也有很到位的观察："'80 后'少数民族作家……都市经验与校园回忆是他们弃之不去的素材。更重要的是，割断了自身民族的脉息，作品便失魂落魄，'汉化'加之学生腔，导致难以在林林总总的都市与校园题材中让人眼前一亮。"[②] 正是在这样的背景之下，论者们指出了对这一群作家们的期待所在："青春情绪（包括初恋和爱欲）可能是最初写作的动因，但是真正的写作必须超越这个层面，进入更为宏阔的写作视域。"[③] 这样的期待对于这些新生的文学力量而言，意味着的是一和作家自身的文学成长，也就是说，当他们提笔在故事中写下"成长"，自己的文学也在经历着另外一种意义上的成长。

如果是在这样的"成长"背景之下来考察，那么蒙古族作家陈璐[④] 的创作就非常鲜明地体现出了这样的成长。她早期的作品如中篇小说集《天马行空那些年》中的《今天我七岁》《奔逃》《凤雏斗》《窄门》等其实也都大多集中笔墨于成长过程中的童趣、特立独行以及这份青春理想与现实遭遇时的无奈。例如《凤雏斗》中，主人公夏麦在大学毕业之后按照父母的意愿进入了自己并不是很喜欢的单位工作，心中始终有一个心结，也一直想要挣脱"家"这样一个空间的束缚，围绕着工作、辞职、相亲、租房等等大大小小的事情，夏麦与自己的母亲林木之

---

① 兴安：《少数民族青年作家要有更高的标准和目标》，《文艺报》2011 年 12 月 5 日。
② 张勐：《"80 后"少数民族作家创作论略》，《民族文学研究》2014 年第 1 期。
③ 明江：《蜕变与成长中的青春创作——评论家谈少数民族青年作家的创作》，《文艺报》2012 年 7 月 6 日。
④ 原名木琼尔，后来改名为陈恩安。

间发生了一连串幽默也无奈的纷争。夏麦一心想要摆脱自己被安排了的平庸人生，而这一愿望又与母亲的关切产生了冲突："我很爱你，胜过世界上其他所有人，但是我真的需要认真想清楚我想要的生活，我该走的路，这是对自己负责任。我需要一个独立的空间，不能总是受你的支配……""……如果从不走弯走错的话我的人生只会是一望无际的无聊而平庸，而那不是我想要的。……我需要的是自己的生活，不是成功。"①事实上，夏麦的这一番宣言也是这一代"80后"的宣言，对于自由、独立的诉求也代表着对成长的想象和向往，我们在前文中所讨论过的青春书写中常见的冲突模式也依然存在于此。这一对母女之间从争执到和解的描写，最终展现出的年轻一代如何追寻自我理想，这样的意图实际上也还是包裹于青春叛逆的故事当中的，因此就如小说中最后一节标题所言："形式主义的胜利"，冲突和矛盾最终都会和解，这也是"叛逆青春"书写的一个共同结局。

　　同时，陈璐对于这些青春烦恼的书写又透露出些许异端。例如在《今天我七岁》中，粗读下来或许我们会因为由这样一个七岁孩童瓜瓜讲述自己过去的各种稀奇古怪而捧腹，仔细一读就会发现，首先，这些"笑料"是通过一个七岁孩童的视角一本正经地讲出的；其次，这些"笑料"都是在以少年之心解读成人之思或是少年之人行成人之事，这使得六岁的瓜瓜成为了孩子们中的一个"异类"。而不论是哪一个方面，这些都构成了叙事上的一种"复调"，或者说是反讽。瓜瓜所做、所思之所以成为异端、异类，并非是他所做为错，而是这些都超出了这个年龄段孩子的世界，这对于那些固守着成人世界规则的人来说，当然就是不可容忍的了。所以，"一群老老小小在一起痛切地谴责这个六岁的孩子放肆的行径。结论是，这样的孩子决不能纵容！一定要把她野狼似的

① 陈璐：《天马行空那些年》，北京：中国华侨出版社2010年版，第175页。

品性纠正过来，不然可怎么得了！所有的孩子不都得被她带坏了！可不能让一粒老鼠屎坏了整锅汤！"① 这就是反讽之所在，瓜瓜总认为"每个人都应该是不一样的，要是有太多一致的地方就很不正常"，而"到了我真的长大了，已经接受了所有人的想法都应该是差不多的以后，却惊奇地发现每个人都有他们自己的打算，有那么多繁杂的想法和欲望。我再次不明白什么才是真实而什么不是，也再次知道了自己的幼稚和可笑"。② 就如鲁迅在《长明灯》中所写到的，那个一心要熄掉长明灯的疯子被关在庙里，村民们则在庙外商量着如何一起动手打死"疯子"从而逃掉罪责。通过孩童的讲述与现实的对比形成一种反差，从而在成长的叙事中写出了不一样的深刻，这一点大概可以看作是陈璐的写作与其他作家的一点差异性所在。

在另一篇小说《奔逃》中，虽然主题也是少年以青春的名义怀揣梦想，离家闯荡，但其中意绪已经与一般的青春文学模式不太相同。不羁少年林森和诸多少年一样，心怀"仗剑走天涯"式的理想，离开学校，走向世界。不过他对于自由的追寻与一般青春文学中以对某种体制的反叛为旨归的青春叛逆是不尽相同的。青春叛逆大概很多时候都只是成长路上的一个小插曲，而在林森那里，自由就是一直奔逃，一直在路上，就如小说中他的自述："从家里出来是小目标，去越南是小方向，我最终的目的是永远追求自由，随时奔逃。"③ 吴闯心中有江湖却只能囿于外在的枷锁，注视着林森充满了艰辛却自由、充实的奔逃，所以她不无自嘲地自白："林森……他就是我生活里的一个谜，就像他所期待的未来的生活中他给别人的感觉一样。他带给我的一切都似乎和我的生活格格

---

① 陈璐：《天马行空那些年》，北京：中国华侨出版社 2010 年版，第 19 页。
② 陈璐：《天马行空那些年》，北京：中国华侨出版社 2010 年版，第 51、52 页。
③ 陈璐：《天马行空那些年》，北京：中国华侨出版社 2010 年版，第 135 页。

不入，但我心里又明显地知道自己是多么渴望他的出现和他带来的一切东西。"①

这样的一个书名："天马行空那些年"本身就带有一种暗示，即这是对过去时间的一次总结、追忆，是在回顾成长之路。因此我们也可以把这部作品看作为一个样本，这些年轻作家们在自己的文学之路之初写的除了青春志，还有少年老成。四篇小说，四个阶段：少年、中学时代、大学时代、走入社会，不管是否是作者的有意安排，我们都可以从中看到一个隐喻式的表达，这四篇小说从人生的线性方向上完成了一次对于人生的"成长式"书写。《奔逃》中的奔逃者林森说"成长是一个不断丧失和妥协的过程"，那么我们在这几个故事之中读到的亦是如此的感受。

在之前的讨论中，我们曾经作出了这些年轻作家在用文学书写"成长"的同时也在文学维度之上"成长"这样一个判断，那么至少在陈璐身上，这样的双重成长是显而易见的。如果说陈璐在《天马行空那些年》中更多的还是有一种青春情绪的感悟书写，同时在这样的语境中有意无意地展示出包裹于"常"中的"变"，那么到了她后来创作《接下来，我问，你答》（2015）和《冒牌人生》（2019）的时候，就已经完全跳脱出了"青春文学"的藩篱，并以一种有意识的文学实验的姿态打开了另一种意义上的"成长"。

在《接下来，我问，你答》这一部集子中，实验色彩首先体现在文体之间的互渗。例如在《接下来，我问，你答》和《沉默的间隔》两篇小说中，前一篇讲述的是一位患抑郁症的女孩自杀之后，她的一个朋友试图找到其自杀的真实原因，于是前来采访女孩曾经的室友（似乎也有精神疾病），一个人想要寻找真相，而另一人则报以似真实似虚幻的回

---

① 陈璐：《天马行空那些年》，北京：中国华侨出版社 2010 年版，第 137 页。

答；后一篇是对一份录音的整理，记录的是律师丁晓先后数次与杀夫案凶手许凤云的交谈，丁晓试图找到能够为许凤云免于死刑的有利线索，但许却早已淡然生死。两篇小说，作者都采用了相似的叙事结构，即以人物的对话来结构小说，人物的动作则大部分都被隐去了。对话常常不加修饰地就直接呈现了出来，同时也取消了叙述者的转述，让这些人物的对话有了直接发生在面前的场景感，实际上也让小说获得了一种戏剧的形式质素。作者所截取的对话形成了对人物的一个特写镜头，在这样的镜头之下文字呈现出了视觉感。陈璐的一个身份是戏剧编导，那么显然这样的实验灵感也正是来自于此，可以视为小说与戏剧的融合。另一篇小说《垃圾共和国》中，以五个人的叙事视角来编织，最终形成的文本也有着相类似的视觉效果。

值得注意的是另一篇作品《十四段的变奏》，看上去是一组文学速写的结合，17 个片段，涉及不同的人生横截面。这里有困惑于写作的意义的年轻写作者与偏执狂"作家"的遭遇；有本不爱吃鱼，但是却沉迷于杀鱼过程中操纵生命的权力感的男人；也有纠结于意义与无意义之间，想要做一个"没有用的人"的人；还有喜欢坐地铁，只为了找到愿意听自己唠叨的听众的女人……不管是什么样的片段故事，这里折射出的恰是社会的群像，如万花筒中的世界，各不相同，但却都统一于这个世界之中。于是，在这样的万花筒式写作中，实验性也得到了表现。我们首先会发现每一个片段都严格地模仿了十四行诗的外在形式，即由 14 个段落组成，小说的内在与诗歌的外表在这里被重新组合在了一起，这或许可以看作是文本形态的"互文"；同时"互文"也还有着另一面，在《彷徨》这一个片段中，作家进行了更加大胆的实验，即以"集句"式的写作来表达，整个片段的内容均摘选自鲁迅小说集《彷徨》。也就是说，陈璐从《彷徨》这部小说集中选择了不同作品的不同段落，然后再以十四行诗的形式重新组合，这是作家对于《彷徨》之"彷徨"的现代解读，同时也是完成了过去之作品与现在之作品之间以及鲁迅自己的作品之间这样的两个维度的"互文"。

如果说《接下来，我问，你答》中的实验气息还带着个人写作转型的刻意性，那么到了另一本《冒牌人生》中，文学的实验就已经很妥帖地融入到了文本中。对于作家而言，这不仅仅是一种文学姿态，也是其观察、触摸世界的方式。一方面，这样的实验性延续的是技巧的呈现，例如在《大娘》《地铁游侠周梓虞》中，一些特定对话中的标点符号被压缩，甚至是取消，只剩下了句号。于是语言密度和叙事密度都被增强，也带来了强烈的戏剧场景感①。

另一方面，文学实验也进一步被生发、延展，从文学的形式维度（文学内部）跨入到了文学的意蕴维度（文学外部）。《变·形·记》中让一对即将被剥离的乳房发声，讲述它 27 年来作为一个女性身体一部分的经历、感受，这是一次身体的位置转变，不再是一个外壳或是附属，而是从主体的角度来自主发声。同时，也是对于一个隐现于边缘地带的亚文化群体的关注。这样对于群体的关注还有如《冒牌人生》中以各种身份穿梭于城市各个聚会空间内的"冒牌者"；如普通人一般藏身于夜市中的那些侠士，在黑暗中除恶助善（《夜市》）；有专门拯救爱情、生命的街头怪客和特异功能小姐（《了不起的怪客们》），也有流浪于地铁站，因为出手相助一位被殴打的弱女子又被人拍下视频后走红网络的"地铁游侠"（《地铁游侠周梓虞》）……这些怪客们看似怪诞不羁、神出鬼没，但实际上就生活在我们的身边。怪诞与现实之间环环相扣，看似志怪，

---

① 这样处理标点符号的方式在上一部集子《接下来，我问，你答》中的一些作品里也有体现，如《十四段的变奏》《哦，Z》《碎片·火星升起来》等，也显得更加的有炫技意味。

但实质上还是对群像的描摹、雕镂，充满了在场的温度。这样对世界的观察和描摹，无疑也是充满了实验性的。

经过这样的一番梳理，我们能够看到陈璐的写作有呈现出覆盖于群体共性之下的部分，但更多的还是对共性的跳脱以及在文学上的"成长"。不论是作为独立的个体写作，还是一个理论分析的样本，都是极具代表性的。这一批作家们笔下的青春叙事书写的是对权威、体制的反叛情绪，那么他们在文学写作上的逐渐成熟也是可以看作是对于共性、平庸以及自我的另一种反叛。

同样也有其他的作家在写作中实践着相似的文学实验，如李达伟（白族）在自己的散文世界中所进行的文本编织，他的写作很多时候呈现出了一种独语性和沉思性，这和他写作所聚焦的自我世界相关。同时一些特别的"形式"也让他的文字更加个性。李达伟习惯于以文本编织的方式来展示自己的思考，一方面，碎片式的拼贴取代了整体的讲述，例如他在长篇散文《暗世界》中的就用与"暗"相关联的诸多关键词来分别讲述那个隐秘的角落：潞江坝。不同片段就像不同的镜头一般折射出了"暗世界"的各个维度，构成了一种交错。同时，一些短句、词组的连缀也颇为新奇，例如这样一些表达："某个秋天的黄昏，静默，冷色调，铺展，蔓延。静默的万物。静默的天地人神。""光。光纤。折射。光与影。无尽藏的物事。无尽藏的自然。"① 这样的连缀既跳跃又绵密，语言的密度增加，同时也更加地具有了内向性。

另一方面，这种编织得益于他在写作中所实践的不同叙事话语的交错。例如在《暗世界》的一些篇目中，李达伟试图用"你""我"的对话来串联写作主体内心的不同声音（《碎片集》），这样的对话到了《大河》中就成为了最主要的叙事方式，90个章节，奇数章节由"我"

---

① 李达伟：《暗世界》，北京：作家出版社 2016 年版，第 71、151 页。

讲述，而偶数章节的讲述者换为了"你"，每一个章节都由正文和"补文"组合而成；另一部长篇散文《记忆宫殿》也在延续这种"组合"，35个章节都分别由三个部分构成：引言、正文、阅读笔记。每个章节都是一个独立体，最后组成了更大的整体。这似乎和"记忆宫殿"有了一种呼应，文字的编织、交错最终也构成了一个迷宫。

如果说这些形式奇特的话语交错呈现了一个沉思者心灵中的隐秘战场，在其中有着丰富的内部的对话，那么在李达伟散文中大量出现的那些对诸多作家、作品的引用意味的就是内在世界与外在世界的关联、内部与外部的对话。就如他自述的一样："我便是用一种对比的方式观望着世界的种种。"① 文学形式的实验提供给作家的不仅是表达方式，也是观察世界、思考自身的途径。

当然，如果把我们所谓的"文学成长"仅仅看作是简单的技巧操作上的熟练过程，显然是有失偏颇的。从炫技再到技和意的融合，实际上显示的是作家个人的文学成熟，而且是一种自觉性的。就如向迅（土家族）在对自己写作进行梳理时发现自己陷入了一种"表达的困境"，"我并不是不知道要写什么，甚至在开始写以前，我已经列好了框架，但真正动手写起来，总是会遇见各种各样的障碍。"而要打破这样的困境，就"需要对自己业已形成的写作惯性保持高度警惕，需要对自己的写作适时地做出必要的调整，甚至颠覆"。② 从发现困境再到有意识地"挑战有难度的写作"，这正是一种成熟，也即文学的成长。

需要指出的是，这样的文学成长当然并不仅仅存在于我们所论及的几位作家，而是一个普遍存在的现象。这也就如我们本章标题所指出的那样，一个年轻群体在形成："80后"少数民族作家群，这代表的是一

① 李达伟：《大河》，武汉：长江文艺出版社2018年版，第4页。
② 向迅：《挑战有难度的写作》，《文学报》2015年10月15日。

种作家的代际、写作的代际在浮现，它不可避免地贴上了时代的共性标签，这是一种"常"，但同时它也显现出了生长性，这就是"变"，即一种"成长"。也正是在这一"变"的基础之上，"80后"少数民族作家呈现出了群体的向心力，也具有了文学的更多可能性和研究的价值。

第二章　大、小乡土之间

　　关于"乡土"的文学讨论似乎已经太多,"乡土",在中国社会,或中国文学当中都是一个重要的质素。因此,对于中国人来说,"乡土"不仅仅是生于斯、长于斯的地理概念,更是一个凝聚了丰富的精神积淀的"原型"式的文化意义聚合体。就像费孝通在解释"乡土中国"时所指出的:"这里讲的乡土中国,并不是具体的中国社会的素描,而是包含在具体的中国基层传统社会里的一种特具的体系,支配着社会生活的各个方面。它并不排斥其他体系同样影响着中国的社会,那些影响同样可以在中国的基层社会里发生作用。"[①] 在中国人的精神世界中,"乡土"是母亲一般的生命源泉,所以每一个个体都是"地之子"。作为一个古老的文学母题,"乡土"与千百年来的文学发生着直接或间接的联系,尤其是 20 世纪以来的中国文学,关于"乡土"的书写成为了一条或隐或现的主潮。

　　虽然"乡土"在中国人的精神世界中构成了非常重要的一个板块,但对于"80后"这一代人而言,它则是一个既亲密又遥远的概念。他们延续了父辈对泥土或深爱或憎恨的情怀,同时又由于身处在"液态的现

---

① 费孝通:《乡土中国·重刊序言》,南京:江苏文艺出版社 2007 年版,第 2、3 页。

代世界"①，于一种不确定的状态中获得了对乡土复杂的体悟。

　　在这里，让我们先来看一组调查数据，"根据第五次人口普查数据，'80后'人口总数约为 2.28 亿，占总人口比例为 17%。'80后'最主要的两个群体是'80后'大学生和'80后'农民工（也被称为新生代农民工）。其中，'80后'大学生约占'80后'总人数的 20%，新生代农民工约占 44%。"② 2005 年的一份调查数据显示，"80后"总人口中，31.1%生活在城市，16.8%生活在小镇，52.1%生活在农村，但只有 18%从事农业劳动。而到了 2011 年的时候，中国社会科学院社会学研究所的一份调查报告显示，在 2011 年，56.7%的"80后"居住于城市，43.3%居住于农村，但是，只有 8.4%的人在务农，27.6%的人务过农而目前从事非农工作，64%的人从来没有务过农。③

　　我想这些数据说明的可能不一定是"80后"这一代已经开始从乡土之上拔根而起了，相反，在从乡土流向城市折射出的反倒是"80后"们与泥土的那种藕断丝连，这是作为"地之子"无法摆脱的一种底色。特别是"80后"这一代的成长正值中国现代化进程高速发展的时期，在前几代人那里感受强烈的城乡差距正在逐渐缩小，他们对于城乡二元的感受也不再像《人生》《平凡的世界》中那么地激烈了。因此，也有学者指出："对于当今的'80后'人群，恐怕很难严格区分城市青年与农村青年，因为传统意义上的农村青年（出生于农村家庭并且持有农业户口），现今已有很多人就业和居住于城市地区，还有一部分居住于城乡

---

① ［英］齐格蒙·鲍曼：《来自液态现代世界的 44 封信》，鲍磊译，桂林：漓江出版社 2013 年版，第 1、79 页。

② 李春玲主编：《境遇、态度与社会转型：80 后青年的社会学研究》，北京：社会科学文献出版社 2013 年版，第 35 页。

③ 数据参见李春玲主编：《境遇、态度与社会转型：80 后青年的社会学研究》，北京：社会科学文献出版社 2013 年版，第 36 页。

接合区域。同时，一些大城市中心地带高昂的房价，迫使部分城市青年也居住于城乡接合区域。另外，一些发达地区的乡村也出现了工业化区域，一些城市青年在此就业和居住。"① 显然，这就如前所述，"80后"与乡土之间正在逐渐"解绑"，但与此同时，进入城市的难度以及来自于城市的挤压也更加猛烈，他们对于乡土的感悟会是非常复杂的。

而作为这一群体中特别的一群，我们论题所讨论的主体——"80后"少数民族作家——对于这样的乡土底色显然是有着共鸣的。将自己视之为土地的子孙，肆意书写，纵情歌唱，这种对于乡土的迷恋是共通的，也即一种"大乡土"之谓。甚至从某种角度来说，少数民族文化中对于自然万物的神性崇拜使得这些作家们与泥土的联系会更加地别致；另外，由于"少数民族"身上特有的"边地"色彩使得他们的创作本就有着别致的韵味，不但在文化书写方面提供了与中原不一样的民族风俗、风情，而且"边地"的雪域高原、崇山峻岭以及神秘巫医等等也都展现出能与主流拉开距离的独特的审美风韵，这是一种不一样的乡土风景。同时，在他们异域眼光的打量中，更能对古老的中华大地作出深刻剖析，也就是说，这样的"风景"也意味着是某种深刻。这样独特的"风景"源自边地的独特，每位作家触摸到的都是属于自我的故土家园，从这里生发的文学也就构建出了他们自己的一方"文学地理"，也就是我们这里所命名的"小乡土"。

第一节 "背叛泥土"与边地守望

尽管每个中国人都能够被视为是"地之子"，与土地保持着特别的

① 李春玲主编：《境遇、态度与社会转型：80后青年的社会学研究》，北京：社会科学文献出版社2013年版，第57页。

内在关联，但这样的亲密无间实际上遮蔽了乡土的存在，而当现代性带来"断裂"时，在现代的视野当中，"乡土"才被再一次地发现。一方面，"乡土"脱离了古典的语境，作为现代审美对象的景物出现；而另一方面，"乡土"又呈现为一个现代意义的文化概念。所以，当以鲁迅为启发的现代乡土小说在新文学的场域中出现时，它意味着在文学的语境中，"乡土"被发现了，其现代意义不言而喻。

那么对于"80后"而言，在社会转型的大时代背景下，他们在一切都"像所有流体一样，它无法停下来并保持长久不变……这个世界中的一切，差不多一切，都是变动不居的"这样一个"液态的现代世界"中①，所获得的体验和做出的回应，都可以说是一次对"乡土"的新的发现。特别是对于少数民族来说，自身的文化在不断地受到现代性的强大冲击，他们在被其吸引的同时也会惊讶、痛苦地发现，自己的边地获得了"现代"，却也在节节败退。这些与现代乡土的发现也是相似的，这样的发现也就成为了"80后"少数民族作家们乡土书写这个维度最为重要的情感基点。或许我们可以用向迅（土家族）曾经的一篇旧文标题"背叛泥土"来对这样的情感牵绊作出描绘，就如向迅在散文中所写到的，如果想要反抗"出生在鄂西山地的人，似乎从出生之始，就已被命运安排为一个以泥土为生的种田人"这样的宿命，那么最后才会醒悟，"背叛了泥土，就等于背叛了庄稼，背叛了村子里的四季，背叛了那些油光闪亮的农具，背叛了炊烟，背叛了虫鸣，背叛了父亲的呵斥，背叛了母亲的呼唤，背叛了一种生活。背叛了泥土，也就是背叛了自己整个的少年时代和童年记忆。背叛了泥土，注定了一生就处于无根的状态。只有偶尔亲近它，才能找到丢失已久的山地方言和感知到漫漶在山地间

① ［英］齐格蒙·鲍曼：《来自液态现代世界的44封信》，鲍磊译，桂林：漓江出版社2013年版，第1、79页。

的温暖。"① "背叛"意味着必须要"出走",而在"出走"中却又逐渐加深了对于泥土的理解,让这些"背叛者"们看到了更多的乡土风景。

一、大乡土之上的守望

在与乡土的撕裂和拉扯中,这些年轻作家们重新获得了对于大地的认同,我们常说,"熟悉的地方没有风景",但当这些年轻人们带着对无穷尽远方的向往"出走"故土时,也同时获得了与大地之间的距离。距离的浮现亦即风景的浮现,当开始对于乡土的怀旧之后,乡土风景的重新发现才有了可能。就如有学者所指出的那样:"怀旧对象因其与主体的当下情境拉开了时空距离和心理差距,就不再是我们曾经知觉过的那个世界,而变成了借助想象以'再现''过去的形象'的方式存在着的另一种现实。在此,怀旧根本是一种精神体验,怀旧对象成了审美对象,怀旧的世界成了以潜在的形象为前提的世界,而怀旧活动得以展开和进行下去所依据的想象、感觉等意识行为就是审美知觉的重要构成。想象的参与是显而易见的,就如审美接受必须通过想象把自身放置到作品完成当时的那个环境中去一样,怀旧也只有借助想象的力量才能重新获得源自过去的生命动力。"② 重新获得了对乡土大地的体验,也就意味着远离乡土之后获得的距离以及过去和现在之间的距离,恰好构成了对乡土书写的一个动力点,"大地之书的博大精深,每个人都得 / 用一生的精力来学习,来钻研"③,这其中向迅的写作就格外引人注目。

"背叛泥土"是向迅走入文坛的姿态,尽管"背叛",但这背后透露出的恰恰是作家对于故土,对于大地的深沉爱意。在向迅的散文创作中

---

① 向迅:《背叛泥土》,《民族文学》2011 年第 1 期。
② 赵静蓉:《想象的文化记忆——论怀旧的审美心理》,《山西师范大学学报(社会科学版)》2005 年第 2 期。
③ 何永飞:《四叶草》,北京:大众文艺出版社 2008 年版,第 5 页。

"鄂西大地"一直是他叙述的主题，他的叙述没有城市人的自恋、傲慢与市侩，也没有顾影自怜的小资情调，一切都在围绕着"乡土"自然地展开，字里行间透露出的是质朴与素净。自然中的大地并不是一个独立的存在，它是一个巨大的生命圈，既包括土壤、水和空气，也包括生长在大地上的一切生命体。因此，与此相类似，我们可以发现，在向迅的散文中，村庄、原野、泥土、清江河、粮食、土地庙等意象都从不同的维度向我们展现了向迅对大地的赞美以及对现代文明的深刻反思。"故园"——"乡土"一直以来都是中国作家取之不尽用之不竭的文学资源，也是作家书写乡土文化的起点。可以说"泥土"是中国乡土文化的核心要素，是大地的基本构成。众多作家对泥土总有着一种别样的情感体验，向迅也不例外，在他构建的"大地"意象维度中，泥土是必不可少的构成。作为一个土生土长的鄂西人，"泥土"或者说"大地"对于向迅而言便是这片养育他的鄂西土地——他时刻想要离开，却又无时无刻不思念的故乡。

向迅散文叙述中的故乡总与"泥土"有着千丝万缕的联系，这片神圣的土地在孕育着生命的同时，也给漂泊在外的人们保留了一块心灵的栖息地。在《谁还能衣锦还乡》一文中他曾提及，"建立在土地和粮食之上的故乡，一旦被架空，那就成为了空中楼阁，成了一栋危房。"[1] 诚然，只有孕育生命的故乡才会有生机，才会有历史的传承，只有扎根在泥土的故乡才是真实的存在，"人人都可以说有一个故乡，可太多的人连个凭吊处都找不到。"[2] 对于许多生活在城市里的人来说，那方铺满钢筋水泥的土地勉强可以说得上是他们的故乡，可在中国式的拆迁面前，这个所谓的故乡却又是那样的脆弱和不堪，因而向迅觉得一开始就出生

---

[1] 景阳（向迅）：《谁还能衣锦还乡》，北京：作家出版社 2013 年版，第 4 页。

[2] 景阳（向迅）：《谁还能衣锦还乡》，北京：作家出版社 2013 年版，第 8 页。

于乡村后来才到城市生活的人是幸运的，因为当他们厌倦了城市的生活时，他们可以回到这片土地上去找寻足以让他们心灵得到安慰的最后屏障。城市化进程在无情地吞噬着这个质朴的故乡，儿时记忆里的故乡不复存在，当他重新审视这片土地时，抱残守缺的故乡已经开始了暧昧不清的蜕变。向迅在《大地笔记》一文中曾将自己比作是"大地的寄居者"，或许正如他自己所说他是一个"失去了土地的人"，注定"只能是一个暂时寄居在大地上的人"①。这样的情感体验折射的是"80后"作家对现代文明景观的一种深入思考，人类在城市化的过程中肆无忌惮地破坏着土地，毫无节制地索取自然资源，这看似是在追求更便捷更现代化的生活方式，实际上是在不断地毁坏自己的精神家园，让自己逐渐处于一种无根的状态。

每一个村庄都是中国乡土文明的传承，每一个自然村落的形成都是由那些星点人烟历经漫长的岁月繁衍而来的。看着大地上象征着农耕文明的村庄在不断地消逝，向迅深深体味到了大地的无奈，感受到了大地原始生命元素的消逝，于是他将自己的笔停留在自己生活过十多个年头的景阳镇，将迷惘的目光收回到了景阳镇的双土地上，用那份源自内心对古文明的浓烈兴致重新审视自己的家乡。在这里，那沿袭了土家族一明两暗建筑传统的古朴建筑，不单单是土家人精神信仰的归宿，更是家族历史乃至乡土中国的真实见证。

如果说，香火台是土家人神圣不可亵渎的精神圣地，那么，更值得一提的是向迅多次在作品中提及的坐落在村庄里的土地庙。在这里土地庙并不是封建迷信的代言，相反在中国人传统观念中土地与祖宗在某种程度上具有等同性，对土地的敬畏也就是对祖宗的敬畏，它是家族信

---

① 景阳（向迅）：《谁还能衣锦还乡》，北京：作家出版社 2013 年版，第 117 页。

念的凝聚和民族信仰的寄托。向迅在《大地笔记》中写到"简易而破败的土地庙"是城市的精神高地，它承载的是农民朴素的信仰，农民拜祭土地神事实上拜祭的只是一条与土地有关的真理，诚如作者写的"为土地修庙，只是为了表达对土地的感激和敬畏；跪拜土地，是在完成横亘于心的一个古老而庄重的仪式"①。这里透露出的是大地所具有的那种神性，人居于大地之上，也受着这一神性的庇佑。就像沈从文用乡村生命形态的美丽以及城市生命形式批判性结构的合成，完成了他的湘西世界，构建了他心中供奉"人性"的希腊小庙一样，向迅也试图在他的散文创作中构建一个民族性的精神家园，并召回失落于尘世的那份对大地神性的敬畏。

如果说泥土是人们心灵的港湾，村庄是乡土文明的传承，那么，家族则是乡土文明历史演变的纵坐标。我们可以发现他的散文创作那一组关于亲人的作品，既表达自己对亲人的依恋又表达他对乡土世界的认知。《叫你一声父亲》讲述了作为匠人的父亲的风雨人生，父亲经历着生活和社会带给他的重重磨难和打击，为着生计几度背井离乡辗转多地。父亲一生的写照，事实上是乡土中国中那些生活在底层劳动者真实的人生境遇的写照。在《看着你一天天老去》中，向迅朴实真挚的叙述流露的是对母亲深沉的情感，走过年少的自己，"不得不艰难地学会承认并接受这些令人心碎的事实。母亲老了。父亲老了。房屋老了。田野老了。故乡老了。"② 在《失败者的画像》中，向迅客观地呈现了祖父的一生："祖父短暂的一生，是潦草而艰难的，是不可掌控的，甚至是被痛苦挟持的一生。他究竟只是一个充满了时代悲剧的小人物。他的命运，是所有生活在中国最底层的老派小知识分子的命运，是所有中国农

---

① 景阳（向迅）：《谁还能衣锦还乡》，北京：作家出版社 2013 年版，第 129 页。

② 景阳（向迅）：《谁还能衣锦还乡》，北京：作家出版社 2013 年版，第 81 页。

民的老朽。"① 从祖父的一生中，我们反观中国乡村农民祖祖辈辈重复着几近相同的命运——在泥土里挣扎最终又融入泥土。这种生于斯、长于斯、归于斯的生命轨迹，映衬的正是"地之子"与乡土的水乳交融，也使得个体生命具有了不一般的厚重。

不论是祖父、父亲还是母亲，向迅对他们的描述，既有着对亲人人生旅程的回望，也有着对家族历史的构建，写祖父的"潦草""艰难"的一生、写父亲风雨漂泊的人生……这都是从历史的维度去窥探家族历史的深度，从而使读者在一个家族的历史中，看到乡土中国历史演变的缩影，看到一个民族前行过程中的沧桑历程。中国乡村正是由这一辈辈在泥土上辛勤劳作的农民延续的，正如作者在《消逝的原野》中所写的那样，"上帝给每个人都准备了一个原野"，"每一个人的原野都是不尽相同的"②，只有融入生命的原野，才是一个活着的原野，一个有历史的原野。祖父、祖母、父亲、母亲他们都是融入原野的一辈，他们的一生都与"土地"息息相关，他们的存在延续着乡土中国的家族史，演绎着乡土中国的变迁。

尽管这些作家们大都已经由于升学、就业等的关系，走出了村庄，但是那抹泥土底色还是潜藏于心底，时时撩拨着心弦。朝颜（畲族）与故乡的关联首先是从一个疑惑开始的："我的村庄叫作麦菜岭。有很多年，我对这个地名百思不得其解。我们村庄种有各色各样的很多菜，被高高低低的山岭层层包裹，可是麦子呢，麦子在哪里？"③ 父亲刻刀下成形的文字"颍川郡钟氏"把这个疑问的线索投向了北方，最后又在女儿对北方大麦茶的喜爱中落下："我从未和她提起过麦子，但是她天生喜

---

① 景阳（向迅）：《谁还能衣锦还乡》，北京：作家出版社 2013 年版，第 37 页。
② 景阳（向迅）：《谁还能衣锦还乡》，北京：作家出版社 2013 年版，第 17 页。
③ 朝颜：《天空下的麦菜岭》，北京：中国文史出版社 2016 年版，第 12 页。

欢面食。现在她对一壶大麦茶同样一见钟情，那是血脉里的回音吗？"①
尽管祖先一再迁徙，但是和麦子、土地的关系并不能被瓦解，麦子被祖
先遗忘在了几百年前的北方，可是麦子所扎根的土地则是一直都在。所
以她在文字当中怀念的无一不是从"泥土捧出的慈悲"：番薯、芋头和
花生。如果真要找出这些食物之间的关联，那么除了都能果腹之外，深
藏于泥土之中大概就要算是其中一个共通点了。这是泥土的馈赠，我们
对其的挖掘、耕耘也就是在和泥土对话。"金黄的泥土还粘在壳上，抓
一把在手上，香味就悠悠地渗进鼻腔……于是无论生的，熟的，我都
喜欢买这种带泥的。我把它们含在嘴里，似乎就把泥土咀嚼进了生活
里。"② 这样不舍的情感大概就像是作者的感慨："我们使出浑身解数离
开了泥土，却用一生来怀念泥土。"③

　　由于得益于高原之上的生活经验，从某种意义上来说，生活于云南
山地的人们对于高山的体验是其他地域的人们难以想象的，尤其是在这
样层层叠叠的山峦起伏中，这些高原之子们对大地的感受就又要多了几
分别样的艰辛，以及那对于留存于大地深处的神性的敬畏。何永飞深居
于高原，对于他来说，"高厚的骨骼充满神性"（《修庙》），这里弥漫着
的亦是奏出千年绝响的"佛音"，"高原，佛音在骨子里流淌，尘埃无处 /
安身……有呼吸和心跳的 / 地方，就有佛音的存在"（《佛音》）④，在这
样的空间中，唯有行走才是最合适的姿态。

　　何永飞正是操持着满卷的诗语，沿着马帮千百年来留下的印迹在这
块高原大地之上开始了一段不寻常的行走。面对这一片大地，宛如面对
那一串串难解的"密码"，诗人用手中的诗笔拨开迷雾，在山地上找到

---

① 朝颜：《天空下的麦菜岭》，北京：中国文史出版社 2016 年版，第 15 页。

② 朝颜：《天空下的麦菜岭》，北京：中国文史出版社 2016 年版，第 40 页。

③ 朝颜：《天空下的麦菜岭》，北京：中国文史出版社 2016 年版，第 41 页。

④ 何永飞：《茶马古道记》，昆明：云南人民出版社 2015 年版，第 75、88 页。

了马帮们留下的答案："谁也没有想到 / 费尽周折寻找的密码 / 竟然是地上行走的马帮，他们被输入 / 山河间，高原的秘密不再是秘密。"(《山河密码》)[①]；掀起面纱，扑面而来的是高原大地的广袤与神秘，"南高原的皱褶，每一道都是时光 / 使劲踩出来的，里面住着最美的神 / 最凶的魔，最懂得周游于神与魔之间的 / 巫师"(《马蹄下的横断山脉》)[②]；厚重的神性在一丝一缕中得到呈现，它是一匹马的呼唤："啃食雪域最圣洁的白云，踏出天籁般的 / 蹄音，每一根鬃毛上都系着风的密语 /……背上驮着神的旨意，驮着雪山的祝愿"(《一匹马的呼唤》)；它是能够踏响岁月的"杂种"骡子："一朵大红花 / 开在头顶，发黄的日子重放异彩，小小的 / 脊背，在山河间托出一部厚厚的史书"(《骡子的身份》)[③]；它也是完成那一次"穿越千年的接力赛"的牦牛："牦牛接过马帮的温度和热情，用锋利的角尖 / 顶破狂风，用稳健的四肢，踏碎厚雪 /……它们始终将时光和风雪，远远地甩到身后 / 将太阳和月亮，驮进各个民族的心脏"(《牦牛的角色》)[④]；那神性当然也萦绕在马帮留下的千年蹄印之间，古道托着马蹄，马帮又将这份厚重延展，但"马帮走得再远，也走不出神灵的掌心 / 神灵并不虚幻，天空即神灵，大地即神灵 / 亲人即神灵……若问 / 神灵到底为何物，答曰：神灵即大自然"(《祭祀》)[⑤]。

这样的神性并非是一种遥远的敬畏，相反，它始终显现在一种人与自然怡然自得的融洽之中。"赶马人，赶着高原的阴晴，赶着月亮的圆缺 / 在佛心与魔掌之间穿行，以古铜色的生命 / 破解自然之法，破解天象之谜"(《把脉天气》)[⑥]，这自然不是马帮的法力通天，而是由于他

① 何永飞：《茶马古道记》，昆明：云南人民出版社 2015 年版，第 5 页。
② 何永飞：《茶马古道记》，昆明：云南人民出版社 2015 年版，第 32 页。
③ 何永飞：《茶马古道记》，昆明：云南人民出版社 2015 年版，第 22、24 页。
④ 何永飞：《茶马古道记》，昆明：云南人民出版社 2015 年版，第 26 页。
⑤ 何永飞：《茶马古道记》，昆明：云南人民出版社 2015 年版，第 84、85 页。
⑥ 何永飞：《茶马古道记》，昆明：云南人民出版社 2015 年版，第 84、85 页。

们心中留存了那份对大地、对自然的敬畏之心。"赶马人一生都把时令，插在指尖 / 他们从不偏离时令，一如不偏离心中的神"（《赶时令》）。正是有了这样一份对于大地的敬畏，山民们才能够在这一条山道之上走得平稳自如。

何永飞用文字记下的是自己诗歌的步伐，而这种"行走"的姿态还来自于那一批批在古道之上默默前行的马帮们，这样的行走，或者说是"运输"，对于他们而言是关乎生命的。迫于生计，他们在静默的大地之上无言行走，身上在披上了山地的厚重与肃穆的同时，也由于生活的苦难而多了几分沉甸甸的苍凉。古道虽艰险，但却是生命线般的存在："一代人远去，又一代人归来，他们只为赎回头颅 / 只为把源于祖先心脏的生命线，拉得更长一些"（《生命线》），或许这样的生命艰险，正是山民们于大地之上栖居的确证所在，从大地获得生命，最终又将这一肉身回归于大地中，"一直行走，很坦然，每个人最终都要回到 / 大地的肠胃里，被消化……"（《峡谷谣》）[①]，这块大地对于边地人民而言，永远是"生命线"的源头，也是生命之路的归途。

马金莲的写作一直都集中于自己所生活的西海固，在这片土地之上，她又在时间的纵轴上画下了一个特别的系列："年代"系列，包括了《1985 年的干粮》《1986 年的自行车》《1987 年的浆水和酸菜》《1988 年的风流韵事》《1990 年的亲戚》《1992 年的春乏》等几篇小说。"以年代为标题，把年份镶嵌进去，便是属于自己的年份书"[②]。以自己对"年代"的敏感来书写不一样的年代，写出的是有着专属性，同时又有着广博情怀的年份故事。

马金莲在自己的文字中历来专注于日常的生活，在细密的话语中勾

---

① 何永飞：《茶马古道记》，昆明：云南人民出版社 2015 年版，第 18 页。
② 马金莲：《1987 年的浆水和酸菜》，广州：花城出版社 2016 年版，第 199 页。

勒出温情与厚重。这些故事跳不出家长里短，亲戚邻里，所涉及的又是乡村人家里最常见的物件，比如干粮、浆水和酸菜、自行车等。不管是物还是事，其实都是乡邻生活里司空见惯的，似乎是不起眼的，但在马金莲的悉心勾勒下却又透出别样的韵味。如《1986年的自行车》围绕着自家的一辆自行车出借与否的问题，一面写舒尔布因为长相不佳，为了能顺利相亲，来"我"家借车的始末，一面又穿插着家长里短：外奶奶的小脚故事、父亲和母亲之间的甜蜜和莫名的斗气，还有我和姐姐对父亲外出回家时帆布包里东西的觊觎等等。这样的明线、暗线交错，在一辆自行车的背后，深蕴着的是家事的种种艰辛与不易以及乡邻间的情谊。再如《1987年的浆水和酸菜》中，小说的主角是浆水、酸菜这两样在乡村生活中极普通的食物，但显然真正编织起整个故事的还是这些黄土地上的人和事。这里的乡民们生活困苦，年复一年日复一日单调的菜饭正因为有了这不起眼的浆水和酸菜，获得了佳肴一般的享受。每个人都因酸菜的加入而胃口大开，外出赶集回来的爷爷嚷嚷着口渴得"心都干透了"，但是一碗浆水就能让他舒坦得连皱纹都平整开来。乡民们生活艰辛，面对贫瘠的土地只能无奈坚守，而这些普通的东西却能够让生活获得了不一样的光亮。更难得的是，一碟酸菜、一盆浆水，背后也还包蕴着人与人的情意相连。二奶奶好吃懒做，从不自己动手卧浆水酸菜，每一年都从"我"家讨要，我们虽然总有怨言，可是一年年下来，那浆水和酸菜的馨香早已经将这些细枝末节一一浸泡、洗去。同样在《1985年的干粮》里，"我"家对常常来蹭吃的奴海子虽然很无奈，但却始终对其包容、照顾，就像小说中常常出现的一句话："五谷嘛，碰上就要吃呢，遇上五谷不吃有罪呢"，这其中更是折射出了乡土之上人们的真情和韧性。

马金莲的写作并没有被那些看似无聊的生活细节所淹没，相反，通过对这些时时刻刻存在于自己本乡本土之上的生活场景的悉心描摹,我们看到的是作者那被生活充盈得饱满的精神世界。她始终都在用一种黄土地之上特有的温情目光来观照着与自己一同生活的"地之子"们,轻盈却又笃定。从这个意义上来说,马金莲的独特之处就在于她身上浓郁的"土气",当然,这种"土气"并不和所谓的时髦与流行相关,指向的是周作人所强调的"土气息、泥滋味",这样的乡土本色在少数民族作家的笔下具有共通性,而在这群"80后"作家身上则又显得格外地引人注目。从乡土出发,或是以"生活在别处"的姿态来回望乡土,映衬的是这群年轻作家们直视现实的文学态度。

这里书写的年代,又恰恰是以她自己为代表的"80后"所经历过的一段年代,于是这就不再是一个人的年代书了,而是对一群人的年代记忆的总结。这样有意识的"年代书写",实际上也和"小乡土"的构建是相关的。

乡土是贫瘠的,也充满了温情,它的广博和包容既是何永飞笔下所描绘的古道所负载的厚重,也是马金莲、向迅等表现的温情,同时还有着用泥土的温度融化乡野恩怨的仁心。

二、乡村安魂曲

值得注意的是,"背叛泥土"让这些年轻作家们获得的首先是在空间和时间维度之上与自己故土的距离,这样的距离使得"背叛者"们得以调整自己回望故乡的视角和位置,不再是一种囿于其中的束缚,当他们跳出这一空间到外界游走时,空间的变换带来了全新的眼界,"空间的流动,往往可以使流动主体的眼前展开两个或者两个以上的文化区域和文化视野,这种'双世界视景',在对撞、对比、对证中,开发了人们的智慧。……两个世界的对比,可以接纳、批判、选择、融合的文化资源就多了，就能开拓出一种新的精神境界和思想深度。空间流动的一加一是大于二的，是超越二的，进入一种新的维度丰富的思想层面。思想在流动中发酵。这就是'双世界效应'。"①不是一味地维护或者眷顾，亦非完全地摒弃，在"距离"的支配下，将自己对于故乡的情感置放于客观的位置上，"距离"提供了另一种的观照角度。因此，我们就在这些作家的笔下读到大乡土中的美好、眷顾，也读到了苦痛和挣扎。

年少时的向迅一直想要逃离鄂西这片土地，因而他在《背叛泥土》一文中颠覆了"泥土"传统的神圣化意象，无情地解构这一文学意象。他一直想要逃离这片养育过他的土地，想要反抗"出生在鄂西山地的人，似乎从出生之始，就已被命运安排为一个以泥土为生的种田人"②的宿命，他不想接受父母的安排，不想安守于农村孩子的命运做一个合格的种田人，他对外面的世界有着一种憧憬和渴望，"背叛泥土"的种子伴随着这种憧憬悄悄地在他的心里扎下了根。在现实中，向迅也以离乡的方式叛离了鄂西土地，二十岁之初便游历过许多名山大川，然而正是这样的诀别，让他能够更深入到泥土深处去思考人生，思考现代文明带给乡村的改变。

向迅的叛离，是因为他在鄂西故土上的生活经历让他看到了鄂西土地上辛勤劳作者的艰辛，踏踏实实做一个种田人，仅仅依靠那几亩田地在时代变迁的背景下根本无法生存下去，只有舍弃和叛离才能在时代的潮流下继续生存。向迅不甘于做一个老实的种田人，他执拗地逃离和背叛，不是故作惊人之举博人眼球，只是乡土中国的底层世界生活的切肤感受让他不愿甘于命运的摆布，想要通过逃离来摆脱命运的枷锁。"泥土"作为大地意象的构成部分，既是孕育生命的土壤，又是人们心灵归

---

① 杨义：《文学地理学的渊源与视境》，《文学评论》2012年第4期。
② 向迅：《背叛泥土》，《民族文学》2011年第1期。

依的栖息地，它寄寓了作者对故乡的落后、贫穷的反思，以及对乡土中国愚昧偏狭的人性弱点的深刻透视，叛离既有着对未来和梦想的憧憬与追寻，也有着生活的无奈。

显然，在向迅笔下的"大地"并不单单指物质形态的土地，同时也隐喻着人类的精神家园。但随着工业社会不断加快的步伐，象征着农耕文明的土地正在一步一步地被城市文明蚕食，人们虽然丰富了自己的物质世界，但是精神世界却变得空虚颓靡，随之而来的是不断膨胀的欲望。向迅带着浓烈的悲悯，用自己的笔记录下了乡村的疼痛，因此他散文中的"村庄"也被赋予了特殊的含义，是一个相对于城市独立存在的概念，是他构想中的理想社会。向迅所怀恋的村庄是美好人性的安放之所，是荡涤人性的神圣殿堂，然而置身在现代化都市中的向迅，看到的是在城市化的浪潮中村庄的慢慢萎缩，人类赖以生存的精神家园的枯竭。

乡镇、村庄在现代化大背景下逐渐被城市化，都市中的思想观念通过外出打工的人渐渐影响乡村的风俗习惯。现代文明的发展解决了长期困扰人们的"温饱"问题，人类也在城市化的过程中逐渐从愚昧变得文明。然而，在这一过程中人性中的"简单""真实"也在慢慢地消失。在《大地悲歌》中作者写道："村庄之美，不止在于它与大地的浑然天成，更在于它是文明心灵的最后的归宿。那是连着泥土的家园，是故乡最确切的出处。"[1] 可以说，向迅散文中的村庄意象是人类心灵最后的归依。面对被城市围剿的"最后的村庄"，他疼惜的是大片大片的土地、农田的荒芜，质疑的是"从这扇门走出来的农民，面对着那么多十字路口，面对着城市的虚浮，面对着未来生活"会不会迷路，担忧的是"那些看起来破败的贫穷的村庄，是中国绝大多数人的精神大厦"的

---

① 　景阳（向迅）:《谁还能衣锦还乡》，北京：作家出版社 2013 年版，第 127 页。

坍塌。①

　　我们离开了那个熟悉得没有风景的地方，但是我们是不是又走得太远了呢？就像加撒古浪（彝族）在诗歌中写出的无奈："父亲一直生活在村庄／有牛羊和粮食的村庄／跟随自由的山风放牧羊群／而我把村庄含在眼里／住在他们的对面，恋爱／娶妻、生子、工作、写诗。"（《父亲与村庄》，着重号为引者所加）② 父辈们在村庄中守护着一切，并"把自己同粮食种在了故乡"，他们和土地依然保持着血肉相连。而后辈的我们，却只能遥远地凝望，将村庄"含在眼里"。如果说父辈们还拥有着对泥土、村庄最真切的感受，那是一个真实的空间，那么到我们这里就只剩下了眼中遥远的图景，模糊、虚幻。从过去到现在，生活在改变，逐渐富足起来，但一条隔阂也在悄然出现，"过去／我们住在破旧寒冷的木板屋／但火塘锅庄的周围却是温暖的／现在／我们住上彩瓦房／火塘锅庄却已失宠冷却。"（《过去，现在》）③ 这里不仅仅是一条不能跨越的时间河流，更是一种生活实感的流逝。所以一直未曾停笔歌唱自己故乡"勒阿"的诗人诺布朗杰（藏族）也在感慨"我要写的勒阿越来越少了"："还没动笔，那头刚犁完地的老牛／被牛贩子牵走了／还没笔，那轮水力转动的经筒／被无缘无故拆掉了／还没动笔，那些所剩不多的喇嘛／突然间还俗了／还没动笔，那没讲完故事的老人／一语不发就谢世了。"④

　　即使是拥有着传承千年的蔡氏七十二道工古法造纸的村庄，绵延的传统也无法抵挡外面的世界："蔡家坳、香树坪、兴旺、坪楼、木腊、亚子坝，阳光依旧倾泻在黔东小镇合水的这些村庄里，倾泻在满山树木上，却是凄清得很。相比起来，这些年周边的草木见风长，无比茂盛，

---

① 景阳（向迅）:《谁还能衣锦还乡》，北京：作家出版社 2013 年版，第 137、139 页。
② 加撒古浪:《把月亮种在村庄》，昆明：云南人民出版社 2016 年版，第 25 页。
③ 马海子秋:《环山的星》，北京：团结出版社 2016 年版，第 13 页。
④ 诺布朗杰:《蓝经幡》，北京：作家出版社 2018 年版，第 117 页。

而村庄却异常空寂。空寂如草木，在院子和村路上疯长。造纸七十二道工，好比取经路上的七十二道磨难，让青年男女看不见尽头，看不到终点的光芒，他们纷纷拔起双脚，赶赴灯火辉煌的大都市，在虚幻的光芒里积重难返。"①

是什么组成了村庄？答案多种多样，但毫无疑问，人是其中最重要的一环。正是一个个活生生的人，串联起了乡土之上的物与事，也正是因为有了人的劳作、耕耘，村庄才是活的。诗人们也在赞叹："村庄像刚出生的婴儿／毛发稀疏，惹人喜爱／因此，无论身在哪里／怀里只揣着一个村庄。"（《想念村庄》）② 但现实中，乡土正在逐渐地与外面的世界融为一体，"现代"以它的速度穿过村庄，并带走了许许多多渴望走进外面的世界的人。于是，"一群人浩浩荡荡地奔赴他乡，一群人孤孤单单地留在没有父母的家乡。世界的倾斜和崩漏似乎已成为常态。"③ 这的确是一个悖论，越来越多的"地之子"以各种各样的名义离开，奔赴预示着希望的他乡，可是奔赴希望的同时，却也斩断了希望——留守在家中的孩子对父母的期盼。一种希望的获得，是以失去另一种希望为代价的，这和他们离开时的愿望显然是背离的。

朝颜曾经做过教师，也担任过驻村干部，这些经历让她获得了对当下村庄最直接的认识：家韦的父母外出打工，只有爷爷陪同，在亲子接力滚铁环的环节中，爷爷不肯参与，虽然家伟技巧娴熟，但也只能无奈弃赛，他失去了在比赛中争取胜利的希望，更失去了父母陪伴的快乐；家长会上取代了年轻父母的是那些吭吭咳嗽的老人，甚至也有人从未出现过，留下了如疮疤一般的空位；当殷红的鲜血第一次从身体里流

① 陈丹玲：《村庄旁边的补白》，北京：作家出版社 2017 年版，第 2 页。
② 加撒古浪：《把月亮种在村庄》，昆明：云南人民出版社 2016 年版，第 32 页。
③ 朝颜：《天空下的麦菜岭》，北京：中国文史出版社 2016 年版，第 75 页。

出，留给楚楚的不是母亲在一旁的温暖和陪伴，而是冰冷、惊慌失措和
耻辱；母亲在外开店，一门心思赚钱，疏于管教的丽丽撒谎、偷钱、网
恋，甚至一次因偷钱被训斥后竟然抄起板凳拐向了自己的奶奶；我从小
就熟识的宝儿，受人教唆，走上了偷盗的歧路，我惊讶之余回顾起他成
长的道路，才发现原来在他成长的路上一直都缺少着该有的陪伴……所
有这些事情无不让人心痛、诧异，亲情和家庭教育的缺失，让这些本应
有着美好希望的孩子们滑向了边缘、阴暗的角落，他们都有一个共同的
名字：留守孩。如果说城市对乡村的侵蚀以及在繁华的摩登生活的诱惑
下人们的出走和逃离都是现代性在乡土之上撕裂开来的伤痕，那么这些
留守孩就是村庄遗存的最后一点精魂了。

根据民政部的数据，截至 2018 年，我国农村留守儿童共计 697 万
余人，其中 96% 的农村留守儿童由祖父母或者外祖父母照顾，4% 的农
村留守儿童由其他亲戚朋友监护。在年龄结构方面，6—13 岁的农村留
守儿童规模最大，占 67.4%。[1] 可见，朝颜所记录下的那些问题并不是
个例，而作家们对留守孩的关注也是普遍的，马金莲就给出了自己的独
特思考，在小说《风筝》中，儿子儿媳外出打工，留下了孙女孙子在
家与爷爷奶奶"做伴"。整日里与爷爷奶奶、果树、名叫小明的狗等做
伴的孙子实际上并没有伙伴，甚至从电话筒里传出的父母的声音于他而
言也是陌生的"那两口子"。他一直渴望着能够像自己的同学一样有一
个大风筝，"挥着漂亮翅膀的，五彩的风筝，擎在手里，举在风中，迎
着风奔跑，风筝就慢慢飞起来，带着一股清凉的风，向着天空越飞越
高。……他小小的心，也就随着这气流飞快地跳跃起来……"[2] 所以每

---

① "图表：2018 年农村留守儿童数据"，参见民政部门户网站（http://www.mca.gov.cn/
article/gk/tjtb/201809/20180900010882.shtml）

② 马金莲：《难肠》，银川：宁夏人民教育出版社 2017 年版，第 178 页。

一次爷爷到镇上卖口弦时，小孙子都要再三地和爷爷提起这件事情。可无奈的是，小小的村镇是买不到这么精致的风筝的，而且家里的经济条件也不允许，最终擅制口弦的爷爷凭着自己的精细功夫，用做口弦的竹片和奶奶的一片旧绸巾为小孙子做出了一只燕子形的风筝，这一个飞翔的梦也才终于有了雏形。

马金莲敏锐地观察到了村庄"空"了是两方面的，一方面孙子与儿子之间是"空"的，"爸爸妈妈"已经成为了一张相框里的相片，或者说是一个怎么也发不出音的词；另一方面，儿子与爷爷之间无疑也是一种"空"的存在，儿子带着心愿踏上了离乡的路，却不曾想到自己的父亲也失去了说话的对象。"儿子要是不出门打工，留在家里，他们爷儿就能早晚守在一起，说说话儿，商量个家长里短，哪怕有时候他拧着脖子跟老头子犯犟，那也是一种幸福啊。"[1] 在作家的讲述中，我们看到留守的有孩子，还有慢慢老去的老人们。于是，那些"逃离"了村庄去追寻更好生活的人对于祖、孙两代人都成为了牵挂的远方。小孙子在这空荡荡的村庄中渴望着能够像风筝一般欢畅地飞翔，他的身后始终有一根线在牵引着，可他的父母们早已像断了线的风筝一般飞向了遥远的城市去追寻一个缥缈的前程。

风筝在这里成为了一个多向的隐喻，它既是村庄"留守者"的梦想，也是"逃离者"命运的写照。小说中还穿插了从老口弦艺人冯瞎子到现在爷爷摆口弦摊这样一个情节，冯瞎子"把口弦弹活了，每一声，一丝，都含着忧愁，像饱经苦难的女人，在诉说内心的忧伤……那些生活中遭遇坎坷活得不如意的女人，情不自禁地入了迷，痴痴听着，深深沉浸其中"[2]，而爷爷自己无师自通地琢磨出了如何制作口弦，似乎得了

---

[1]　马金莲：《难肠》，银川：宁夏人民教育出版社 2017 年版，第 185 页。

[2]　马金莲：《难肠》，银川：宁夏人民教育出版社 2017 年版，第 182、183 页。

冯瞎子的真传。但是不论是过去的冯瞎子，还是现在的爷爷，口弦始终是忧愁无人诉说时的一个途径，它和现在年轻人的隔膜其实就像爷爷和外出打工的儿子之间不能说话、交流一样，这不仅仅是乡土的失落，更包含着乡土之上的文化忧思。

在另一篇小说《三个月亮》中，故事是从一个儿童艾力夫的视角讲述的，艾力夫的爸妈马冬和妖妖在外打工，他则和爷爷奶奶留守家中，除了父母不在身边，艾力夫得到了爷爷奶奶所有的疼爱，直到大伯的两个孩子明明、亮亮的到来，原本看似平静的生活被打破了。不但本来是自己独占的疼爱被分走了，而且在这一对兄妹面前，艾力夫也越发显得不如人了，因为他的妈妈妖妖走了，嫁给别人了。虽然都是留守孩，可是艾力夫没有了妈妈，明明和亮亮却还有着对远方的思念，他也因此和明明、亮亮产生了很多的冲突。没过多久，三个留守孩子的命运又重新回到了同一条起跑线上，原来大伯也和妻子离婚了，明明和亮亮也和艾力夫一样了。不管在回忆之中，母亲是多么地疼爱自己，回到现实中来，他们三个都是被"遗弃"在村庄的孩子。父亲马冬即将娶回一个寡妇，明明和亮亮的妈妈也在仓促扔下一包衣服和零食之后消失了，如果说之前"留守"对于这些孩子来说，还有着对未知远方的思念和寄托，那么现在就只剩下被遗弃的苦涩了。所以三个孩子一起决定要去寻找自己的妈妈，他们偷偷带走了爷爷的钱，踏上了北上新疆、南下河南的寻母之路。站在路口，艾力夫"微微地仰起了头，他像个大男人一样伸出了手，向着远处正在开来的小车挥动"[1]。远处的明明也举起了手。小说在这里悄然停下，我们并不能够知晓这些孩子们的寻母之旅究竟如何，但这样的坚强无疑也是带着一抹苦涩的。

如果说《风筝》中的小孙子在风筝的飞翔中找到了至少是暂时的心

---

[1]　马金莲：《河南女人》，北京：作家出版社 2018 年版，第 60 页。

灵寄托，《三个月亮》里的明明、亮亮和艾力夫最后离家出走去寻找母亲的行动也闪现出倔强和坚强，那么马金莲在《大拇指与小姆朵》中讲述的故事就显得格外惨烈和心酸了。哈蛋一人在外地建筑工地打工，媳妇和两个孩子大拇指、小姆朵留守家中。为了能够补贴家用，哈蛋媳妇思索再三，决定将两个孩子安置在一口空窑里，自己则加入了摘枸杞的队伍。可是意外还是发生了，两个孩子被一条毒蛇袭击，哈蛋媳妇回家之后发现这一切，丧失心智，撕咬毒蛇的同时也被咬伤。远方，正在思念亲人的哈蛋电话响起。似乎这起惨剧是由那条毒蛇所造成的，但背后潜藏的还是那个避不开的困顿：留守。

"留守孩"的背后折射的正是乡土的现状，村庄的破败无法阻挡，而乡土精魂的遗忘更让人忧心，正是在这个意义上，这些作家们的关注也代表了文学"干预现实"的力量。

这些父母们的离开，留下的是留守孩的期盼、希望和苦涩，而以另一种形式离开的人们也遭遇了"水土不服"。陶丽群和马金莲的两篇小说《风的方向》和《伴暖》就将目光聚焦在了那些经历了村庄搬迁的村民们离开旧土、扎根新地时不同的感受。

十一年前，田成山带领着三十六户村民从老家凉山村移民到了竹溪乡，辛苦种下的麻竹眼看就要收获却被当地村民偷砍，移民们无处寻理，只因这片他们辛苦耕耘了近十年的山林地不属于自己，他们没有林权证。移民和当地人之间的冲突在德高望重的茂叔死后进一步激化，茂叔希望自己能够土葬，因为按照故乡的风俗，只有"大逆不道、遗弃父母的人和他乡亡故的人死了不能土葬，只能火葬"，而当地人也一步不让："他们的死人不能埋在我们的地上。"对于土地他们有着共同的执着，却也因此产生了纷争。作为当年带领村民们搬迁至此的带头人，"田成山感到轻飘飘的，有种虚幻感，自己是老凉山村人吗？是，又不是。是竹溪乡人吗？是，又不是。那么自己是什么人？从哪里来？到哪里去？几个疑问在脑子里乱麻一样纠缠，田成山回答不出来，也没有人回答他。"[1] 其实，困扰着移民们的不仅仅是"林权证"，更重要的是他们对于土地的那种归属感在这一片新的生活之地上消失了。

陶丽群写出了田成山和村民们想扎根而不得、想回乡亦不可行的那种尴尬和苦楚。在另一片土地上的于海元经历的则是能走却又不想走的眷恋。白蒿湾经过大搬迁之后，村民们都已经搬进了新居楼，已经没有人还在庄子里住了，除了老汉于海元和一只黑狗。于海元拒绝了让自己住进养老院的安排，坚持要留在老村庄里种地，自力更生。那些早已搬走的村民们也时常会在上坟时节回来，"家搬了，人走了，能带走的全带走了，坟带不走，坟里的亡人留下来了。有亲人睡在这里，活着的人，不管走到哪里，走多远，一颗心还是牵念着这里"。[2] 除此之外就只有于海元一个人默默在这个早已被遗弃的村庄中坚守着，直到马青山的女人也回到了这里，两个人虽未碰面，但在这样一个遗弃之地总算是找到了一种相互扶持的"伴暖"。他们在曾经属于村民的田地里耕种、收获，丰收了，却再没有了那种喜悦，就像于海元感叹的，"当年谁能想到，最后我们白蒿湾的人会离开这里，都走了，都成离乡人了，这黄土下面睡的亡人，和世上奔命的活人，是再也睡不到一片土地里了"。[3] 于海元与马青山女人的坚持还是没有能够继续下去，村里引进了养殖企业，要在被荒废了的白蒿湾办一个天然绿色无公害养殖场，那些终日陪伴着于海元的狗群也将会被当作野狗处理掉。坐着小卧车离开的于海元将要前往大队长口中"吃喝不愁"的养老院，但也同时离开了自己

---

① 陶丽群：《风的方向》，南宁：广西人民出版社 2013 年版，第 72 页。
② 马金莲：《伴暖》，北京：北京十月文艺出版社 2018 年版，第 6 页。
③ 马金莲：《伴暖》，北京：北京十月文艺出版社 2018 年版，第 53 页。

的"根"。

在这里，我们可以对"乡土"做一个简单的字源考察来帮助理解这种人与土地之间的情感关联。"乡"，在繁体中写为"鄉"，甲骨文字形又如同是两个人相对而坐，共食一簋，本义即为用酒食款待别人。其音义又通假宴飨的飨，相向的向，同时亦有"往昔"之意和假借为行政区域名。"乡，国离邑民所封乡也"，也就是说"乡"字始终都是与人的生长、立身之地相关联的。而"土"字甲骨文字形则是上面像是一个土块，下面则是像地面，有一种生长的寓意，《说文解字》也是在这样的层面来展开解释的："土，地之吐生物者也。"《管子·水地》中亦云："地者，万物之本原，诸生之根菀也，美恶，贤不消、愚俊之所生也。"显然，这两个字在能指的层面是直接地指向了关于人的生长、居住之地的描述，而基于此的所指层面更是具有了丰富的意义，与家乡有关的一切听觉、视觉、味觉等等都在这样的能指导引之下得到了生发。它不仅仅是居住地，也是人类心灵的栖居之地，是一个人类精神谱系中的原乡神话，它让跋涉在人生旅途中早已疲惫不堪的心灵得到了休息与解放，让这样的一个地理空间同时具有了形而上的意义。

也就是说"乡土"这一词在出现之初就是伴随着浓浓的抒情气息的，同时也点明了中国人对于土地的浓郁情意是自古以来就萦绕在心头、始终躲不开的一道情意结。这样我们就能大致理解为什么人们总是那么地执着于土地，以及围绕土地发生的故事又都是那样的令人动容。《风的方向》中，茂叔最终得以安葬，田成山也在思索，"埋有祖宗的地方，该算是故土了吧"。而在白蒿湾，这一片埋有亲人的故土却被遗弃了。故土与新地，都不再是根之所系，对这些一生都靠着土地而活的人们来说，这将会是漂泊的开始。不论是什么样的故事，怎么样的结局，写出的都是一群"地之子"对土地的那种执着，从这个意义上来看，那些乡村的留守者和这些坚守者也都是被遗弃者。

被遗弃的除了土地，还有在这土地之上繁衍而生的文化积淀。像那一面象征着佤族精神的百年木鼓，"一百多年来，它曾经历无数的祭祀／架设了无数道桥梁，在神灵与人类之间／而如今，它终于败落在时光里／败落在时代的飞速发展上"（《百年木鼓》）①，这与那嘶哑的"魂兮，回来。魂兮，回来"的"叫魂经"相互呼应，一种无奈、悲伤徐徐漫开。

何永飞用一首长诗"茶马古道记"试图去召回被人们遗忘于历史烟云里的那条古道，却又发现当我们回望到这些大地的苍茫与历史的沉重那条古道在现代喧哗碾压之下已日渐"消瘦"。曾经的马帮用炊烟缝合了裂开的时空，"而现在，流动的炊烟彻底断根，凝固于／冰冷的马蹄印，难怪高原患上了贫血症"（《流动的炊烟》）②。在交通不便的年代里，古道是最为重要的生命线，而当现代的交通工具将这些艰险路途统统踏平之后，曾经的辉煌古道就被现代的速度所遗落了。古道被"腰斩"，"马蹄印裂开的剧痛，无人感知／……高速路从古道边呼啸而过，撞破神坛"（《腰斩的古道》）③，历史在这里逐渐"消瘦"，又在"现代"的碾压之下无言哀泣。于是那曾经经历过无数波涛险阻的赶马人，只能无言地回味着过往的种种光荣，"只是他转身的瞬间，无名的失落掉了一地"（《谈往事》）。正是在这一次的重走古道中，何永飞看到了历史在"现代"重压之下的消瘦。那作为"高原和岁月的关节"一般的古驿站，"依旧还在，而远去的马帮没再回来／翻新的铺面，在出售刻满皱纹的情怀"（《古驿站》）④，对于古道的"情怀"被制成了各式各样的商品，甚至那些马帮的后代们也渐渐遗忘了祖辈们的背影，"他们牵着马

---

① 张伟锋：《迁徙之辞》，北京：作家出版社 2016 年版，第 3 页。
② 何永飞：《茶马古道记》，昆明：云南人民出版社 2015 年版，第 57 页。
③ 何永飞：《茶马古道记》，昆明：云南人民出版社 2015 年版，第 233 页。
④ 何永飞：《茶马古道记》，昆明：云南人民出版社 2015 年版，第 28 页。

匹，马背上坐着游客，对着镜头／努力摆出祖辈的姿态，而始终不成模样"(《马帮后代》)[1]，镌刻于古道之上的那千年蹄印只不过是他们用以换取金钱的一个道具。不可否认，现代化进程为山地带来了曾经遥不可及的繁华，但在这繁华获得的背后却又是难言的沉重，这是现代世界中难以消弭的悖论，沉重却真实。

另外，需要指出的一点是，这些作家在赞美乡土大地，感慨、惋惜它的败落，同时也并没有回避这其中的各种弊端、丑恶。例如马金莲在《难肠》《老两口》中所涉及的乡间老人年老之后无人赡养的心酸；陶丽群《风的方向》写移民无法找到土地和归属感的同时也潜藏着对当地人偷砍移民辛勤种植的竹笋这一偷盗行径的呈现；再如包倬（彝族）的《狮子山》通过一个人口拐卖事件串起了过去和现在两家人的故事，另一篇《观音会》则写了一个民间法师的孩子因为一次无心的谎言却让他自己成为了乡间的守护神，这些故事中弥漫在乡土之上的是愚昧、无知和野蛮，作家的冷眼凝视中也暗含着一种国民性的思考与批判。

"回想是驱使诗人去思考过去的东西；同时，过去的东西本身也驱使诗人去思考，并从思考着的诗人的相反方向返回。"[2]毫无疑问，他们是在用怀旧的话语去书写乡土，但是这样的怀旧是在一种回忆的情绪和反思的力度所交织的语境之中展开的。怀旧的美好来源于这样的"距离"存在，同时正是得益于这一距离的存在，这些作家们对乡土的怀旧书写同时也保持了反思的姿态，对"大乡土"的书写获得了张力。

其实就如张伟锋在《叫魂经》中所呼喊的那样："魂兮，回来。魂兮，回来。／……你们生来就不是死敌／你们行世必须合二为一。"[3]我们

---

① 何永飞：《茶马古道记》，昆明：云南人民出版社 2015 年版，第 235 页。

② ［日］今道友信等：《存在主义美学》，崔相录、王生平译，沈阳：辽宁人民出版社 1987 年版，第 111 页。

③ 张伟锋：《迁徙之辞》，北京：作家出版社 2016 年版，第 19 页。

以"背叛"的姿态出走,但又在这样的距离中重新发现了乡土以及它与我们内在的多重纠葛,它的丰富、充沛,它的衰败、遗失,对这一切的记录是赞美,亦是安魂。

第二节 小乡土:边地风景的文学地理建构

"80后"少数民族作家们笔下的边地固然可以被放置于一个更广泛的"乡土"语境中来讨论,这也是我们在前文中提及的"大乡土"书写。但"边地"在每个具体作家笔下的呈现都有着它作为一个独特空间(不论是地理意义还是文化意义)所拥有的个性,在细微之处,每个作家都营构出了属于自己的文学地理空间,也就是一个"小乡土"的塑形。这样的"小乡土"不仅是作家对故土的执念,也是文学个性和可能性的源头。

一、怀旧的风景认同

20年代郑伯奇在提倡建设"国民文学"时,曾谈到过作家对故乡书写所包含的"爱乡心",他指出"无论什么人对于故乡的土地,都有执着的感情。离乡背井的时候,泪湿襟袖的,固然多是妇孺之流,大丈夫所不屑为,但是一旦重归故乡的时候,就是不甘槁首乡井的莽男儿,也禁不得要热泪迸出。爱乡心的表现,不仅在这冲动一时的感情上。在微妙的感情里,也渗入了不少的爱乡心。故乡的山川草木亭园,常常萦绕在我们的梦想里。不要紧的一种特别的食物,也可以引起我们很丰富的故乡的记忆。这种爱乡心,这种执着乡土的感情,这种故乡的记忆,在文学上是很重要的……这种爱乡心不仅是文学上的主要成分,实在是一部分文学作品的泉源"①。郑伯奇提倡的是建设"国民文学",但是最终还要指向乡土文学。

作为新文学先驱之一的周作人倡导乡土文学也是从一种"地方性"开始的,即以一种民俗学的视角来对文学的建设提供资源,他认为"中国现在文艺的根芽,来自异域,这原是当然的;但种在这古国里,吸收了特殊的土味与空气,将来开出怎样的花来,实在是很可注意的事。希腊的民俗研究,可以使我们了解希腊古今的文学;若在中国想建设国民文学,表现大多数民众的性情生活,本国的民俗研究也是必要的,这虽然是人类学范围内的学问,却于文学有极重要的关系"②。

不论是"爱乡心"还是"地方性",我们会发现他们的着眼点其实都是在讨论作家与地域的关系,这样的关系在作家笔下最直接的表现便是作品中对于故乡的各种书写,因此可以看到那些优秀的作家无一不是在纸面之上构建起了一个来自于现实投影但却又有血有肉的专属于自己的文学地理空间,例如鲁迅的鲁镇、福克纳的"邮票般大小的"约克纳帕塔法、马尔克斯的马孔多、沈从文的湘西、莫言的高密东北乡等等。而鲁迅在那一段著名的对"乡土文学"的"定义"中也是用一个专属的地方来概括那些乡土小说家的:"蹇先艾叙述过贵州,裴文中关心着榆关,凡在北京用笔写出他的胸臆来的人们,无论他自称为用主观或客观,其实往往是乡土文学……"③

对一个或实存或虚构的带有浓郁故乡色彩的地理空间的书写,显然浸透了作家本人对于故乡这个空间的"地理感知",那么这样一个空间

---

① 郑伯奇:《国民文学论(中)》,《创造周报》1924 年第 34 号。
② 周作人:《在希腊诸岛(英国劳思作)》,《永日集》,石家庄:河北教育出版社 2002 年版,第 44 页。
③ 鲁迅:《〈中国新文学大系·小说二集〉序》,《鲁迅全集》第 6 卷,北京:人民文学出版社 2005 年版,第 255 页。

意象代表的是"对于故乡的地理感知,在经年累月之后浓缩凝聚成地理基因的长期性集中创作"①。而对于这些"80后"少数民族作家来说,民族身份所指向的生活经验、文化习俗、地理环境等就都会使得他们笔下凝聚的这个文学地理空间——"小乡土"——要更加地多元化,更具有丰富性。

需要指出的是,这样的一个边地空间的存在,自然地带着作家自身浓烈的主体情感投射,呈现出一种对于本乡本土的浓情描摹。但是这并不意味着这个空间是固化的,也不意味着它是绝对的"桃源"。就像段义孚的提醒:"人类普遍地向往理想和人性化的栖居地。这样的一种栖居地必须能够维持我们的生存并满足我们的道德和美学天性。当我们抽象地考虑一个理想的地点,就会身不由己地倒向过度简单化和梦想的诱惑。当把梦想付诸于尚未成熟的现实,可怕的结局就会随之而来。"②"边地"的发现,特别是在文学语境中,本就是基于"中心 - 边缘""现代 - 传统"这样一种对立中延伸出的差异性。它所具有的活力、原始、新奇等等都给了文学不一样的想象空间。这是新的文学起点,却不应该成为终点。所以有学者指出:"'边地'的意义在于,它是一个核心稳定而边界流动的存在,并没有某种清晰可辨而不可逾越的边界,而空间位置则具有相对性、替换性和转化性,任何将其固化为某种静态文化形象的尝试,都有可能陷入到本质化的思维之中,进而会延续普遍性中的异质他者想象,促生的只是地方性的疏离与孤立倾向。"③ 一方面,这样的一个文学地理空间印有不同作家的情感、经验和思考,它的独特性呈现于一种审美距离——即与汉文化或者是中原地域的横向对照——之中,同时

---

① 王金黄:《地理感知、文学创作与地方文学》,《当代文坛》2018 年第 5 期。
② [美]段义孚:《风景断想》,张箭飞、邓瑗瑗译,《长江学术》2012 年第 3 期。
③ 刘大先:《"边地"作为方法与问题》,《文学评论》2018 年第 2 期。

也来自于个体视域的不同；另一方面，这样的"小乡土"也同时包含在一个"大乡土"之中，共享着相似的乡土记忆、情绪等，因此，在"80后"少数民族作家的笔下，田园牧歌、乡土批判等也会是题中之意。

"边地"当然不是一个具体所指，而是对地理意义上的边疆、边区及其之上所凝聚的文化共同体的一种概括。当面对这样一个广博的"边地"时，作家所构建起的"小乡土"就成为了面向边地风景的取景框，每一个带有作家个人地理感知的空间意象都是如此，就如宗白华所言，"窗子在园林建筑艺术中起着重要的作用。有了窗子，内外就发生交流……经过窗子的框框望去，就是一幅画"①。

这些以文字构建的"小乡土"提供的正是各个作家眼中的边地风景，在这些"小乡土"的叠加、组合之上，我们可以看到更大的边地及其内蕴的丰富性、流动性。例如何永飞、冯娜、张伟锋、李达伟他们分别来自大理、丽江和临沧，虽然地方不同，但在更大的地理语境中，他们都是"滇西"的一分子；马金莲的写作常常被人们聚焦于西北"西海固"这个文学地理空间之中来解读，但如果我们继续细化就会发现她还在用更集中的一个取景框——"扇子湾"——来观照自己居于其中的生活和身边的人、物、事；还有其他一些作家如陶丽群的"莫镇/莫纳镇"、向迅的"双土地"、羌人六的"断裂带"、雍措的"凹村"、陈丹玲的"印江小城"、朝颜的"夏莱岭"、诺布朗杰的"勒阿"等也呈现出很明确的构建"小乡土"文学地理空间的意识。

他们是风景的观赏者、记录者，也是风景的一部分，这与那些旅行时对新奇体验的单纯记录是不同的。这或许可以用柄谷行人"风景的发现"这一说法来解释，柄谷行人"把曾经是不存在的东西使之成为不证自明的，仿佛从前就有了的东西这样一种颠倒，称为'风景的发

———————
① 宗白华：《美学散步》，上海：上海人民出版社1981年版，第64、65页。

现'"①，他在对日本现代文学之"现代"进行谱系溯源时指出现代"这个风景从一开始便仿佛像是存在于外部的客观之物似的。其实，这个客观之物毋宁说是在风景之中确立起来的。……就是说，并不是一开始就存在着的，而是在风景中派生出来的"②。也就是说，"风景"并不是简单地存在于外部的，更重要的是经过颠倒之后，从"内在的人"那里才会发现真正的风景存在，"风景"成为了一个认识性的装置。

不可否认，"小乡土"最直接的表现大都还是和"城 – 乡""前现代 – 现代"这样的对比相关联的，更多地体现出乡土书写的一面，就如张伟锋所写的对小村庄的陶醉："大世界有什么意思，小地方才有水酒 / 很多人，安身立命于此 / 未曾想过离开。很多人，不爱繁华盛开 / 只爱萧瑟的小村庄。"(《小村庄》)③ 大世界繁华，却有可能已被从生活的实感中剥离。而小村庄、小地方尽管萧瑟，却能够保留住真正的生活。这的确是属于乡土书写的范畴，但是当我们剥去这一批作家身上"乡土书写"这个固化的外衣后也会惊喜地发现，"边地"的丰富和流动是这个"小乡土"的内核。换句话说，在他们的笔下，"边地"被缩小了，成为了透过取景框看到的一个个各异的文学地理空间，但在作家们发现风景的同时也是在对自己的发现，从这个意义上来说，"边地"也是被放大的。

于是，我们就可以在时间、空间两个维度之上对这些"80后"少数民族作家笔下所建构的"小乡土"展开讨论。在时间一维，这个文学地理空间承载着的是源自于现代性冲击所激发的一种怀旧情绪，这展现为

---

① ［日］柄谷行人：《日本现代文学的起源》"英文版作者序"，赵京华译，北京：生活·读书·新知三联书店 2006 年版。

② ［日］柄谷行人：《日本现代文学的起源》，赵京华译，北京：生活·读书·新知三联书店 2006 年版，第 24 页。

③ 张伟锋：《迁徙之辞》，北京：作家出版社 2016 年版，第 9 页。

对故乡的观照、回望。而在空间之上，这是一种风景的叙事，它将一个"亲切的地方"（段义孚语）压缩、凝聚在了纸面之上，即原本宽泛的边地风景通过"取景框"——作品——进入了文学的语境，最终形成了作家创作世界中个体气质与地或特质相结合的文学地理空间。"风景"在这里是审美的对象，同时也是一面棱镜，折射出现代性照耀之下的多重思考。

而不论是时间轴的怀旧书写，还是空间轴的风景叙事，最终都指向了风景的认同，这是这群作家们对那个"亲切的地方"的认同，既是"向下"的——书写故土，也是"向后"的——追溯历史。

在这里，我们可以用佤族诗人张伟锋的几首诗来当作说明这种"风景叙事"的范例。先看第一首《清晨之光》："露珠落在草木的叶片上 / 又从叶片上滑下来，渗进松软的土壤 / 这时候，清晨之光，缓慢地来到人世间 / 而你，已经站在九层高阁之上 / 等了很久很久。天和地分开了，地平线 / 露出了清晰的位置，我们的目之所及处 / 尽是绿色的山野，白茫茫的云雾 / 还有冬天里盛开的野花…… / 你按动了你的快门，你收藏了 / 如果没有你，就会被忽略的它们 / 你站在高处，我是凡间的俗人 / 你向我投下微笑的眼神—— / 我突然想起了一个老朋友说过的话：/ 世界美不美，你说了算。"[1] 张伟锋用文字的形式来重建"拍照"的这个过程，在快门按下之前，露珠、草木、土壤、光、云雾、野花等，组成的正是一幅风景，取景框是诗人的快门，即诗。用文字来展示瞬间风景的凝结，是艺术表现形式的跨界合作，而最后风景讲述的"世界美不美，你说了算"则显示了诗人对这份风景的"主权"。另一首是《原野即景》："飞鸟落在树上，成熟的柿子 / 等着它们啄食。天空真的很蓝 / 云朵真的很白。之前，鸟儿们 / 大约不认识这些金黄的果子，但是 / 现在却离不开，

---

① 张伟锋：《山水引》，北京：中国青年出版社2019年版，第139页。

它们把小头颅伸进里面 / 取出最柔软的部分，吞到最柔软的体内 / 我看见，有两个人影 / 躲在草丛里，他们蹑手蹑脚地 / 偶尔探出身子，按动手里的快门 / 我在不远处，刚好可以把他们拍下来 / 定格成永恒……"① 两首诗的结构都很相似，在"快门"这一词语被写出之前，文字的诗句与视觉的风景影像在纸面上实现了一种同构，这大概可以视为是与现场直播类似的同步。"快门"的按下，即诗的完成就意味着这一幅风景画的完成。

还有一首比较特别的是《梅影集·56》："……暴雨将至，我跑到翠屏山 / 拍了三张，夜幕前的边陲小城。"② 如果说前两首诗中的风景还相对模糊，不太有辨识度，只是一幅宽泛的边地风景画，那么在这首诗中，诗人所聚焦的风景的空间位置就逐渐清晰起来了：边陲小城，也就是诗人自己身居之地。③ 从大角度的"边地"逐渐聚焦于小城，这两方面之间的关系可以参考段义孚在区分"空间"与"地方"时给出的意见，他指出："空间的意义经常与地方的意义交融在一起。空间比地方更为抽象。最初无差异的空间会变成我们逐渐熟识且赋予其价值的地方。……一旦空间获得了界定和意义，它就变成了地方。"④ "空间"是运动的，而"地方"却更倾向于暂停，也更清晰。这也意味着，在这些"80后"少数民族作家们的文学地理空间——"小乡土"——的建构中，流动与固定、大与小、宽泛与清晰之间形成了一种张力，这可以看作是他们创作的一个亮点所在。

---

① 张伟锋：《山水引》，北京：中国青年出版社 2019 年版，第 61 页。
② 张伟锋：《山水引》，北京：中国青年出版社 2019 年版，第 90 页。
③ 一个有意思的细节是，张伟锋在报社工作，摄影对于他而言首先是新闻报道所需要的工具，同时也是和诗歌相互交织的一种表达方式，他在近来的创作中，常常以"摄影＋诗歌"这样一种"图文互证"的方式来写作。
④ ［美］段义孚：《空间与地方：经验的视角》，王志标译，北京：中国人民大学出版社 2017 年版，第 4、110 页。

二、"小乡土"的文学构建

"风景，无论是再现的还是实际的，都是身份的附属物。"[①] 对于我们所讨论的这一群作家来说，他们笔下的风景是别致的审美对象，也是关于现代性的多重思考、表达。在这里，我们也尝试以一些有代表性的"小乡土"为中心来考察、分析"80后"少数民族作家创作的独特所在。

（一）"滇西"

作为一个宽泛的、"运动"的空间，"滇西"指的是云南境内昆明以西的广大地区，包括了丽江、大理、保山、临沧、迪庆等地市州。而在书写"滇西"的这些作家如何永飞、冯娜、李达伟、张伟锋等笔下，"滇西"是一个可感的、清晰、熟悉的"地方"，也就是那个"亲切的地方"——故乡。尽管每个作家对故乡有着不同的认知和想象，但他们这些不同取景框所采撷的风景最终都能够组合成为一个更大意义的空间："滇西"。

同样是以诗歌书写滇西，何永飞与冯娜有着不同的切入点。何永飞在诗集《茶马古道记》中以一条古道——茶马古道——来为"滇西"赋形，茶马古道最初起源于虐宋时期西南边疆的"茶马互市"，兴盛于明清时期，至上世纪三四十年代达到鼎盛。广义的茶马古道指的是串联川藏与滇藏两路，由此连接川滇藏，延伸到不丹、缅甸、锡金、老挝、尼泊尔、印度等国家境内，并直抵西亚、西非红海海岸的运输线；而狭义的茶马古道则是指滇藏茶马古道，它南起云南茶叶（包括布匹、盐与日用器皿等）主产区思茅、普洱，中经大理、丽江和香格里拉进入西藏，直达拉萨，以换取藏区的皮毛、骡马与药材等产品的交通运输线。这是

---

① ［美］温迪·J.达比：《风景与认同：英国民族与阶级地理》，张箭飞、赵红英译，南京：译林出版社 2011 年版，第 2 页。

存在于历史烟云中的"茶马古道",对于读者而言,充满传奇亦遥远。何永飞对这条深嵌于高原大地之上的古道的描绘则又不同,他没有华丽的辞藻,也没有故弄玄虚,而是以最实在的姿态:"行走"来触摸这道古迹,并且寄以深沉的悲悯,这无疑是诗人自己面对厚重历史时的一次温情吟诵。

古道是厚重的,那是因为在古道之上承载了千百年马帮们无数的汗水与荣光,同时这份厚重也来自于高原之上独有的神性存在。怀着敬畏之心,何永飞选择了别样的"行走"姿态来朝向这条蜿蜒曲折于滇西高原大地之上的古道,在这样虔诚的行走中,他看到的是在滇西高原之上无处不在的"神性":"幸好,我还有滇西,作为灵魂的道场 / 那里有高过世俗的神山,有清澈的圣湖 / 有长过岁月的河流,有菩萨一样慈祥的草木。"(《滇西,灵魂的道场》)"牛羊啃食牧歌,放牧者隐于蓝天的背后 / 人们离神很近,神是他们命里的重要部分 / 举起明亮的湖,敬天,敬地,敬族人,敬自己 / 还要敬远方,敬未来。"(《神的使者》)①

冯娜则多关注边地风物,这些风物组成的不仅仅是一个纸面的地理名词,而是存在于舌头上的立体的声音:"在云南 人人都会三种以上的语言 / 一种能将天上的云呼喊成你想要的模样 / 一种在迷路时引出松林中的菌子 / 一种能让大象停在芭蕉叶下 让它顺从于井水 / 井水有孔雀绿的脸 / 早先在某个土司家放出另一种声音 / 背对着星宿打跳 赤着脚 / 那些云杉木龙胆草越走越远 / 冰川被它们的七嘴八舌惊醒 / 淌下失传的土话——金沙江 / 无人听懂 但沿途都有人尾随着它。"(《云南的声响》)② 云南拥有着数量众多的少数民族,语言因此也各有差异,但在冯娜看来,这些显然不会构成交流的障碍,反而是多种向度沟通的基础。

---

① 何永飞:《神性滇西》,昆明:云南人民出版社 2020 年版,第 3、5 页。
② 冯娜:《无数灯火选中的夜》,北京:中国青年出版社 2016 年版,第 14 页。

所以，人与人、人与自然之间的亲密无间，也可以看作是与何永飞所书写的"神性"的互证。从高原、雪山、河流，到"听来就让人遐想的恰克图""巴音布鲁克"以及"卡若拉冰川"，冯娜的独特之处就在于她所书写的"滇西"没有因为地理空间的限制而固化，反而在她对整个边地风景的踏勘中逐渐扩展开来，成为一个敞开的世界。

李达伟关注的是"滇西"之下属于自己的暗世界，它凝聚在诸多的"小地名"之上：剑川、旧垅、潞江坝、丛岗、白岩、新寨、芒棒、赧浒……在这样的空间中，作者找到的是一种辽阔，"这是属于我的辽阔之地。……从某些意义而言，潞江坝就是辽阔之地，是属于我的辽阔之地。潞江坝所给我的辽阔感觉，从视觉开始，如水渍洇开，但主要还是精神上。这是我精神意义上的辽阔之地"①。一方面，在这样的个人沉思中，"滇西"被压缩，成为了纸面上的"小地名"，获得了贴近大地的实感和意义；另一方面，滇西也成为了一个思想的隐秘角落，这样的精神爬梳也使得它获得了更广博的意义指向。

张伟锋的"滇西"似乎就要显得平淡了许多，但也和李达伟相似，处处都有着"我"的影子："这里的山头连绵起伏/这里的山头一个比一个还要高/感觉就快冲破蓝天了/云彩远远地就绕道而行。天大地大/仿佛一切都由我们说了算。"②即使是山连着山，他也会宣告："这是我栖身的南方，触摸它的心/我熟悉它的一切。翻过山，再翻过山，还是山……"③一层层重叠的山，表达出的并非是阻隔，反倒更像是一种生于此、长于此，从而热爱此的平静、舒坦。

这些作家写出的是不同视角的滇西，也是逐渐下沉，获得了赋形的

---

① 李达伟：《暗世界》，北京：作家出版社 2016 年版，第 3 页。
② 张伟锋：《山水引》，北京：中国青年出版社 2019 年版，第 43 页。
③ 张伟锋：《风吹过原野》，昆明：云南人民出版社 2014 年版，第 32 页。

滇西，它是历史的烟云积淀，是以"一颗细痣迎向星斗"(《贝叶经》)[1]
的敞开，也是在隐秘角落中明亮的思索。

（二）扇子湾、凹村、断裂带

提及西北，黄土地一定会是最重要的一个关键词，人们在这关键词
之上能够直接想到的大概无外乎是贫瘠、风沙、艰辛这一些印象，对于
这片土地以及生活于此的人的描写，展示出的也大多是一种在黄土之上
的困顿与挣扎。在那个几乎已经被定型了的"西海固"之下，马金莲写
作的独特之处就在于她对自己"小乡土"的精心构建，眼光聚焦于本乡
本土——扇子湾，于一种贫瘠、清苦之上写出了编织于那些艰辛、苦涩
日子中的韧性、温柔和明亮。

在她的笔下，"我们村庄的地形是一个狭长的扇面状，西边的入口
是扇子的把儿，东边脚下依次铺开的平坦土地是扇子的面。绵延起伏的
远山，以蓝天为背景，划出一道道波纹，恰似扇子轻轻一挥，扇出一缕
缕清风的波痕"[2]。那些清苦与贫瘠当然不会因为小说的诗意描写就消
失，但是，这样一个在纸面上生长起来的"扇子湾"却让这些黄土地之
上千篇一律、枯燥琐碎的日子充盈了起来，苦难蕴于其中却不刻意彰
扬，多了一层坦然面对的平和，苦涩的生活背后是人们的倔强和尊严，
特别是那些默默无言的女性。马金莲的扇子湾和许许多多深深嵌在黄土
地之上的村庄并无二致，所不同的是这些故事中大多以女性为主角，她
们的柔情和沉默为这一片土地披上了难得的亮色。马早早求学生涯的心
酸和波折（《念书》），瘫痪在床多年的小刀一直默默地为村民做鞋（《蝴
蝶瓦片》），还有《长河》中春、夏、秋、冬不同季节的四次葬礼牵引出
的"我"的个人精神成长和生活中不可或缺的浆水与酸菜（《1987年的

---

① 冯娜：《寻鹤》，桂林：漓江出版社2013年版，第96页。
② 马金莲：《碎媳妇》，银川：宁夏人民出版社2012年版，第116页。

浆水和酸菜》），"扇子湾"在这里获得了人、物、事各个方面立体的呈现，作家对村庄、村民的眷恋、疼惜让这些文字令人动容，同时也充满了温度和力量。

如果说马金莲以小说的方式来讲述"扇子湾"多少还有着这一文体本身具有的故事编织的意味，那么雍措（藏族）在写自己的故土"凹村"时则更多的是从散文一维来记录和讲述。关于凹村的文字分别聚焦在"亲情""乡情"和"凹村之外"这样三个视角，细致、用情地记录下凹村的人与事。凹村之"凹"皆因村庄坐落在两个山坡之间，似乎是奇怪的地形，但却赋予了村庄别样的环境，"有山体的呵护，凹村像宠儿一样，在其间活得安然，与世无争"①。神性孕育其中，但更多的是人性，所以我们可以看到雍措写到凹村的风可以替村民捎信传话，可以帮助人们干农活，分离麦粒与壳。可以替人说媒，牵线姻缘，也可以修补缺失的东西。风被拟人化，乜是因为凹村与村民的亲密无间。因此，雍措在无绪的记忆中找到的依然是山、水、路、人，凝聚在这丝丝缕缕之上的亲情和乡情的记录也分别代表作家"内""外"两个维度之上与凹村千丝万缕的关联。母亲隐秘却动人的歌声、对阿爸的深情追忆、乡邻间的各种欢乐和烦恼……一篇篇短章速写，从各个角度为读者描绘出凹村景象，人、情、事的表现也让凹村有了立体的展示。

关于自己的"断裂带"，羌人六（羌族）写过三本作品，小说集《伊拉克的石头》、散文集《食鼠之家》、诗集《羊图腾》，至少从文体上来说，这可以看作是羌人六与马金莲、雍措等作家书写"小乡土"时的差异所在。"断裂带"是自己的故乡，也附着自己生长于其上的重重思考，关于生命，关于万物。地震在以"断裂带"的形式为现实世界画下新的生活方式后迅速离去，而与此同时人心内的地震则一直在隐隐

---

① 雍措：《凹村》，北京：作家出版社 2015 年版，第 3 页。

阵痛。"也许，地震仅仅是灾难的序曲，地震后的生活，才是真正的灾难。"[1] 将骨头车成纽扣，艰难度日的丹木吉（《骨头车成纽扣》）；在亡人与现实之间纠结的女人（《现在谁还记得他》）；灾难之后丈夫离家打工，自己独自一人与生活的琐碎和苦闷对峙的柳珍（《无止境》）……这些经历了"地震"的人们的故事，折射出的是一个个个体在心灵阵痛之下的各种挣扎与沉沦，"善良和这儿所有苦难的肉身一样，在断裂带上凄美又茫然地活着"[2]。地质上有"断裂带"，而如今人心之上也有了"断裂带"，它将一个人、一个家、一个小镇都隔成了过去与现在两半。这一内一外的两条"断裂带"在羌人六这里被他以一种特别的思考接汇了，这来源于他对"断裂带"这一故土沉郁的挚爱之情！

一内一外实际上也意味着一种同时向前亦向后的"接续"潜隐于断裂之后。外在的断裂需要向前的希望之步履，而内在的断裂则让年轻的诗人重新拾捡起了包含于故土上的羌人魂络。羌人六在这里惊喜地发现"我的村庄还在"，尽管在自然神力面前，一切生命、一切造物都如此脆弱、易碎，但栖居于故土上的这群羌人们在命运的针脚之下依然以原始的生命强力生存着，"唯有这些正直和卑微的草木，仍在沉默地坚守着 / 捍卫它们一生的乡土……"[3] 这样的生命存在是神性的，它在这里被以人间的语言所记录。这是羌人六写作的特别之处，不甘于平庸也不趋于媚俗，诗句间连缀的是沉思的质素。它将为我们打开更为开阔之处，恰如他在诗中所言："往开阔处去，还有什么能让我们和死亡分离……"这样执着地对"断裂带"的书写，在文学史的背景下，亦可视为一种"伤痕文学"式的表达。

---

① 羌人六：《伊拉克的石头》，成都：四川文艺出版社 2016 年版，第 4 页。
② 羌人六：《断裂带》，《民族文学》2015 年第 6 期。
③ 羌人六：《羊图腾》，成都：四川民族出版社 2020 年版，第 98 页。

（三）细节中的"小乡土"

在描绘"滇西"风景的作家中，一个有意思的现象是，张伟锋很少会让他笔下的边地小城以具体的名称出现，反倒是一些与小城相关的山、水、物，如旗山、无量山、翠屏山、南汀河、怒江、澜沧江、普洱茶等常常以清晰的名字和面貌出现于诗句中，像这一首《登山记》："早晨，从旗山的底部出发／爬上山之顶部，看朝阳从东方升起之后／慢慢地下山。傍晚，穿过西河与南汀河／向临沧城东边的翠屏山奔赴而去。"[1]即使诗人直接写到故乡，也是这样的："我常常会无端地想起故乡／想起某座山／那么多的树木，那么多的泥土和石头／那么高的海拔／曾经埋葬过多少祖先／它们还要容纳多少后辈。"（《畏惧》）[2]这些山、水、物在诗中比比皆是："去山中，岩石，山川，河流／飞鸟，虫豸，野兽。树木，小花，野草／仍然像我的亲人。"（《去山中》）[3]它们可能有名，也可能无名，相同的是它们都是"滇西"在诗人诗歌世界中的缩影，本身即是诗，代表着对"纯粹"的执着。不论是诗人所栖身的边地小城，还是他心心念之的佤山村寨，又或者是这里俯拾皆是的山谷、草地、林野、河溪，可以说都附着了他对自身、对一份"遥远"的考古。但这并不是偏狭，因为诗人所立足的是整个滇西。"纯粹"是一种诗意的聚焦，同时也是一种世界的敞开。

这样的细节描写、展示，也让这些"小乡土"获得了更多的实感。山、水间不是有仙则名、有龙则灵，而是人间烟火气息的弥漫。正如段义孚所言："微不足道的事件总有一天能够建构起一种强烈的地方感。""家是一个亲切的地方。我们将房屋视为家和地方，但是整栋建筑

---

① 张伟锋：《山水引》，北京：中国青年出版社 2019 年版，第 21 页。

② 张伟锋：《风吹过原野》，昆明：云南人民出版社 2014 年版，第 116 页。

③ 张伟锋：《山水引》，北京：中国青年出版社 2019 年版，第 57 页。

所能唤起的过去令人心醉的形象并没有它的某些部分和家具所能唤起的多。人们只能远看整栋建筑,却无法触摸和闻它。可以触摸和闻的是阁楼和地下室、壁炉和飘窗、隐藏的角落、凳子、镀金的镜子、有缺口的贝壳。"①

　　这里透露出的是这一批作家们在构建"小乡土"时的一个特点:对细节的重视。这个自我专属的文学地理空间不是一个宽泛的地理区域,而是由一件件触手可及的物、事组合而成的,带着最真切的生活的温度。

　　陈丹玲(土家族)写下的"印江小城"有着对造纸古法的慨叹,有对围在圆形天桥周围的农夫、算命先生、伤疤女人这些无名人物的悲悯,也有东门桥所缝合的因为死亡而残缺了的亲情以及怀孕女人的细腻、柔软和坚韧。在这之外,她也关注着小城另外的一面:"在坪兴寨的一栋出租楼里,一群民工就着啤酒的泡沫在大声猜拳,面前摊着卤花生和卤猪耳朵,白天的困苦和劳累都在廉价的快乐中消隐了。有人喝得内急,忙不迭地去公厕,下楼来,坡下主城区的万家灯火闯入眼帘,对着这些景象他一个激灵,在墙角就解决了。有的喝高了,大声吼叫,等老子有钱了,直接把中心街那家银行给买过来……河面上的夜风吹来,空气里酒气浓重,县城生活的万花筒恍恍惚惚,仿佛触手可摸,近得令人感动又心痛。"② 在这里,"印江"向我们展示着它的千疮百孔和恒常坚韧。

　　陈丹玲的书写展示出了自己的别致,即专注于那些似乎被人忽视了的角落与细节。小城的变迁在一幢废弃办公楼的命运上得以折射:"当焦黄色蒙上砖木,在墙面浸染,不错过任何一条砖缝时,玻璃就在某一天突然走失,开合不一的窗框惊讶失色……挖机的手臂伸进楼房的肚

---

① [美]段义孚:《空间与地方:经验的视角》,王志标译,北京:中国人民大学出版社 2017 年版,第 116、117、118 页。
② 陈丹玲:《村庄旁边的补白》,北京:作家出版社 2017 年版,第 111 页。

腹，瓦解着旧建筑关于这座小城贴心贴肺的记忆。迎面就是一锤，旧围墙被打落了门牙，豁着嘴，一屁股跌坐在南门桥头。"① 时间流逝中的细节与文字的比喻相互叠加、呼应，生动又有生活气息。再如她在《记忆里的铁锈味》中以缝纫机、面条机、旧铁锤这些金属物的锈色、锈味来写出属于三个不同时间点的生活记忆，又用青灰、银亮、暖黄三种颜色来雕镂三门塘悠悠岁月中的时光色泽（《三门塘的时光色泽》），这些"细枝末节"编织出的是"印江"这个"亲切的地方"所具有的质感。

　　另一位作家朝颜（畬族）对她的"麦菜岭"也有着类似的书写，一方面她对"麦菜岭"的记忆来自于那些泥土的美味馈赠：番薯、芋头、花生，特别是由它们延伸而来，看上去似乎难登大雅之堂，但实则盛行民间的小吃：番薯叶米果、芋荀，朝颜不厌其烦地细细介绍这些小吃如何制作："在每条茎上取顶部最嫩的几片摘下来，不消多久，菜篮就沉实了。洗净拌上米浆，上锅蒸熟，绿莹莹地端出来，切块蘸上佐料吃，那种滋味简直妙不可言。""取粗大的茎，撕了表皮，晒干，切碎，放进瓦缸里腌成酸菜，炒着吃，极其下胃。"② 这些看似琐碎的程序实则隐含着作家绵密的情感；另一方面，由于有教师从教的经历，也曾经担任过驻村干部和人民陪审员，这些身份都让她能够以一种"在场"的姿态直面生活的方方面面，所有的这些生活经验也都组成了她笔下的那块"小乡土"。

　　或许就如西蒙·沙玛指出的那样，"风景首先是文化，其次才是自然；它是投射于木、水、石之上的想象建构"③。这些"小乡土"代表的正是"80后"少数民族作家们各自对于边地的理解、思考，最终组合而成的亦是流动、多元的边地。

---

① 　陈丹玲：《村庄旁边的补白》，北京：作家出版社 2017 年版，第 25 页。

② 　朝颜：《天空下的麦菜岭》，北京：中国文史出版社 2016 年版，第 33、36 页。

③ 　[英] 西蒙·沙玛：《风景与记忆》，胡淑陈、冯樨译，南京：译林出版社 2013 年版，第 67 页。

第三章 "讲故事的人"

　　"80后"少数民族作家群体的登场，代表着一股新生文学力量的形成，在这过程中，正如我们在论及这一群作家自身"成长"时指出的那样，一种在整体"80后"文学语境之下的标签化写作成为了标志，亦是束缚，这是他们需要正视的问题。因此在群体逐渐形成之初，就有论者提出过担忧，如兴安在谈到《民族文学》2010年推出的蒙古族"80后"作家专号时就不无遗憾地点出："如果不看作者的蒙古族署名，我会以为是汉族作家'80后'的专号。"① 而针对于这些作家们早期的青春式书写，论者有很到位的观察："'80后'少数民族作家……都市经验与校园回忆是他们弃之不去的素材。更重要的是，割断了自身民族的脉息，作品便失魂落魄，'汉化'加之学生腔，导致难以在林林总总的都市与校园题材中让人眼前一亮。"② 正是在这样的背景之下，论者们指出了对这一群作家们的期待所在："青春情绪（包括初恋和爱欲）可能是最初写作的动因，但是真正的写作必须超越这个层面，进入更为宏阔的写作视域。"③

----

① 兴安：《少数民族青年作家要有更高的标准和目标》，《文艺报》2011年12月5日。
② 张勐：《"80后"少数民族作家创作论略》，《民族文学研究》2014年第1期。
③ 明江：《蜕变与成长中的青春创作——评论家谈少数民族青年作家的创作》，《文艺报》2012年7月6日。

　　但是如果从作家自身的角度来说，他们并非没有意识到这些问题的存在。纵观这群年轻作家们的创作，我们会发现其实他们也处在一种转型之中。一方面在作家个体写作中存在着转型，如曾经以"打工诗人"这一身份开始文学生涯的白族作家何永飞在经过积淀之后完成的长诗集《茶马古道记》就将文学的关注点转移到了对厚重历史文化的开掘之上来。再如晶达从《青刺》再到近年来发表的《上帝是个好买家》等也逐渐跳出了抒写青春成长烦恼的局限，转而关注这一群青春少年完成了自己的"成长"之后所遭遇到的现实狙击，这其实也可以看作是文本外的作家自身的一种"成长"。

　　另一方面，这一转型也呈现为在整体的"80后"作家群体中少数民族作家的整体转型，即他们对于自我"族群身份"的重新思考。这群年轻作家在还没有真正地意识到"少数民族身份"对于他们自身的意义时，这一身份更多时候仅仅是以标签的形式存在着的，在被猎奇的同时也保持无言。如果我们将这些作家及其创作放置于文学史的视野中来观照的话，就会发现这样一个纵向的"继承"存在："其一，本民族文学书写传统及作家队伍的延续；其二，蕴含于文学写作中的本民族文化／文学传统的承传。"① 这不仅是外在对于作家的要求，同时也是作家自身内部在生长着的自我觉醒。也就是说，作为新生代的他们仍然在关注"自我"，但这时的"自我"并不局限于青春期的成长烦恼，而是被他们投向了更大的话题之中，即置身于民族文化的语境中，这样一来族群身份逐渐褪去了新奇的标签色彩，成为了一个悬置于他们头上的巨大叩问。因此，在身份与成长、现实与传统等关键词引导之下，我们也可以从若干角度来展开对这一群作家们创作的探讨。

---

① 李晓伟：《当"90后"与"80后"相遇》，《民族文学》2017年第10期。

第一节 "讲故事的人"

彝族作家纳张元曾经写有一篇小说《走出寓言》，小说讲述的是一个闭塞、落后的彝族村落——古寨——从民国到当下数十年的变迁，曾经的古寨落后、愚昧、懒散，人们行事都靠那位不知在古树之下端坐了多少年的百木老祖神秘莫测的言语来指点迷津。"我"的祖爷经历了一连串怪事：头撞棺材、路遇黑猫与女鬼、梦见一对外乡男女，也从老祖处获悉了灾难即将降临。此时那一对出现在"我"祖爷梦中的男女走出了梦境，走进了古寨，带来了现代的医学，他们还计划在古寨办学校，传授知识。瘟疫袭来，百木老祖画出的符并未能见效，反而是那一对男女文和楣用现代医学拯救了村民，并因此赢得了村民们的信任与对建学校的支持。在学校开校的火枪声中，古树叶黄而落，百木老祖也无疾而终，只是最后在文的手上留下了一个苍老的青紫手印，文的儿子出生时手上也有如此的手印，直到八年后文与楣带着孩子离开古寨，不知去向。多年之后，"我"走出深山中的古寨，走向了传说中的城市，赫然发现自己的同学与老师手上也有如此手印，只是是否与文、楣有关，已不可考。小说以寓言的方式，讲述的却是"走出寓言"的故事，古寨年代悠久，但却闭塞、落后，现代文明的进入会带来改观却势必会造成巨大震动，百木老祖的逝去折射的正是这种必然却也无奈的命运，他留下的手印也隐喻着古老文化传统的顽强或顽固。

如果说前辈作家纳张元在小说《走出寓言》中试图以"走出寓言"的方式来探讨文化传承中的积重难返以及对"走出"这一行动的复杂思考，那么前述论者们关于后辈——"80后"少数民族作家——的担忧其实也透出了另一个话题，即在文化全球化的背景之下，一种或隐或现的失语的焦虑始终存在于少数民族文学之中。也就是说，对于这些年轻的作家们而言，如何摆脱被别人"书写"的尴尬，从"别人眼中的自己"转向"自己眼中的自己"，是他们所要面对的重要的文学话题。可以说少数民族文学"在保留着文学审美起源论特征的同时使其呈现出强烈的文化表述功能，并以自觉的民族志写作来强化自身的族群记忆和历史想象，呈现出鲜明的'地方性知识'特征"[①]。无疑，将目光投向民族历史的源头，以文学的方式来回应"我是谁""我从哪里来"这样的困惑，是在当下少数民族作家确证民族文化在场最为有效的书写手段。

在早期的青春叙事之中，"80 后"少数民族作家们更多的是在书写一种个体主体性，强调"我"就是故事，所以这样的青春叙事里出现的"我"其实有着时代共性的投射，故事成为固定的结构之后就被标签化了，即使作家本身的少数民族身份有所体现，也大多是出于猎奇的需要[②]。而书写的角度转向民族历史的维度之后，焦点也就集中在了集体主体性之上。对于认同问题从个体主体性的焦点到集体主体性这样的转向，霍尔有过精辟的概括："尽管认同似乎在诉诸过去历史中的某种本原（认同一直是与这种本原对应的），但事实上认同是有关使用如下资源的问题，亦即运用正在变化而非存在过程中的历史、语言和文化的问题：不是我们是谁或我们从哪儿来的问题，更多的是我们会成为谁、我们如何再现、如何影响到我们去怎样再现我们自己的问题。所以，认同是在再现之中而非再现之外构成的。认同与传统的发明有关，也与传统本身有关，认同使我们所做的并不是永无止境的重复解读，而是作为'变化着的同一'来解读：这并不是所谓的回到根源，而是逐渐接纳我

---

① 李长中：《民族志写作与人口较少民族书面文学的身份叙事》，《社会科学家》2014 年第 2 期。

② 例如晶达的《青刺》在出版时，封面的推荐语就有很醒目的一句："一个少数族裔 80 后'狮子'女孩"，实际上这样的少数民族身份并未出现在具体的小说内容之中。

们的'路径'。认同来自于自我的叙事，但这一过程的必然虚构性决不会瓦解其话语的、物质的和政治的效果，虽说那种归属感，那种'缝合进'认同借以出现的'传说'部分是想象性的（也是象征性的）……"①因此曾经走出了的"寓言"，此时也将会承担起另一种责任，在回应"我是谁""我从哪里来"这样的困惑的同时，这群作家还要作出进一步的解答。

与之构成一种潜在呼应的是拉先加（藏族）的小说《影子中的人生》，藏族青年扎西的家乡在"这个星球最高处、离太阳最近的高原"，从小与无限的阳光相处，让他能够在阳光中获得了童趣，还能够通过影子辨人。当他离开高原，走入城市后，却发现原本无处不在的阳光因为都市里拥挤的高楼或者是弥漫的尘雾而变得稀少、微弱了。而在工作中，自己前往藏区调查群众生活所写出的调查报告因为上司所谓不符合政策而被迫进行更改。扎西憧憬着未来回到藏区，可自己的爱人却一心想要进入自己的单位，留在城市，在这样的矛盾纠结中，扎西慢慢地妥协了，他收起了自己写诗的笔记本，按照领导的意思修改了调查报告，为了妻子曲珍能够顺利留在城市而点头哈腰、低三下四地附和那些自己曾经深恶痛绝的人。阳光消失了，与之相关的影子也消失了，而对于扎西而言，迷失于城市，也就是乡愁在遗失，他被这样的疑问困住了："扎西找不到影子的时候，心里满是悲愁，反复考虑藏族这个名词和自己有什么关系呢？我是谁？"②在这个拥挤、空虚的城市中，扎西依然握有那几缕透过高楼缝隙和尘雾弥漫而投射到地下室居所来的阳光，但是影子在消退，或残缺。拉先加在这里展开的思考显然不止于城市与乡

---

① 转引自周宪：《文学与认同》，参见周宪主编《文学与认同：跨学科的反思》，北京：中华书局 2008 年版，第 186 页。
② 拉先加：《影子中的人生》，《民族文学》2010 年第 5 期。

村的二元对立，影子的丢失或残缺还隐喻了在当下民族传统的遗落和无力。小说的最后，在微弱的阳光中，扎西一边翻开旧笔记本，阅读着曾经以藏文书写的自由诗，一边在光线中继续着儿时的游戏——用手指在阳光下编织出各式的影子。值得注意的是，这一篇小说是拉先加用藏文写成，而后又翻译为汉语的。于是我们就会发现文本外的这一形式与小说的结局形成了一种有意味的互文，彰显出的是作者蕴含在小说故事以及写作过程中的努力。"我是谁"是一个看似不证自明的疑问，但并不意味着不需要答案，在对这一疑问的思考和回答之中，也内蕴着向前的动力。这也可以看作是对于前辈作家纳张元"走出寓言"思考的回应。

由此，我们会在这群年轻的"80后"少数民族作家的文字世界中读到他们对于那些先民历史身影的呼唤，而在这样的书写之中，这些作家们都不约而同地选择了以"讲故事的人"这一身份来进行讲述。值得注意的是，这样的故事讲述是存在于文本内、外两个维度的。文本之外，作家选择成为一个现实中的"讲故事的人"，并以建构故事的方式——小说创作——来重现民族文化和历史的图景，小说的进行也是故事在讲述；而在文本之内，我们又会发现也存在着这样的一个"讲故事的人"，他的讲述就存在于小说的叙事之中。曾经要"走出寓言"，而现在这些年轻作家则重新拾起了散落在族群中的那些故事、寓言开始讲述，在这样的故事讲述中，英布草心（彝族）和艾多斯·阿曼泰（哈萨克族）的写作就显得格外引人注目。

英布草心（彝族）一直以来的写作都聚焦于对彝族历史的追寻，从他第一部长篇小说《玛庵梦》，到之后的"彝人三部曲"（《第三世界》《洛科的王》《虚野》），小说中蕴藏着的都是以文学为彝族立史的雄心。在小说《玛庵梦》中，不仅作者在为读者讲故事，同时小说人物也在相互"讲故事"。一心学习作毕的班可夫走出自己的故乡玛庵山，可是兜兜转转一生之后却又依然回到了这里。小说写到班可夫遇到一群不知名的鬼魂相聚,他们互不相识,而要认识对方的方法就是每个人一个接一个地讲自己的故事。"他们互相虽然看得见,但是也肯定不认识对方的。他们也知道不认识对方,且知道对方不认识自己。他们拼命地讲故事。他们想通过讲故事的方式让对方认识自己,也让自己认识对方。"①互相不认识的人通过"讲故事"的方式彼此相互认识,而这一讲述对于班可夫来说则是他对自己民族历史的认知的开始。最终班可夫在自己故事的讲述中老去,"班可夫跟着最后一缕阳光死去了。他不知道自己亲历了玛庵山上玛庵氏尼姆的全过程。他不知道自己在几十年前,乃至百十年前就成了自己削出的竹牌"②。一方面,这些似乎存在又似乎不存在的人都存在于班可夫讲述的故事之中,另一方面,这些故事又都是由作者英布草心来最终完成、记录的,"讲故事"不仅仅是让别人认识自己的手段,同时也隐喻着对自己、历史、先人、世界的寻找和认识。

而在之后的"彝人三部曲"中,英布草心都在小说中放置了一条时时隐现着的"在路上"的思考之线。一个个体的浮沉一生照见几代人命运的同时也照见了彝族的悠远历史,从这个意义上来说,小说的创作者在小说内化身为了"讲故事的人",同时在小说之外,作家为其他族人讲述历史故事的职责依然存在着。

在"彝人三部曲"之一的《第三世界》中,"第三世界"指的是存在于宋朝、西夏以外的彝族部落,小说使用了多线索的历史结构:首先,是带有英雄色彩的土王鲁从法师成为带兵官、大首领、土王的人生历程;其次,小说也将彝族这段历史置于了大的历史环境"第一世界"中,让宋朝的历史与彝族的历史、与土王鲁的一生交相呼应。诗人苏

---

① 英布草心:《玛庵梦》,北京:团结出版社2014年版,第96页。
② 英布草心:《玛庵梦》,北京:团结出版社2014年版,第205页。

轼、神话传说白娘子与许仙、秦桧与岳飞、施全刺杀秦桧、李光之狱、海陵王大杀宗室反对派、贵溪黄曾起义，宋朝激流般的变迁与鲁走走停停的一生形成了鲜明的对照；再次，这也是一段彝族历史文化发展的记述，与小说中土王鲁书写的《勒俄》形成对照，英布草心在小说中描绘了彝族的毕摩文化史，借此，他试图呼唤当代彝族人的精神信仰，重构彝族历史。在另一部《洛科的王》中，核心故事是关于纳拉·阿弥的一生。从纳拉·阿弥和阿嘉姆寻找丢失的乳房开始，他们在奇幻的彝族部落的大地上奔走、成长，从白狐沟到色色坝、阿吉其德、慕沙瓦度，纳拉·阿弥当上了土王、洛科山陷落、重建洛科山，纳拉·阿弥经历了他魔幻的一生；而小说另一条线索则是关于彝族毕摩文化历史的传承，小说中，不仅引用了大量的彝族神话传说、宗教故事、英雄人物故事，还借由能够预言800年以后土王鲁《勒俄》的纳拉·阿弥之口，与作为"彝人三部曲"的《第三世界》形成互文，穿插起了彝族的文化历史。

作为"彝人三部曲"的完结篇，《虚野》串起了这条"回家"之路的最后一环。荷马笔下的奥德修斯经历了10年的海上历险，不管路途之上有着如何的凶险，他朝着那个遥远但却亲切无比的"家"行走的决心始终未曾改变过，于是，这样的"回家"或许就不再仅仅是停留于字面意义的返回了。在许多年之后，不同的时空之中，英布草心也写下了关于自己那世居于崇山峻岭之中的彝族先民们充满了魔幻色彩的英雄史诗，在这里，关乎的同样是一次意味深长的"回归"。

作为彝族毕摩之子的撒，怀揣着自创的经文离开哀举山，踏上了寻找父亲俺博果的漫漫长路。他穿山越林，也与猛兽搏斗，还有着部落间的生死战斗……但这些都无法停下他前行的脚步，直到成为狃库兹莫之后，他又在一种冥冥之中的召唤之下带领着狃库氏踏上了去找赫亚氏的仇人哈弗氏报仇的"复仇之路"，而我们又会惊讶地发现，这一条复仇之路实际上仍然是撒曾经的"寻父之路"的再一次延续。

仔细地一路读下来，就会发现，在英布草心所创造的那个远古彝族英雄世界中，从班可夫到俺博果，再到撒（狙库兹莫），这个家族的每一位毕摩都毫无例外地处于一种"在路上"的状态之中，他们在行走，也在寻找，而他们所有的行走和寻找都是模糊不定的，但又如同命定一般。在班可夫的寻找中，他要找的是自己未知的过去，俺博果寻找的则是那一只全身白色的大鸟——自己的父亲班可夫，而撒在寻找的同样也是"父亲"俺博果——"人间的神秘力量"。在这一环扣一环的寻找中，这一个毕摩家族身上所背负着的彝族历史便得以从迷雾之中现身了，他们"行走"的姿态也被推至了前台，他们每一个人的一生都在行走，这成为了他们的存在使命。"他们在自己的行走中不知不觉地老了"，并不是走向远方，而是走向了远在历史深处的彝族先民，因为"一个人离开母体后就已在回归的路上了"，寻找之路，实则是回归之路。

英布草心出身于彝族毕摩世家，因此他对于那些烙刻了深沉神性的彝族经文、法事了然于心，同时彝族人民更是由于世居于崇山峻岭之中而获得了大山的苍莽与神性。这些浓烈的民族元素被灌注到了故事之中，从而在小说文本中形成了强烈的魔幻色彩。在小说中，毕摩们每一次吟唱的经文都是一首首狂放、炽热的歌谣，充满了诗的韵律。英布草心的书写也并未停留于对这些奇幻的采撷，他更是在其中倾注了面对彝族历史时所保持的那种庄重与敬畏，生命也就在与历史的对话中找到了自己的确证之所在。鲁迅笔下的过客，不知从何而来亦不知将往何处去，但是他始终如一的"走"却让他能够摆脱黑暗的吞噬。在《虚野》中，过客式的行走成为了一条潜藏的精神脉络，不管是撒又或是狙库兹莫，都保持了这一姿态，他们身上都凝聚了千百年来彝族人民的精神血脉，于迷雾中等待着后人的打捞。在他们不停的行走、不停的寻找中，这条潜藏了多年的隐秘之流得以浮现，行走是他们存在的方式，也是他们面对民族精神源泉时保持的坚定姿态。

"来也古册姑，去也古册姑"，的确如此，人生茫茫，不过如古册姑那条河一般，顺水而来又顺水而去，所有从故乡迈出的步伐也终归会走向源初之地。在小说的最后，撒又回到了那个让他遇见神牌并且成为了狙库兹莫的地方——拉磨可迪。在他终于理解了神牌的神秘之后，一阵风吹过，尘归尘土归土，他化为了灰尘，回归了生命的源初：大地。不仅小说的内容上是一种回归，它延续着"回家"的主题，而且主人公撒与神牌的生命纠葛又与《玛庵梦》中班可夫削竹牌讲述故事的情节形成了互文。

似乎这就是时代对于这一代人的召唤，在不少"80后"少数民族作家的笔下都能够读到和英布草心一样的这种"行走"姿态，其中蕴含着的是个体生命对于"方向"的寻找。他们在努力地返回历史，返回"故乡"，找到的是融入进生命以及文字之中的一份厚重。确如英布草心在小说中写到的那样，"有些路注定漫长"，但一旦迈开了步伐，你就已经走在了回归的路上。

另一个值得注意的"讲故事的人"则是艾多斯·阿曼泰，他的人生经验可以说是比较独特的，身为哈萨克族，却又在远离哈萨克故乡的北京长大，所以我们可以在他身上窥见文化多元性的别样呈现。他曾在一篇小说《失败者》中讲述了一位在母体文化和汉文化之间痛苦寻觅的"失败者"的迷惘与反省，"我"是一个在北京长大的哈萨克人，因为这样的成长环境，所以和自己的民族是疏远的。一个偶然的机会，"我"获得了一次到新疆某县城中学给哈萨克族学生教汉语的机会，在这里"我"时刻都被骄傲、失落、困惑所拉扯，"我和草原上的哈萨克不同的。我知道那里有一个故乡，但我回不去"①。深情的倾诉中又带着年轻一代的少数民族作家对民族传统、身份认同的深刻思考。

而在他的长篇小说《艾多斯·舒立凡》中，年轻的作家用五十个故事的串联这样一种别致的方式来讲述着哈萨克的过往与现在，相较于英布草心用小说中某一人物来讲述故事的方式，艾多斯·阿曼泰"讲故事"的意图就要更加明确，也更加具有文学实验色彩。故事的主人公只有两个年轻人：艾多斯和舒立凡，他们的身影交织在五十个关于过去关于现在的故事里。作家说，"其实所有哈萨克的爱情故事中只有两个人，一个叫艾多斯，一个叫舒立凡"，不同时空中的艾多斯与舒立凡虽然身份、时代都不尽相同，但是在这样一个封闭的文本中，五十个故事，亦即五十对"艾多斯""舒立凡"之间形成了互文，五十个故事循环往复。这里有支教青年，有游吟诗人，也有古代部落勇士和他在家乡等候的恋人……每个人都在每个人的故事里，最后编织出的就是哈萨克斯坦的历史。一方面，每一对艾多斯与舒立凡都毫不知情地被编织进了别人的故事当中；而另一方面，小说中也出现了一对特别的艾多斯与舒立凡，其中的艾多斯是一位作家，他正在写的一部关于"艾多斯与舒立凡"的小说，而他自己也出现在了自己所写的小说之中，"有许多作者在写着故事，而他们又被别人所写"②。通过这样的故事串联，艾多斯·阿曼泰写出的也是两个名字里的哈萨克历史。事实上，他在小说中也一直在借小说人物之口来透露着这样的秘密："在我的小说世界里，每一条线上的人都可以共享另一条线上同名人物的背景、经历和心情。……因为小说中所述的并非一个哈萨克人的故事。每一个哈萨克人的故事，都是这个民族全部的故事。……哈萨克人很少，少到只有两个人。一个是艾多斯，

① 艾多斯·阿曼泰：《失败者》，北京：中译出版社2016年版，第173页。
② 艾多斯·阿曼泰：《艾多斯·舒立凡》，乌鲁木齐：新疆青少年出版社2013年版，第198页。

一个是舒立凡。"①

　　故事被讲述，同时也被阅读；讲故事的人在讲述故事，同时自己也被包裹在故事之中。于是，历史就在这样的循环往复、无穷无尽中慢慢复活。就像本雅明说的那样，"讲故事者有回溯整个人生的禀赋。他的天资是能叙述他的一生，他的独特之处是能铺陈他的整个生命。讲故事者是一个让其生命之灯芯由他的故事的柔和烛光徐徐燃尽的人"②，这些"讲故事"的年轻作家们正是试图在文学的回溯中重新打捞起零散的记忆，以自己的方式来致敬历史，活在现世的年轻生命，以文学的方式重新与隐匿于历史烟云中的一切相逢了，"每个人都在短暂的命里活着，却也在更久远的传说的世界里以另一个姿态生活着"③，这就是一次文学的复活。

　　可以说，在这样的"讲故事"背后潜藏着的是这些年轻作家们对神性、民族历史的崇拜，这或许可以看作是他们共同的文学追求。面对着小凉山伴着雪降的九十九座大峡谷，彝族诗人阿索拉毅喊道"我相信每一块黑石都站立着一个黑色的精灵／我相信每一座山岗都飘浮着远古闪风的灵符"(《星图》)④；而在海峡对岸的布农族诗人沙力浪也一样在遥望着自己族群的祖居地："隘勇线内的祖灵／国家公园范围外的我／紧紧地　遥望着"(《遥望》)，然后"试着／追随　祖先所走过的路／怀想山的记忆"(《经过祖先所走过的路》)，⑤ 在与大山、神灵的"对话"中，

① 艾多斯·阿曼泰：《艾多斯·舒立凡》，乌鲁木齐：新疆青少年出版社2013年版，第192页。
② ［德］瓦尔特·本雅明：《启迪：本雅明文选》，［德］汉娜·阿伦特编，张旭东、王斑译，北京：生活·读书·新知三联书店2012年版，第118页。
③ 艾多斯·阿曼泰：《艾多斯·舒立凡》，乌鲁木齐：新疆青少年出版社2013年版，第26页。
④ 阿索拉毅：《诡异的虎词》，成都：四川民族出版社2019年版，第254页。
⑤ 沙力浪·达发斯菲芝莱蓝：《部落的灯火》，台北：山海文化杂志社2013年版，第121、179页。

"祷词 / 顺着酒滴，滴进土地、上天、祖灵 / 进入心里。"(《入山》)① 借助着文字的力量，诗人让潜存于心中的祖灵得到了显现，这自然可以视作为一次接续传统的努力，折射出的是诗人身上的那份担当。

打猎，是原始社会中人们的生活方式，也几乎是唯一的生活来源，所以在某种意义上来说，猎人代表着族群历史中的一段辉煌过往。在猎人消失的背后不仅是一种生活方式的遗落，更多的还隐喻着"现代"对这些少数民族文化的挤压。

晶达是这样开始她的讲述的："在我们的族语里，猎人被通称为'莫日根'。这是笨拙的音译，要发出这个音节，需要你的舌头非常柔软，在说'日'音的时候，舌尖轻微却迅速地一颤一卷。"② 在沙力浪的笔下，猎人走在那猎径之上时，能够轻易地走回部落，而我们呢？"深晚时 / 走进你所踏出的猎径 / 头灯照射不到 / 猎刀刻在树上的讯息 / 白昼中 / 走进你所踏出的猎径 /Hu-hu/ 分辨不出你呼喊的方向"(《猎人》)③。猎人已然远去，我们这些后来者始终无法追上他的脚步，那种说不清的情绪就像晶达所感慨的那样，"他们，是最后的莫日根，我真不知是该庆幸，还是悲哀"④。这样的无奈正是诗人努力想要追溯族群历史源头的肇始，也是这些年轻人们竭力讲述族群历史的动力所在。

感慨也带来努力的尝试，张伟锋就在迁徙的矛盾纠结中试图以"招魂"来思考古老佤寨何去何从。见证过佤寨、佤人的百年木鼓，"曾经历无数的祭祀 / 架设了无数道桥梁，在神灵与人类之间 / 而如今，它终

---

① 沙力浪·达岌斯菲芝莱蓝：《部落的灯火》，台北：山海文化杂志社 2013 年版，第 106 页。

② 晶达：《最后的莫日根》，《边疆文学》2013 年第 6 期。

③ 沙力浪·达岌斯菲芝莱蓝：《部落的灯火》，台北：山海文化杂志社 2013 年版，第 153–154 页。

④ 晶达：《最后的莫日根》，《边疆文学》2013 年第 6 期。

于败落在时光里 / 败落在时代的飞速发展上"① 。这些凝聚了历史的种种存在正在以肉眼可见的速度迅速逝去，似乎，我们只有无言以对。面对这种遗失，空间的转换就成为了唯一的选择。

迁徙，是对迁出地的逃避，也是对迁入地的向往，这一迁徙在诗人那里却又呈现为了循环式的矛盾。与常人相异，诗人要迁入的并非是外面的世界，相反他渴望的是那久已遗落在岁月的悠远尘埃中的故乡佤寨。"魂兮，回来。魄兮，回来"那长久不息的"叫魂经"在耳边回荡②，映衬出的是这一"迁徙"的挣扎与纠结。值得注意的是，诗人渴望迁徙，但这样的迁徙又并非是让自己脱离这块土地，所以，对包蕴了族群血脉、记忆的山水的吟唱也是张伟锋特别关注之处，就如他在诗歌中所写到的那样，"我必须返回旧地 / 告诉父亲和母亲 / 我们有故乡。方向在何方，地点在何方 / 有朝一日总会知晓。外公已经去世 / 外婆跟随西游。他们必须在隔开的世界 / 同我拾起这个迁徙之辞 / 拾起那些丧失的苦痛和寒冷 / 返回故乡"（《迁徙之辞》）③ 。重回旧地不仅仅是诗人的讲述，同时也代表着他们身上所肩负的使命。

恰如埃博默所述："叙述本身变成了一种召唤记忆的途径。对于一个历史被毁灭了的民族来说，一则关于过去的故事，即使它的全部或部分是虚构的，也能起到一种补偿过去的作用。这是因为一部具有编年记忆性的小说或一首这样的叙事诗歌，都带有一种通过激发想象而把被压缩的现在和传统中的过去联系起来的能力。"④ 这一群"80 后"少数民族青年作家们通过"故事"的讲述也即对自己民族传统中天然神性的书

---

① 张伟锋：《迁徙之辞》，北京：作家出版社 2016 年版，第 3 页。
② 张伟锋：《迁徙之辞》，北京：作家出版社 2016 年版，第 19 页。
③ 张伟锋：《迁徙之辞（组诗）》，《边疆文学》2014 年第 3 期。
④ ［英］艾勒克·埃博默：《殖民与后殖民文学》，盛宁、韩敏中译，沈阳：辽宁教育出版社 1998 年版，第 226 页。

写，透射出了民族志书写的雄心壮志，从探寻"我是谁""我从哪里来"开始，最终他们将要完成的是对"我往何处去"的解答。

第二节 内在自我的寻找

同时，值得我们注意的还有一些年轻作家对于"自我"的独特思考。一方面他们将这样的探寻投射于自身，在一种内化的视角中来呼应着"我是谁"这一困惑；另一方面，有的作家并没有正面回答这一疑惑，相反，他们选择以当下文学场域中特别的书写形态来回答或者说是消解着"我是谁"这一疑问。

李达伟从《暗世界》里对曾经客居的"潞江坝"的回溯，到《大河》中聚焦大河：怒江的上上下下，再到《记忆宫殿》回到了"旧城"，滇西这片土地始终被他以一种近乎偏执的真挚思考书写着，就如西蒙·沙玛指出的那样，"风景首先是文化，其次才是自然；它是投射于木、水、石之上的想象建构"①。"滇西"作为李达伟所构建的文学地理空间，同时又被继续赋予了更加直接的意义，在"潞江坝""大河""旧城"这些具体可感的地方之上呈现出了写作者自己的内心独语。如果说对于那些同时面对"滇西"的作家而言，这一个空间是一个共享性的"大乡土"，那么，李达伟在这空间之下继续勾勒出的"潞江坝""大河""旧城"则是专属于他个人的"小乡土"，也是他展开隐秘思考的思想迷宫。

与其说李达伟是在对自己曾居住之地进行回忆，毋宁说他是在一种回忆的语境之中写下了自我与自我、自我与世界、自我与他人、现在与过往、明亮与暗影之间的对话，正如他自己所言："对比，我们需要

---

① ［英］西蒙·沙玛：《风景与记忆》，胡淑陈、冯樨泽，南京：译林出版社 2013 年版，第 67 页。

的是多维度多向度的对比，这样我们才能真正抵达这个世界的繁密与真实。"① 在文本中，这一对话被以特别的文学实验表达了出来。在《碎片集》一文中，李达伟利用外在的形式书写构建起了一场"你"与"我"的对话，奇数节的"我"在平静倾诉，而偶数节的"你"则在行走和寻找，"你"抵达了庙宇，攀上了高黎贡山，蹚过山心河、户南河、琨崩河，也穿过各个村寨，在脚步的漫延中生长出对暗世界的诸多思考，一个丰腴的世界也由此展开。"你"的行走和思考与"我"的倾诉构成的是李达伟的书写，对话就被延伸到了文本之外。

这样的对话到了《大河》中就成为了最主要的叙事方式，90 个章节，奇数章节由"我"讲述，而偶数章节的讲述者换为了"你"，每一个章节都由正文和"补文"组合而成；另一部长篇散文《记忆宫殿》也在延续这种"组合"，35 个章节都分别由三个部分构成：引言、正文、阅读笔记。"引言"以类似词条的形式对与"旧城"有关的 35 个空间如"图书馆""理发店""供销社""书店""录像厅""小卖部"等进行讲述、拆解，"正文"则又在每个章节都是一个独立体，最后组成了更大的整体。这似乎和"记忆宫殿"有了一种呼应，文字的编织、交错最终也构成了一个迷宫。

"暗世界"的构成，来自于作家对"暗图""暗室""暗语""暗流""暗河""暗面"等这些遍布于"潞江坝"这一辽阔之地上的各个片段的组合，在作家的出生地，自然被破坏，生命力消退，这些所带来的缺憾都在"潞江坝"得到了弥补。作家从极为私人化的一种视角切入，从一些事件当事人或者亲历的旁观者的言语和目光中解读这片土地之上最原初的众生百相。他本人也自由切换着初时作为陌生的外来人和后来融入其间的亲历者的双重视距，从充满着自然神性的密林出发串联起这

---

① 李达伟：《大河》，武汉：长江文艺出版社 2018 年版，第 4 页。

块大地之上的信仰、宗教和风物人情。当他面对着世俗生活与精神生活的日渐荒芜,民间性在现代性中的不断萎缩,他融入切身的感官体验去思索时代发展中的悖论和人性的幽微复杂,发出了对这片大地和这个时代的层层拷问。

这里的"暗"隐喻着一种广阔自由而又暗含着一种别具一格的、没有被时代同化的特质。"这个文本中的暗世界,更多时候有着象征意义,它是那些远离话语中心的偏远的世界与角落的喻指。但由于这些世界与角落远离话语中心,让它在很多方面保留了很多原初素朴又绚烂多元的东西……"① 从视觉所呈现出的空间感上来说,敞亮的世界肉眼完全可见呈现出整体的单面性反而没有暗带来的那种无穷的幽深更广阔立体,而且明亮相较于暗所带来的视觉阻击相对较弱,暗处的有障碍反而增强想象性的审美效果,如同月下看美人因着那朦胧而有了一股别致的韵味儿,也正是因为"暗"的遮蔽才让有些东西得以留存下来构成了"类化世界"里的异质。李达伟所向往的那个暗世界是区别于主流社会的,是绿林密布的自然里充满着万物有灵的神性的舒缓从容的世界。就如同他在《碎片集》中领略到的潞江坝素朴的土地、节日里的盛装、简陋但也是安放心灵之所的庙宇、密林、河流、智慧的老人……一个怡然自得安闲快意如同童话一般的世界。但是现代性的狂飙突进进入潞江坝之后,这种之前闭塞、远离主流中心并且秉承着古老传承的地方势必与其形成冲突,也就是作家一直强调的民间遭受到了前所未有的类化和泛化的物事的入侵。作家意识到在这片大地之上,当物欲、利益开始主宰了人的言行和思想,自然所带来的神性逐渐被涤荡殆尽。人们已经不相信所谓的神性了,对自然的尊崇和敬畏也就变得微乎其微。

个体的病变往往隐喻着社会的隐疾,风湿病既是作家目击到的现

---

① 李达伟:《暗世界·跋》,北京:作家出版社 2016 年版,第 268 页。

实中给无数人带来痛苦的顽疾也象征着滇西北在现实生活中的异变。在滇西北人们无法有意避开湿气也就不能避免引发风湿病，引发关节的病变并且引发精神上的疼痛，让人联想到滇西北也很难阻挡金钱、利益和欲望的世俗之气对人心的熏染与洗劫。作家写到巫师对于风湿病人的重要性，"巫师能在一定程度上医治病人的心灵，使他们对生活产生希望，使他们从内心的黑暗中走出来"①。纵然风湿病人需要巫师带给他们力量，然而滇西北以及众人需要的是以巫师为媒介的宗教信仰，真正驱散人心中黑暗的力量。更让人不知所措的是，那些巫师正在消失。刻有精妙花纹的土陶是先人用来装尸骨的，人们曾经在山野中寻找着，只为砸碎土陶寻找传闻中藏着的银子，土陶一个个破碎、尸骨腐烂、流散，传闻的银子并未出现。"挖骨头"也因此成为了和"疾病"相关联的一个隐喻，根脉被掘出，这一病疾无法被治愈，就像巫师的消失一样，"他们身影的消失似乎同样也是一种隐喻，同样也是一种暗示，暗示着一个地域巫术史的终结"②，同时也暗示着一个外在世界的败落。

以流放者的身份来到这块土地，在将自己一次次抛向大地，深入这一块原野之后，李达伟最终得以离开，以世居者的身份。从"潞江坝"走向大河，最后回到"旧城"，这些或明亮或晦暗的角落组成的"暗世界"在李达伟的文字中不断地打开，"小乡土"之上的个体沉思，带来的不是空间的狭窄，而是精神世界的辽阔。不同的对话中，世界被打开了，在世界的敞开中获得了个体思考的聚焦，就像作家所言："人们通过信仰的力量，通过对于敬畏天地自然的赓续，通过宁愿放慢发展速度来把眼前的自然世界保护得更好，同时也让自己的内心在自然世界中得到安防。"③ 李达伟将目光深深嵌入滇西的山水河流、宗教信仰、密林

① 李达伟：《暗世界》，北京：作家出版社 2016 年版，第 182 页。
② 李达伟：《暗世界》，北京：作家出版社 2016 年版，第 200 页。
③ 李达伟：《大河》，武汉：长江文艺出版社 2018 年版，第 176 页。

土地，用繁密庞杂的语言拼接出全面而真切的"暗世界"面貌，打量着这片土地之上的人事变迁以及人心人性的复杂多变，思考着这些"小乡土"在当下的时代潮流中该何去何从。在这个快速流转的时代，作家触摸着土地记下了慢思录并且谱写着大地深处的忧思曲，为民间也为逐渐迷失的自我进行了一场招魂。

我们看到在大地之上的书写，有深入，也有敞开。世界浓缩在了个体之上，个体也因为思考的深邃而获得了辽阔，它展现的完全是一种故事的内化。在这样的语境中，有两个来自于不同作家的文本值得我们将其并置在一起进行讨论，一个是张伟锋的诗《向西》，另一个则是李达伟的散文《往北》。

一路向西，耗去的是一生的时间与生命，终点似乎是模糊的，但诗人收获的是对早已向往的"腹地"的深入，"我常常这样一个人/无端地飞行，没有想过抵达何方/却总在曲折中/抵达这座苍茫的山峰，闯进/让人迷茫的腹地"①。李达伟试图往北则是因为想要借此对抗孤独与忧伤，"游荡于我而言，应该是复调的，应该是多重性的，我渴望通过游荡伸向生活的已知与未知，我渴望通过游荡能让灵魂触及生命的疼痛与真实"②。这样往北的游荡也意味着在一些碎片之间游走，这是对于过往的一次整理。不管是"西"还是"北"，这一方向的名词并没有展示出其自身所代表的这一方位。虽然"西""北"只是一个虚指，但潜藏于文本书写之中的对方向的寻找是确定的，这与他们贯注于写作的意图是一致的。

同时，我们也能够注意到，在这些作家的回答中，有的并没有正面回答这一疑惑，相反，他们选择的是以当下文学场域中特别的书写形态来回答或者说是消解着"我是谁"这一疑问。这其中阿美族作家阿

① 张伟锋：《风吹过原野》，昆明：云南人民出版社2014年版，第208页。
② 李达伟：《往北》，《滇池》2012年第10期。

绮骨的写作和她本人的经历就是一个有意思的例子。阿绮骨的小说《安娜·禁忌·门》最早是经由网络连载这一方式流传开来的，小说讲述的是一位成长于单亲家庭同时自我迷茫的高三男生"韩"，一直受困于家族三代的爱恨纠葛，已逝的父亲以一个完美的幻影笼罩着他，同时韩又在母亲、高中同学薇薇以及一个谜一样的女子安娜三人的爱恨之间徘徊着走在追寻自我的路途之上。我们会发现，小说的主题实质上就是在设问"我是谁"。

有意思的是，作家在扉页是这样自我介绍的："纯种阿美族，女的"，但除此之外，小说的故事、主题、人物等等完全与少数民族无关，同时小说中出现的人物几乎都没有完整的可以被清晰辨识的名字。这似乎也从一个侧面透射出阿绮骨在对于"我是谁"这一困惑的追索中的那种痛苦挣扎与无奈纠葛，就如小说中所说的："只是这个社会能让我们再单纯多久？我们还能再推卸多少责任？还是我们还要再背上多少莫须有的罪名？我们能做什么？我们似乎什么也不能做。前面是一长排的人龙，后面又紧接着一长排，被推挤着前进，一步步，一步步，跟着'不得不如此'而前进，紧抓在手掌心中的也不知道是那所谓的'自我'还是前人的衣角。"[1] 不论是小说内在的故事结构、人物等等，还是小说外在的发表展示，实际上阿绮骨都在用一种新世代青年的生活方式消解着"我是谁"的设问，当然这并不意味着作家的虚无态度，相反是她早已在故事中对这样追索、探寻的宿命之环了然于胸了："每一段全新的开始全都是延续着旧有的节奏。这是一段又一段重复上演的故事。这该死如环状结构般的现实世界。"[2] 值得回味的是，阿绮骨在发表这部小说之

---

[1]　阿绮骨：《安娜·禁忌·门》，台北：小知堂文化事业有限公司2002年版，第10页。

[2]　阿绮骨：《安娜·禁忌·门》，台北：小知堂文化事业有限公司2002年版，第181页。

后就停止了写作，没有再出现过，完全消失在了茫茫网络之中，这似乎也可以看作是作家本人在小说之外对于"我是谁"这一设问的另一种回答吧。

同样是作为"讲故事的人"，向迅的故事讲述是从"人"与"地"这两个维度来展开的，追溯家族、世居之地的历史，在这样的链条之上确立了自己的位置。在前文中，我们曾经专门指出过向迅的"大乡土"书写是以"背叛泥土"的姿态写出了对于大地的浓情，而他对于世居之地的历史踏勘显然也是这种感情的进一步延伸。

一条因为大坝建筑之后便被淹没、消失的"镇街"浮现在了向迅的笔下，虽然不是自己的出生地，但是当随着作家幼年时升入四年级而得以到镇街求学，他从一个外来者变成了在场者，走入了街市的内部，这一条街市就在他的生命经验中获得了特别的位置："它给了我一个全新的认识世界的视角和独立认识世界的身份。"① 西蒙·沙玛曾指出："风景首先是文化，其次才是自然；它是投射于木、水、石之上的想象建构。"② 显然，这一条业已消失的镇街给予向迅的当然不只是一段求学的经历，更多的是它作为一个"取景框"或者是窗口，折射出了与小镇、河流、街市息息相关的时代变迁。镇街的改变是直观的，建筑的崛起和消失都可以为这些物理空间作证，而与镇街相关联的人的变迁虽然不为人所知，但却实实在在地记录了变迁的方方面面，所以，将取景框转向这些人是向迅最为重要的记录角度。因大坝建筑后河流上涨而不得不搬迁的移民，将世代守居的土地拱手让给河流之后开始了向新故乡的跋涉，但这一迈步实际上就已经宣告了他们将成为"没有故乡的人，没

---

① 向迅：《斯卡布罗集市》，北京：作家出版社 2016 年版，第 52 页。
② ［英］西蒙·沙玛：《风景与记忆》，胡淑陈、冯樨泽，南京：译林出版社 2013 年版，第 67 页。

有祖先的人",即使驻足,内心也依然会是"在路上"的状态。还有那几个在镇街之上特立独行的人物:常年身穿橄榄绿旧军装在镇街上以打零工和拾捡垃圾为生的"邪子"云哥儿,时而清醒,时而酒醉疯癫;生得一副女人相貌的叫花子"凯娃儿",身体无恙却蓬头垢面地整日四处行乞,四处搜寻红、白事宴席的消息,并且给镇街人留下了"白天晒月亮,晚上晒太阳"这样的经典对白;还有那为了养家而不得不出卖肉体的中年女子,寂寞的小镇艺术家、"我"学校的音乐老师,说话阴阳怪气、妻子自杀身亡后留下种种诡秘传言的"变态"教师,以及曾经横行镇街的地头蛇……这些形迹不一的人物身上记录下的是镇街的悲欢、歌哭,也是时代的侧影。

如果说这些外部的人物构筑起了向迅"镇街"故事的背景,那么那些和他生命相连的亲人就是故事的内在骨架了。母亲曾经在镇街上经历了计划生育时代的节育手术,也从这里出发,完成了她第一次的出远门,甚至由于汽车故障,使得胆小的母亲不得不第一次赶夜路从镇街回家。而父亲的故事似乎又更多了些父子之间的复杂意味,陪同母亲在镇街做手术时,父亲给"我"买的米粑粑和柚子,留下了"我"感知到的镇街最初的气息。父亲曾带"我"到镇街卖核桃,可枯坐一天也无生意。"我"也曾带着父亲的厚望替他完成了人生中的第一次抽奖,当然,结果是什么都没有。甚至"我"也在镇街之上完成了自己的第一次"走火入魔":在一个深夜,与同学结伴翻墙出了学校,计划前往录像厅,虽然最后计划落空。不管是外部或内部,这些人物所串联起的故事都组成了与"我"有关的"镇街"的记忆,镇街消失了,但在作者的文本中,它依然以鲜活的样子留存。

向迅对于"人"这一维度——祖辈——的讲述显然是有着借人述史的意图的,不论是祖父、祖母,还是祖父兄弟几人的故事,集合在一起就汇聚成了虽然不完整但却可从中窥得家族历史一角的家谱书写。祖父是一个"失败者",但向迅依然想要为其画像,画下远去了的模糊形象。在这一幅以文字画就的画像中,有祖父刚考上县上省立学堂时的踌躇满志、意气风发,有他作为执教于镇上中心学校的有名有姓的教书先生的荣耀,当然,更多的则是祖父的失意与落魄:考进城却无法再继续深造;担任公社粮管所的保管员,却因为要养活家中饥饿的孩子,偷了几把豌豆之后被人告发,回到了乡下。正因为如此的人生落魄,让祖父成为了晚辈们心目中的"作恶多端"的老朽,成为了所有儿子们的敌人,甚至在孙辈都留下了蛮横、狠毒的印象。与祖父的画像相似,不论从哪一个角度来叙述,祖母也同样是一个虽然不乏慈祥可亲,但更多的似乎却是刻薄、刚愎自用以致晚年只剩下孤寂、落寞的形象。她宠爱小儿子,并因此与其他所有子女闹翻,最后小儿子也弃她而去,在卧床不起之后她成为了一只"足球"。不管是祖父还是祖母,他们的一生凝聚的就是一个中国老农民的命运缩影,一生贫困落魄,但也曾有过片刻的人生高光。他们让儿女们愤怒、苦恼,但留下的始终也有着温情与爱意。正是如此错综复杂甚或可谓是矛盾的感情,让他们成为了这个故事中立体的人,而非冷冰冰的画像。"上帝给每一个人都准备了一个原野。……每一个人的原野,都是不尽相同的……我们的原野,因为生命的融入,从来就是一个活着的原野,一个有历史的原野。"① 再如在故事中被讲述的大祖父、二祖父,大祖父这个老态龙钟,有时说话时还会眼角闪烁泪花的老人实际也曾经是一个为了国家冲锋陷阵的抗战老兵,脱下戎装后默默坚守在泥土中;二祖父一生都未走出村子,经历了壮年丧妻之痛但却凭着自己的裁缝手艺独力抚养儿女,并在村子里过着体面的生活,也赢得了村人的尊敬。

---

① 景阳(向迅):《谁还能衣锦还乡》,北京:作家出版社 2013 年版,第 17、18 页。

当这些祖辈离去时，不仅带走了属于他们的故事，也切断了我们与前代人的联系，也正是出于此，向迅对"故事"的讲述让这些断裂重新得到了接续。祖母去世时，家族为她准备了一场声势浩大的礼炮，"当数以万计的礼炮鸣响在村子上空时，我在空旷的院落里觉察到有什么看不见的东西正在坍塌"①。这是村庄的坍塌，更是因为一个连通着先祖与晚辈们的老人离去后，家族谱系的一场"坍塌"。

向迅对于"双土地"这一空间的讲述，虽然也是从"地"这一角度开始的，但由于它与家族历史之间千丝万缕的关联，使得这样的讲述不可避免地还是落在了"人"的讲述之上。"双土地"的历史在"我"一再的寻访之下逐渐露出，我们与先祖的枝蔓相连又重新浮现。祖辈逝去，我们与家族历史的联系也就随之断裂，对那些逝去故事的重新拾捡和讲述，正是要让我们关于过去的记忆能够有所附着之地，这样的记忆也才会有温度和存在的价值。正如作者所言："……遗忘祖辈，归根结底遗忘的是我们自己；记住祖辈，自然也是为了更好地记住我们自己——记住我们的姓氏、相貌、性格，乃至言说方式，思维方式和认知世界的方式，我们由此可以在大地上站立得更加稳健，生活得更加'有理有据'，存在得更加'理直气壮'。"② 在这样的故事讲述中，向迅其实也是在重新发现一个地方，重新发现这个"风景"中所蕴含的意义。例如逐渐败落的"双土地"看上去不起眼，但在历史上曾经作为"湘川盐道"西线盐道的一段，参与了历史上的两次"川盐济楚"运动，也曾经是历朝历代于此地设置的行政管辖中心。更重要的是，这一条街道的出现与"我"的先祖、家族有着密切的关联。因此，"双土地"的开创者，那位隐藏在只言片语的家族历史中的"老云章"的身影逐渐清晰起来，

---

① 向迅：《斯卡布罗集市》，北京：作家出版社 2016 年版，第 30 页。
② 向迅：《斯卡布罗集市》，北京：作家出版社 2016 年版，第 147 页。

而人与地,即"双土地"和家族历史之间的关联也就在故事的讲述中被重新建立了起来。家族谱系的意义不只是在于一些冰冷、陌生的名字,更重要的是人、事,以及附着于其上的温度。"风景的再现⋯⋯深度植于权力与知识的关系之中。⋯⋯风景引起诸多思考:在个体被文化包容的同时,个体行动如何帮助形成文化;个人如何将自我视为某种特定文化的一部分,尤其在由农业革命或工业革命、帝国扩张、战争或战争后果这类社会或民族创伤引起的动荡时期。"[①] 在向迅这里,祖辈们的故事和风景,和象征着远去背影的这一片片的"原野",再次因为"讲故事的人"而获得了延续的能量,这大概就是故事讲述的意义所在了。

与向迅的追溯类似的是沙力浪的写作,大学时的中文系学习和硕士班的社会学、民族学知识系统的汲取,让沙力浪的视野能够跳出文学的单一维度,从更广的角度来审视自己以及祖居地,这也让他对自己的写作有了更加清晰的认识:"我以为我很会说话,但是一张开口,才发现说的全是别人的话。于是,我重拾笛娜的话,用妈妈的话写出一首又一首的诗,我要用最简单的语言寻回自己,寻回那被世人遗忘的,我的族群的,声音。"(笛娜,tina,即布农语"母亲"的意思——引者注)[②] 对自我的这一认识也恰是新的写作方向的获得,正是在这样寻回部落的尝试中,他写出了祖先迁徙的历史,也写出了后代们沿着祖先的足迹重访祖灵的努力:

祖先

踏进新天地

---

① [美]温迪·J.达比:《风景与认同:英国民族与阶级地理》,张箭飞、赵红英译,南京:译林出版社2011年版,第9页。

② 沙力浪·达岌斯菲芝莱蓝:《部落的灯火》,台北:山海文化杂志社2013年版,第194页。

从 asang daingaz

翻过山谷

翻过溪谷　棱线

翻过平原　翻过山顶

到达

祖先的新居地　马西桑

早晨，太阳最慢照射、阴影笼罩的部落

后辈们的祖居地　马西桑

来到

经过细竹

经过旁边　黑熊

经过蕨　经过水蒸气

从 asang

踏进寻根之行

后辈们

（《翻山越岭至马西桑》）①

　　一首排列成部落族群世居的大山侧影的诗，从第一句开始，述说的
是祖先们一路迁徙的历史，从最后一句开始，我们读到的又会是后辈们

---

① 沙力浪·达岌斯菲芝莱蓝：《祖居地·部落·人》，台北：山海文化杂志社 2014
年版，第 111 页。

沿着祖先迁徙的脚印一步步走回曾经的祖居地，于是，祖先和后辈们在"马西桑"相遇了，这些看似陌生的地名也因为后辈的书写再一次鲜活起来，获得了实存感。

而沙力浪的写作特别之处还在于一种转变，这样的转变一方面是身份的变化，他回到了部落，成立了专注于族语出版的工作室；转变的另一方面则是文学写作之上的文体变化，近年来报告文学或者说是非虚构写作成为了沙力浪主要的写作着力点。在他选择进入台湾东华大学民族发展研究所继续硕士班的学习后，用了"大量时间回到祖居地、部落做一些田野调查，以'拉库拉库溪'流域的地文、水文、人文的历史变迁、文化容量为题撰写"[①]，最后完成了论文《拉库拉库溪流域语言、权力、空间的命名——从 Panitaz 到卓溪》。这一份学术性的研究成果实际上开启了沙力浪对祖居地的深入探寻，在这之后，他完成的三篇报告文学：《用头带背起一座座山——向导背工与巡山员的故事》《百年碑情》《泪之路》[②]分别将镜头聚焦于百年来攀爬在中央山脉之上的布农族背工、巡山员的身影，在祖先部落遗址之上家屋重建的工程以及日本殖民政府在高山森林中留下的一块块石碑，写出了一个新生代少数民族作家对自己族群历史的深情追忆与重述。例如沙力浪在《百年碑情》中，用自己的文字仔细记录了中央山脉中的特殊石碑，日本殖民力量在向中央山脉深处延伸的过程中，与世居于高山的少数民族部落发生了一次次的冲突，这些碑石记录下的就是在冲突中死亡的殖民士兵。尽管这些碑石表面上是殖民者为了纪念所谓的"英灵"，但实际上每一块石碑的背后

---

① 沙力浪·达发斯菲芝莱蓝：《祖居地·部落·人》，台北：山海文化杂志社 2014 年版，第 228 页。

② 这三篇文章分别获得了 2013、2015、2018 年台湾原住民族文学奖，后收录《用头带背起一座座山——向导背工与巡山员的故事》，台北：健行文化出版社 2019 年版。

都是关于少数民族为了族群、为了命运而战斗的血泪故事，碑文记录下了侵略者的"荣耀"，同时也见证着他们的罪行。

祖先石板屋的复建，是在场的记录，用"头带背起一座座山"的背夫的身影则是以追溯的形式来讲述，当作者与同胞们站在石板屋前，喊出各部落的名字，他们"透过呼喊，缅怀百年前，为了捍卫土地、领域跟族群尊严，抵抗日本军队的布农族人。透过呼喊，呼喊各部落家族、祖先，告知孩子回来探望"①。

如果说诗歌的写作让沙力浪能够以游吟诗人的姿态来写出了对族群、部落的深情，那么非虚构的写作显然让故事的讲述逸出了传说式的想象，获得了真实感，这是可触碰的历史故事，由此，沙力浪通过对田野踏勘、部落复建等这些的记录完成的是新生代少数民族对祖灵、民族情感的召唤。

石彦伟（回族）一直在以系列写作的形式来讲述不同时空维度中的回族人物，他们有鲜为人知的英雄，有穷尽一生之力静默坚守的学者，有从战火中涌现出的作家，还有那些在生活中默默做着不平凡之事的邻家大妈：学者张巨龄先生与曹杂、熙攘的流行始终有着来自于精神内部的格格不入，他以一身光明在语言学界、语文教育界，还有回族历史文化研究方面静默坚守，留下了一生光明；英雄名字的背后除了一串串耀眼的事迹，还有和他成长有关的地理故迹，石彦伟通过一个个与铁道游击队政委张鸿仪有关的地理名词，爬梳到的是更多带着历史余温的英烈气息；一面是生活中的平凡女性，一面却又是资助了500多名"女儿"的"杰出母亲"和英雄心不老的"最美大妈"，马志英和杨惠这两位邻家大妈用自己的凡人善举感动了世界……这些普通个体构成的是一幅庞

①　沙力浪·达岌斯菲芝莱蓝：《百年碑情——喀西帕南、大分事件》，引自《第6届台湾原住民族文学奖得奖作品集》，第295页。

大且立体的回族肖像。

石彦伟既是作家，也是文学编辑，多样的身份让他对文学场域有着不一样的认识。因此他对于自己的"在场"书写是有着清晰的设想的："我期望留下的孤独文字并不只是为着纪念，而是能够负载更多的精神重量，让时间回答它们存在的意味。……我想，一个民族不可能人人都去做珍珠，总要有人甘愿做那根孤独的丝线，将散落在大地上的珍珠一颗颗地找到，再一颗颗地串起。于是，一串光彩夺目的'泰斯比哈'诞生了，它不仅属于一个民族，更属于一个国度。"① 每一个"珍珠"都在讲述出一个故事，对于作者而言，这些文字是记录，更是一种回忆。与前辈学人的忘年交往、对历史英烈的温情寻踪，以及更多关于平凡人的在场书写，这些无不充盈着文学的体温，感人至深！对已逝者的历史余温的打捞、对健在者生命细节的记录，这样的系列写作无疑是具备了修辞立其诚的品质的，他通过自己口述史式的记述，让我们得以进入历史与生活的现场，完成了一次参与式观察，这是我们特别是作者作为亲历者与见证者的经验与意义所在。也就是说，不管是从个体的角度，抑或是民族与时代的角度，这些文字既是对现场的记录，还是民族精神的传承。

---

① 石彦伟：《泰斯比哈》，北京：作家出版社 2017 年版，第 210 页。

第四章 多维的现实

文学可谓是时代的脉搏,始终在以自己独特的审美表达敏感地回应时代的各种情绪,从这个角度而言,中国作家们很多时候都是以一种扎根现实,甚至是在现实中冲撞的姿态来书写自己身处的时代的。不论是曾经的新写实主义,又或是"现实主义冲击波",再到新世纪以来对于底层书写的关注,都可以看到中国作家的这种坚持。有论者曾指出,"现实主义的回归与对于现实社会问题的关注可以说是新世纪以来小说的总体潮流"①,在常人看来,少数民族作家由于身份的异质性,他们笔下所建构的文学世界似乎都是奇幻多于现实。可当我们真正走近这一场域,才能够发现他们写下的不仅仅是极具异域色彩的边地风景,凝聚于其中的更是独到的现实关怀。和前辈作家相比,这些年轻作家的出身显然要更加多元化,他们来自于更加广泛的社会阶层,在开始写作之前,也有着与前辈们不尽相同的生活体验。当他们以文学的方式来讲述自己的或是自己所见的故事之时,这些故事也必然与广阔的现实相关联,这些书写也是对现实的多角度、全方位的观察与思考。

---

① 刘大先:《少数民族中短篇小说的现状与未来》,《民族文学》2017 年第 11 期。

第一节 "行走于城市的书页"

"80 后"可谓是非常独特的一代，他们的成长是合流于中国融入全球化、走向世界的进程中的。在这其中，改革开放、独生子女、互联网、城市化等时代关键词都在他们的身上留下了共同的时代印记。伴随着城镇化的快速扩展，可以说与前代人相比，"80 后"一代人拥有了更充分、更实在的城市经验，这也使得我们常常不由分说地就把一种先天的紧密关系关联到了他们与城市之间。但实际上，我们忽略了其中存在着的他们与城市的格格不入。

"80 后"一代不仅因为时代的变迁，周围生活环境在变动，城乡之间的差距在缩小。同时也由于升学、就业等原因，开始与城市空间有了更多的交互。2005 年的一份调查数据显示，"80 后"总人口中，31.1%生活在城市，16.8% 生活在小镇，52.1% 生活在农村，但只有 18% 从事农业劳动。而到了 2011 年的时候，中国社会科学院社会学研究所的一份调查报告显示，在 2011 年，56.7% 的"80 后"居住于城市，43.3% 居住于农村，但是，只有 8.4% 的人在务农，27.6% 的人务过农而目前从事非农工作，64% 的人从来没有务过农。[①] 从这里其实可以看出"城"与"乡"之间开始有了对流，这也让附着于其上的身份不再是固化的，由此，这样的二元对立也逐渐地不再以单一的方式呈现，而是以更加多样和隐秘的方式交错在"城""乡"之间了。也就是说，其实"80 后"这一代人所面对的"城乡冲突"已经不再是《人生》或《平凡的世界》中那样的尖锐状态，至少城与乡之间的多维对流让人们看到了实现"高加林"式理想的希望。这里插一个题外话，在上世纪 80 年代，有一首颇为

---

① 数据参见李春玲主编：《境遇、态度与社会转型：80 后青年的社会学研究》，北京：社会科学文献出版社 2013 年版，第 36 页。

流行的歌曲《城里人与乡下人》，里面歌词是这么写的："城里的人跟乡
下的人不一样，男娃的头发比女娃长，城里的人让乡下的人弄不懂……
不知是城里比乡下好，还是乡下比城里强，反正城里人都这么说，乡下
早晚也跟城里一个样。"歌曲用幽默的笔调列举了当时日常生活中"城
里人"与"乡下人"的不同，涉及了服装、婚恋观、生活起居等等。虽
然没有给出明确的对比结论，但是歌曲最后的一句"乡下早晚也跟城里
一个样"还是透露出了在当时"乡"向"城"靠拢的趋势，而同时这样
的"不一样"也是客观存在的，这其实也是一种现实生活中的鸿沟。有
意思的是，当时间来到 90 年代后期（大约在 1995–2000 期间，具体时间
已比较模糊），这一首歌被做了一些改编，用在了某个品牌的摩丝广告
之上，歌词改成了这样："城里的人啊和乡下的人都一样，女孩的头发
呀都漂亮，都漂亮，"广告内容则是设定为几个乡下女孩与城里女孩在
一个艺术展上偶遇，之后发现对方的头发和自己的一般顺滑、黑亮。显
然，从广告对歌词的更改、故事脚本的设置再到故事发生的空间——艺
术展——都在暗示着"城"与"乡"之间的同步。在这里广告的艺术性
并不是我们要讨论的重点，我们只是从这样一个广告中发现了它似乎在
传达着某种时代的话语，那就是人们的潜在共识——城乡的一体。显然
这和我们在分析"80 后"一代人成长过程时指出的那种"城""乡"对
流是相互呼应的。当然，流动的自由却并不一定意味着留下的自由，广
告中的表现也更多的是与推销相关，或许广告中的那几个乡下女孩最终
会发现，头发顺滑并不能为她们提供在城市长久驻足的可能。

  由"城"到"乡"，这其中除了不可避免的现代性挤压之外，又有
着在城市空间中为现代生活所困的人们对乡村空间的诗意想象；而由
"乡"到"城"的流动则又蕴含了一批逐梦之人将自己对未来的美好设
想寄托于城市的奋斗，以及更多的潜藏在这些奋斗之后的辛酸、苦痛和

入城不得的无奈。这些在文学书写之中就呈现为了作家们对城市空间、乡土空间不同维度的多元书写。

一、"门"的隐喻

何永飞曾写过这样一首诗《行走于城市的书页》：

路面不管多坚硬
就是磨不去沾在脚后跟的
泥土味，就像胎记

行走于城市的书页
与肥美的修饰无缘
有时总感觉是一个错别字

就算把头抬得再高
都无法引来一束关注的
目光，就像一只鹤群中的鸡

行走于城市的书页
恐惧在内心疯长
也不知哪天被一笔删掉

到处是高楼林立
可左看右看总是找不到家的
温暖，就像梦中的幻景

　　行走于城市的书页

　　半刻都不能停留

　　不然会被时光一翻而过①

　　何永飞刚出道时曾被视作"打工诗人"的代表，那些颠沛流离自然也会折射到诗歌当中。他写下的徒然踱步让人不禁想起了卡夫卡笔下的"K"，或许把这样一首小诗与卡夫卡的《城堡》类比起来显得很牵强，但是我们确实能够在这首诗中读出何永飞试图写出那种踱步于城市街道，看似已经与城市亲密接触，但却始终悬浮于其之上的疏离感。这样的"距离"以及随之产生的孤独和那位想要进入"城堡"而又不得的K是有相似之处的。书页的翻动，随时可能将行走于此的我们挤扁、压碎，看似在城市中，实际上或许只是一种悬浮于半空而投影于地面的幻象。而K面对不会移动的城堡，那么多的门却没有一扇会朝他开启。至少在最直观的意义层面，这样的无门可入是他们共同面对的困境。虽然在这里何永飞所写出的更多是一种现实生活维度中对稳定生活寻求的不得，而甚少触及更深层次的哲学思考，但这样的一种生存困境的书写在这些"80后"少数民族作家身上和笔下，确实是普遍存在的，也给了我们继续讨论的一个切入点。

　　在"城－乡"这样的二元话语模式中，人们似乎习惯了作家们书写城市空间对乡土空间的挤压，以及一群群人离开乡村走向远方城市之后，留下的荒凉和颓败。不管是出于什么样的原因，人们确实是在离开乡村，"他们扔下的旧家，塌七烂八的，房子一律拔了顶，椽子、檩子、砖和瓦，都卖了，门窗挖了，大门挖了，扔下的是一间间破烂的老旧

---

① 何永飞：《四叶草》，北京：大众文艺出版社 2008 年版，第 105 页。

的房子壳儿，黄土墙，胡基垒的锅灶的残骸、牲口圈、鸡狗的土窝、土炕，都是一钱不值又带不走的东西，扔在这里，风吹雨淋，也不见轻易塌朽，只是越来越旧，越古老"①。我们会发现，这些"80后"少数民族作家笔下有乡土背景的作品中，不时地会有对人们离开乡村这一行为的描写和感慨，在这样对于"离开者"直接或间接的写作中，作家的关注点大致上有两个方面，一个是对乡土、村落被"离开者"遗弃之后败落景象的感慨和无奈惋惜；另一个就是对那些离开之后进城的人们之后命运的书写，不管是既成事实的记录还是未知结局的预测，他们的命运似乎都不会是美好的："他们携家带口去了城市，散落在各地，最远的去了缅甸，最近的在县城。可是一旦跨出沟口，仿佛他们全都绊上迷魂草，忘了回乡的路。他们像一粒粒种子，散落在城市的角落，艰难地生根，发芽，繁衍，在城市的石头上，活成一片一片的狗尾草。"②

"走进城市，就走进了／时光的另一章节／全都是新的，包括／生活方式"（《走进城市》）③，但实际上，出走之后就一定能够进入自己的梦想之地吗？这样另一章节的时光和新的生活方式会是这些"离开者"们梦寐以求的吗？我们都知道，即使如鲁迅这样的强者，少年时"走异路，逃异地，去寻求别样的人们"，如此的决绝，到了中年也依然会有"思乡的蛊惑"，感慨"他们也许要哄骗我一生，使我时时反顾"④。所以，或许何永飞接下来的慨叹才会是真相："月抡锄的大手／把城市的骨头，敲得／叮叮当当地响／却怎么也敲不开，梦想的／归宿之门／只好到处流浪。"（《泥土味的农民工》）⑤ 虽然就像我们一直在提及的，城乡之

① 马金莲：《碎媳妇》，银川：宁夏人民出版社 2012 年版，第 71 页。
② 包倬：《路边的西西弗斯》，合肥：安徽文艺出版社 2019 年版，第 90 页。
③ 何永飞：《四叶草》，北京：大众文艺出版社 2008 年版，第 103 页。
④ 鲁迅：《朝花夕拾·小引》，《鲁迅全集》第 2 卷，北京：人民文学出版社 2005 年版，第 236 页。
⑤ 何永飞：《四叶草》，北京：大众文艺出版社 2008 年版，第 107 页。

间的多维度对流让曾经似乎是遥不可及的城市成为了自由出入的空间，但实际上要想彻底停留，成为一个真正的"城里人"，却依然不是容易的事情。

于是，我们看到了一道隐喻的"门"成为了这些试图要在城市空间中寻求立足之地的人们的必经之地。"门"所隔离出的内、外空间是相对的，这一相对性也让两个空间在不同的语境中获得了不同的隐喻指向。如果站在这些离乡进城者的视角来看，当他们身居乡村时，"门"隔开的是家与外面的世界，家的空间有限却有实感和安全感，外面的世界无限广博也意味着未知；当他们作为一个离开者并试图进入城市时，城门隔开的是城内与城外。城市空间外，他们已然放弃过往，空间已经丧失了意义，而在"门"内的城市空间中，尽管这一空间有限和无限并不确定，甚至是否能够提供安定也都是未知数，但至少在他们的未来想象中，这就是他们的梦想之地。因此，在这样的一出一进中，本身作为日常生活中常见的建筑构成部分的门，就被赋予了更多的文化隐喻，它代表着对外界可能伤害的隔绝和抵御，同时也意味着门内对门外的拒绝。它是两个空间的通道，也是空间之间或空间内部的一种隔断。这样的隐喻意义与作家们对城市空间所持有的复杂、暧昧的态度也形成了互文，不论是由"门"内走向"门"外，抑或是由"门"外走进"门"内，在这样一个通道之中，阻隔与通畅都会生发出多重的意蕴，这其中的诸多情感都是和个体的人牵绊在一起的。

正是基于"门内""门外"这样的空间想象，我们会发现这群"80后"少数民族作家笔下对城市空间的书写出现了几个有代表性的想象维度，即城市的"陌生人""漫游者"以及人在这个城市空间中的"异化"。在这里，我们以杨瓅莹的《门》、鲍尔金娜的《门》和木琼尔的《窄门》这三篇作品来简单地分析一下围绕着"门"这一意象展开的文学想象和书写，巧合的是，这几部作品也都是以"门"为主题展开的。

这一群"80后"少数民族作家大部分和城市空间的"亲密接触"实际是从外出求学（上大学）、入职社会开始的，特别是前一方面。这个阶段恰好是年轻人为未来人生蓄力的阶段，也是理想、热情高涨的阶段。大学作为最后的伊甸园保护着他们最后的美好理想，同时未来也开始向他们透露出一丝不安。高涨的理想和热情与冰冷、陌生的城市相遇，自然会是一场激烈的碰撞。因此我们可以看到很多的"80后"作家在书写青春时除了中学时代之外，大学时代特别是毕业之际，也是一个常见的故事背景。一些就业的困境、爱情的危机等等的书写，实际上也是与我们在这里讨论的城市空间的文学想象相关联的。

这其中木琼尔的《窄门》就比较特别，小说讲述的是一个即将毕业的大学生在最后几个月中，围绕着"就业"所经历的一系列波折。

北关大学的大四学生凌格在对前途的忧心忡忡中踏上了返校的列车，迎接她的将是在学校最后的几个月时光，以及未卜的前途。从火车开动的那一刻开始，这一次返校的路程就注定了未知和不确定："这次座位不太好，是倒座，背对着北京的方向。在车窗外，她只能看到定兴的山山草草飞速地倒退，就像一幅画不断地往外抽离。要是正对着北京的方向呢，她就能看到北京正一点点向着自己扑面而来。……从定兴到北京，其实才89公里。89公里，179里地，8900米，两个小时的距离。从北京的延庆到房山还要100多公里呢，但那也是北京。89公里，一个城市就和另外一个城市有了天跟地那么大的区别了。"[1] 明明是前往北京的列车，但是在这样的前行中，窗外的风景呈现出的却是对离开的隐喻。这大概是对那句常用的话"毕业就是失业"的化用，同时也会意味

---

[1]　木琼尔：《窄门》，《民族文学》2011年第2期。

着与城市的断裂。

　　同样值得关注的是凌格对于自己栖身之处的理解："这十几平方米的狭窄宿舍中，这块小小的床板是属于自己的，至少在这四年里是属于自己的。为了这块小小的床板，在这四年再往前数的十二个年头里，自己每天刻苦学习不敢轻易放松。还有将近五个月，这块小小的床板就要从自己的生命中剥离掉，属于另外一个人。"①如果说进入大学为她赢得了一段暂时的与城市空间的亲密关系，那么她将要通过对"工作"的努力追求，去争取另一段与城市或许永久或许暂时的亲密关系。虽然小说中并没有明确地写出凌格的目标是留在北京，但是在小说的语境中，毕业之后获得工作，获得工作就能够留在城市，留在城市指向的就是留在北京。如果我们再继续把这个链条往前推移，那么上大学之前所有的努力都是在为了最后留在城市空间——北京——而努力。虽然作者可能并没有这样的意图，但如此极端的链条实际上展示出了"凌格们"想要通过"门"进入并且留下的努力背后，可能存在着的未知惨烈。

　　与凌格对工作的渴求不同，舍友苏全则将自己的人生未来押注在了一场研究生考试之上："我总觉得啊，自己未来一生就附着在这次考试上了。要是考上了呢，可能将来我人生是一个样儿，要是考不上呢，可能就是完全不同的另一个样儿了。"②虽然两人目标不一样，但实际上对城市空间的诉求却是一致的。正因为如此，不管最终结果如何，是喜是悲，在通过"门"的同时，这些都已经成为次要的了。所以当苏全最终因为所报考的导师要照顾与自己有染的学生宋琦瑞而被刷掉之后爆发了："不行！我绝对不能忍，里面肯定有猫腻，院里必须得复核！院长要是不同意我就找校长！我找媒体曝光他们！妈的，要是因为这些阴的

①　木琼尔：《窄门》，《民族文学》2011年第2期。
②　木琼尔：《窄门》，《民族文学》2011年第2期。

老娘上不了，豁出去不要学士证我也得闹到底！"① 之后虽然得到了院长答应组织复核的答复，但苏全并没有就此停手，而是计划写举报信，举报学院导师的行为不端。虽然小说并没有透露出苏全最终结果如何，但是我们完全可以看出苏全看重的可能未必是考试，反而是考试之后所指向的结果，即能够敲开那道"窄门"。

为了能够通过那道"窄门"，进入虽然未知但是无比诱惑的空间，每一个人都在做着各自的选择：苏全全身心投入到研究生考试中，在失利之后又抱着同归于尽的心态要为自己搏一回；王小琳一改刚进入大学校园时的朴素，在一片光鲜亮丽和浓妆艳抹中陷入了同学们关于她和街头"男女公关"小广告关系的传言中；宋琦瑞青春漂亮，却甘愿选择以为人不齿的身份与学院老师纠缠，并以此挤掉苏全获得了研究生录取资格。不管选择如何，她们无不是在为挤进"窄门"而努力着，"凌格看着门口争先恐后挤进去的人，还有那里面黑乎乎的窄小的门，走神了起来。她感觉好像有千军万马提刀拔剑呼啸着向这扇窄门冲去，而自己裹挟在其中，既无法平静地远观，也不能投入地加入到厮杀中，更不能潇洒地抽身而去"②。不论她们最终是否能够成功通过，这过程中一定会是异常的惨烈。凌格最后在茫然中收到了曾经参加面试的一家公司的录用通知，她终于杀进了"窄门"，但此时的她"双手捧着电话，不知该作何反应。她没有如自己预期的一般狂喜，也不知道要把这个算是好的消息来跟谁分享。这结果——某种程度来说算是她大学四年的结果——来得太快，而且似乎有点没头没脑。这让她这大半年来的所思所想、所作所为，显得就像一场轻飘飘的笑话。凌格对于这家公司一无所知。她对于很多已发生的和将要发生的事也是一无所知。但这些似乎并没有妨碍

---

① 木琼尔：《窄门》，《民族文学》2011 年第 2 期。

② 木琼尔：《窄门》，《民族文学》2011 年第 2 期。

她的生活和她坚持的东西"①。在这之前为了冲进"窄门"——留在北京——她可谓是浴血奋战,可这最后的结局似乎是"得来全不费工夫",这让她和身边人的努力都有了黑色幽默的味道。前途似乎未知,但进入"窄门"可能才是最重要的。

这篇小说的特别之处还在于它还有另外一个版本,收录在作者的小说集《天马行空那些年》中。在另一个版本中,小说的故事主体线索并没有改变,只是多了一条副线,即对凌格男朋友钱子肖故事的讲述。在这个版本中,我们就能看到凌格对城市的冲锋之余又多了自己的校园爱情面临的现实压迫。钱子肖因为出身贫寒,弟弟为了自己能够上大学而主动放弃了求学的机会,父母和家乡父老们也都一致认为他考上大学就等于飞黄腾达了,可钱子肖因为有助学贷款,所以学位证会被扣发,即将毕业,工作也没有着落。因此,他选择了背叛凌格,"每天都陪在另一个女人的身边,跟她吃吃喝喝,玩玩乐乐,说着我自己都根本不相信的甜言蜜语,就只因为她爸给我一个无比实际又极其虚幻的承诺。她爸爸能帮我当上公务员"②。殊不知这的确就是一个虚幻的承诺,他的背叛不仅没有给自己带来梦想中的未来,反而因此失去了和凌格的爱情,最后只能无奈选择了自杀。显然,钱子肖和凌格其实都是在努力地想要挤进"窄门",不同的是,凌格冲进了憧憬中的门内,却找不到应有的欣喜。而钱子肖用尽了手段甚至不惜出卖了自我和爱情,却只能换来在"门"上撞得头破血流、身败名裂的结局。从这一点来说,这一版本的小说虽然多了校园爱情遭遇现实困境这样的模式化写作,但是钱子肖的结局也写出了"窄门"之下的残酷,以及一种现代版的"于连"式结局。

---

① 木琼尔:《窄门》,《民族文学》2011年第2期。
② 陈璐:《天马行空那些年》,北京:中国华侨出版社2010年版,第235页。

显然，这样对城市空间的书写与前文我们一直在提到的"乡"对"城"的理想设计是矛盾的，城市虽然可能提供了构筑美好理想的元素，但却并不保证一定能够成功，而在这样的过程中，城市对人的吞噬才是主角。

如果说木琼尔在《窄门》中写出了想要进入城市空间的"窄门"所要经历的各种波折、艰辛甚至是残酷，那么接下来要提到的来自杨鋆莹和鲍尔金娜的两篇同题小说《门》就可以看作是进入这扇"窄门"之后，可能会遭遇的生活的某些维度。对于刚进入门内的"凌格们"来说，现在的留下可能也会是暂时的，她们可能会面临着不断地为了一块暂时的"床板"去挤进越来越窄的门，就像《窄门》中的苏全所说，"杀进去的，也许会发现前面还有更窄的门"①。同时，这种临时的落脚点带来的只有漂泊无依的生活体验，那种冷漠、隔阂或许才会是城市空间真实的一面。

杨鋆莹的《门》也是在讲述一个农家子弟为了进入城市而付出的各种努力，这样的奋斗之路和钱子肖其实是相似的，只不过钱子肖失败了，而在杨鋆莹的笔下，主人公"他"成功了，获得了自己想要的一切，这大概成了一种"奋斗"的模式表达。只是，"过去种种，总让他感到一种不堪，洗不净的烙印，刻在皮肉里，烙在生命里，尽管他现在算得上成功——从拥挤的人群中想要脱颖而出，摆脱曾有的那些看不见的牵绊"②。获得成功之后他的生活却是空虚的，那些牵绊是伤痕，也是空虚之源。值得注意的是，"牵绊"来自于他的过去——与亲情相关的乡村，也来自于他获得成功的手段。为了他的成功，父亲与母亲在泥土之上操劳，而弟弟也为了他的学业放弃了自己的机会。他终于可以进

---

① 木琼尔：《窄门》，《民族文学》2011 年第 2 期。
② 杨鋆莹：《桃夭，劫》，长春：吉林人民出版社 2011 年版，第 110 页。

入"门"内后又发现还有更多自己内心的欲望之门等待开启。所以,为了成功,他滑入了大家口中的那些暧昧、龌龊的流言之中,靠着自己的"好皮囊"换来了这些光鲜亮丽。虽然,"他手里的那几把钥匙,在仍可以打开的几扇门里,一间藏着一个美梦",可是,"他心里的火种早已经湮灭,抬起眼,却无法在这同一片苍穹下找到一星半点来自家那边的气息"①。

我们完全可以把这一篇《门》看作是《窄门》某种意义上的继续,《门》中的"他"得以进门之后却又迷失在了更多的"门"口,特别是自我内心的门。而《窄门》中的凌格在接到录用通知的时候也是早已经没有了惊喜,或许她在进门的惨烈过程中已经意识到了未来在门内的生活绝不会是轻松、惬意的。

我们一直在指出无论是从外到内或是从内到外,"门"都是不可逾越的一个存在。那些努力通过"窄门"的奋斗者还会发现这一扇门不仅在阻隔空间的内部和外部,同时也在阻隔人与人。在这个角度,鲍尔金娜的小说《门》写出的是耐人寻味的思考。年轻的情侣佩佩和苏里刚刚搬进一个名为幸福公寓的地方才三天,就大吵了一架,这样的大吵和"幸福公寓"这一名称之间的反差并不是唯一莫名的地方,还因为"吵到中途,这对小爱侣都忘记了为什么吵,只被战斗的激情所推搡,咆哮哭泣摔东扔西",而两人的停战来得也是异常突然,在沉默中苏里下意识地张开双臂,"对佩佩抛出一个既像攻击又像企求,意义含混但十分动人的手势",在内心一种"罗曼蒂克情绪"的推动下,两人和解了②。如果故事在这里结束,那么它不过是千篇一律的都市男女"恋情麻辣烫"中的一个片段,但鲍尔金娜让这股罗曼蒂克的情绪停下了,重新打

① 杨䒨莹:《桃夭,劫》,长春:吉林人民出版社 2011 年版,第 114、121 页。
② 鲍尔金娜:《门》,《作家》2010 年第 13 期。

开了另一个故事的窗口：一阵敲门声响起了。从之前的声嘶力竭到满地狼藉，再到墙上的钟所指示的时间——凌晨三点，这一对小情侣显然已经意识到了这敲门声很有可能来自于被打扰的邻居。虽然还未开门，但"此番敲门声在两人心中最初引发的单纯性紧张，在接二连三的听觉攻击中已经扩充为想象无尽的恐怖感，仿佛他们拒绝打开的不是一扇门，而是潘多拉的盒子或《山海经》"①。虽然门未开，敲门声在一阵静寂之后也停止了，争吵的情侣在甜蜜中睡去，但这一番突如其来的敲门声还是在第二天持续存在于两人的脑海中，带来了难以名状的遗留"伤害"。前一天晚上由吵架扰邻而引起不满敲门声所带来的"充满烂漫童趣的犯罪兴奋感"消失了，只留下了犯罪感和一个疑问："那个人今天还会找上门来吗？"在这样的担忧中，两人度过了压抑的一天，原本是隔离出一个安全空间的门如今变成了将他们围困在家中的屏障，而那不知是否还会再来的敲门声则成为了悬在头顶的"达摩克利斯之剑"。最终两人决定主动道歉，带上四箱果汁分别到上下左右四户邻居那里拜访，以消除这场由吵架噪音引起来的扰民闹剧。但意外的是，这四户邻居中有市侩的夫妻、故作姿态的年轻母亲、性感的女邻居和耳背的独居老人，就是没有曾经来敲门的人。就在两人都在猜想是否是因为幻听才造成了有人敲门的错觉时，敲门声又响起了……

虽然小说并没有告诉我们佩佩和苏里终于决定去开门之后结果如何，但这一场由敲"门"引起的闹剧显然已经让我们获得了足够的对于"门"的体验。"门"是通道，也是提供安全感的屏障，但在这里我们会发现门内的佩佩和苏里之间有的不是情侣间的交流，反而是鸡毛蒜皮的小事所引发的争吵。而在门外，无名者制造的敲门声又并非代表着开门之后一种交流的诉求，这让门内的人感到了恐慌。而在佩佩、苏里去敲

---

① 鲍尔金娜：《门》，《作家》2010 年第 13 期。

开其他邻居的门想要寻求沟通交流时，获得的也同样是隔膜。门作为通道和屏障的功能都被颠倒了，这无疑是对城市生活的琐碎、冷漠以及荒诞的隐喻。

　　这样的隔膜或者说是荒谬，在鲍尔金娜的另一篇小说《摸黑记》[①]里也能够找到呼应，或者说是更全面的勾勒。单身大龄女青年夏花在一个冬夜不出意外地再次遭遇到了母亲的电话逼婚，在无奈的同时又意外地遇上了停电。黑暗成为了一种封闭，作为沟通工具的手机中能够联系到的除了因各种原因无法赴约的闺蜜，还有对自己心怀不轨的追求者和默然拒绝自己的情人。手机耗尽电量关机之后，她与外界的联系也全部中断了。不管是停电的原因——自己忘记买电字，还是这些联系的断裂，其实都在折射出人与人之间的冷漠与隔阂。停电，带来了黑暗以及由此导致的一系列生活的不便，但在黑暗之中反而又获得了难得的空间，这实在是一种吊诡。而在小说的最后，夏花借由"黑暗"所带来的封闭——世界和人与自我的封闭——完成了一次精神历险，体味了日常生活，也理解了母亲。在黑暗中找到了曾令人心烦的日常生活中的亲切，这或许可以看作是一种对于生活的无奈妥协，也再一次印证了"门"内生活的不可捉摸。

　　就如齐美尔所指出的："门在屋内空间与外界空间之间架起了一层活动挡板，维持着内部和外界的分离。正因为门可以打开，跟不能活动的墙相比，关闭门户给人以更强烈的封闭感，似乎跟外界的一切都隔开了。"[②] 入"门"的过程无比惨烈，但"门"内的生活却又不过如此，甚至是无实感意义的，"门"被剥离了原本功能，从而成为了一个对城市

---

① 鲍尔金娜：《摸黑记》，《十月》2011 年第 5 期。
② ［德］G. 齐美尔：《桥与门——齐美尔随笔集》，涯鸿、宇声译，上海：上海三联书店 1991 年版，第 4 页。

空间的隐喻。

二、在场的底层

有研究者根据调查数据指出："'80后'最主要的两个群体是'80后'大学生和'80后'农民工（也被称为新生代农民工）。其中，'80后'大学生约占'80后'总人数的20%，新生代农民工约占44%。"[1] 通过对这群"80后"少数民族作家创作的检视，我们会发现，在对被城市"书页"挤压的形象书写中，这两类人同时也是他们城市写作中最主要的两类人物形象。或者我们也可以说，这群作家们的城市空间经验，也大多来自于这样两种身份的生活经历。虽然他们进入城市空间的方式有所不同，但最终的命运却又大都相似。

在这里，我们继续来看几组数据，全国总工会于2010年6月发布了《中国新生代农民工调查报告》，报告中指出"据国家统计局公布的数据：2009年，全国农民工总量为2.3亿人，外出农民工数量为1.5亿人，其中，16—30岁的占61.6%。据此推算，2009年外出新生代农民工数量在8900万左右，如果将8445万就地转移农民工中的新生代群体考虑进来，我国现阶段新生代农民工总数在1亿人左右。这表明，新生代农民工在我国2.3亿（2008年为2.25亿）职工中，已经占将近一半，他们在我国经济社会发展中日益发挥主力军的作用"。而根据报告的定义，"新生代农民工系指：出生于20世纪80年代以后，年龄在16岁以上，在异地以非农就业为主的农业户籍人口"[2]。由于自身教育经历、职业技能培训水平以及成长经历更加趋同于城市的同龄人等方面因素的影响，都让

---

[1]　李春玲主编：《境遇、态度与社会转型：80后青年的社会学研究》，北京：社会科学文献出版社2013年版，第35页。

[2]　全国总工会新生代农民工问题课题组：《关于新生代农民工问题的研究报告》，《工人日报》2010年6月21日，第1版。

这一批新生代农民工的生活经验、思想观念与城市空间有了更多维的关联，与上一代农民工主要注重"改善生活"相比，他们开始更多向"体验生活、追求梦想"转变，对自己务工所在城市的态度，也从一种过客式的心态向期盼在城市长期稳定生活转变。

另外一个与新生代农民工生活状态相似的群体是"高校毕业生低收入聚居群体"，即我们通常所说的"蚁族"。一项调查研究显示，截至2010年，"仅'北上广'（北京、上海、广州）每个城市就存在13-15万左右的'蚁族'。此外，武汉、西安、重庆、太原、郑州、南京等主要省会城市'蚁族'规模在8万-10万人左右。……'蚁族'全国人数将在300万以上"[①]。从这些研究报告中我们会发现，不论是"新生代农民工"群体还是"蚁族"群体，他们都具有弱势、低收入、不被人关注等特点，在城市空间中难以获得稳定和高收入的工作，这也就使得他们很难真正地融入到城市主流社会中。虽然这两个群体在城市空间中的生活都内蕴着向上的积极姿态，但不可否认的是，他们始终是在城市群体结构中处于偏下的位置，即位于城市的底层。

这样的数据当然并不能够全面地反映出"80后"这个群体的生活面向，但新生代农民工和"蚁族"这样两个为数不少的群体还是有一定的代表性。在"80后"少数民族作家这一群体中，不少作家其实都有着与这两个群体相似的经历，这也使得以这两个群体为代表的生活能够成为他们现实书写中的一个重要主题，即对于底层的书写。换句话说，这些作家本就来自底层或身处于底层。

何永飞最初是以"打工诗人"的身份为文坛所认识的，这与他自身的经历密切相关。中师毕业之后，他曾经在高寒山区做过代课教师，做

---

① 李春玲主编：《境遇、态度与社会转型：80后青年的社会学研究》，北京：社会科学文献出版社2013年版，第203页。

过广告公司的业务员，也做过报社记者，还在建筑工地拉过砖头、拌过砂浆。正因为有着如此"丰富"的经历，何永飞触摸到了城市不为人所熟知的角落，城市这部书籍朝他翻开的不是"肥美的修饰"（何永飞《行走在城市的书页》），而是冰冷、酸楚，因此有评论者曾指出，他的诗是"心灵里流出来的疼痛"①。他对于城市空间的这些体验与我们前面论述到的"凌格""佩佩、苏里"们的生活组成了一幅完整的城市空间浮世绘。

和所有站在通往城市的"窄门"面前的人一样，何永飞首先体验到的就是被拒绝，"我苦苦追寻的猎物 / 就在眼前停留 / 而自己却没有带猎枪 / 我渴望已久的大门 / 就在对面等候 / 而自己却没有一把能打开的 / 钥匙"（《招聘启事》）②。城市道路宽敞、整齐，但是却坚硬如铁，乡村泥土松软却包容、柔情，能够生长、孕育生命。因此，被城市空间拒绝的背后实际上就是一场坚硬与柔软的碰撞："我是从故乡的肌肤上 / 掉下的一根毛，飘落在 / 城市坚硬的水泥地上 /……可城市，实在是 / 坚不可入，就好像 / 凝固千年的冰山……有一种莫名的恐惧 / 无时不挂在心间 / 哪天城市翻一下身子，会不会 / 把我葬送在一片漆黑里"（《站在坚硬的水泥地上》）③。在被城市拒绝的同时，坚硬或许也会带来疼痛，因此诗人战战兢兢行走在硬路之上，"我带着泥土味的脚步 / 怎么也走不稳 / 我不敢到处乱跑 / 怕被坚硬的水泥路 / 踩伤，或踩死"（《走进城市》）④。这一硬路与软土的碰撞，显然是自我与城市之间关系的一种写照，我们能够在他的诗歌之中看到大量的关于"城市坚硬"与"柔软自我"的书写。他心怀梦想，但在凶猛的城市面前，只是"一只走不快的软体动物"，

---

① 宋家宏：《一个打工者的诗》，《春城晚报》2008 年 2 月 9 日。
② 何永飞：《四叶草》，北京：大众文艺出版社 2008 年版，第 104 页。
③ 何永飞：《四叶草》，北京：大众文艺出版社 2008 年版，第 27 页。
④ 何永飞：《四叶草》，北京：大众文艺出版社 2008 年版，第 103 页。

"坚硬的街道，坚硬的楼房 / 还有坚硬的目光 / 都在向我逼近，向我进攻 / 我拖着柔软的躯体 / 怎么也爬不出城市的咒符"（《在城市里我是软体动物》）①。在乡土之上，挥洒汗水就总会有收获，可城市中对这些逐梦者的回应是冰冷的，他们只有感慨："好想把汗水耕种下去 / 可城市的路面太坚硬。"这不仅仅是生活中现实的压迫，同时也有着心灵内在的推挤，城市在梦中还在试图吞噬诗人："城市的楼群，像野兽 / 从后面追赶过来 / 我拼命地逃跑，谁想到 / 城市的街道 / 把脚步捆得严严实实的 / 我只好坐以待毙"（《噩梦》）②。忧伤、疼痛、无助，这些诗情源自于肉体对现实的敏锐，也是诗人对底层的最为真切的歌唱。特别是在《打工心曲》这一组章中，何永飞沿着自己进城的足迹细致地描绘了一个进城逐梦者的奋斗经历和心路历程，他从自己的生活中抽出了一组关键词，以镜头聚焦的形式特写出了心底的呐喊。"漂浮""无助""失眠""夜行""时尚""白眼"，这是初入城的体验，"从故乡的枝头，飘落，漂浮在城市的人潮里 / 这座城市，比我原先构想的还美丽，但也比我原先预料的还陌生"，迎面而来的冰冷并不能将逐梦者吓退，"我决定拧亮心灯，去追求渺茫而又渺茫的青春之梦"。遗憾的是，城市为他的"求职"准备的是"桥洞""房东""查夜""新闻"，以及最后的"失业"。

本是一个进城以梦想为自己目标的逐梦猎人，却意外发现"我就像一只走投无路的猎物，被生活的猎枪到处猎杀"，从追逐梦想生活到收获屈辱、艰辛，大概是这些打工者们踏入这个空间之前从未想到的。虽然这是诗人对自己艰辛的逐一记录，但我们从中读出的却是一种群像的刻绘，他的苦痛并非个例，诗人也发现"我埋着头，继续往前行走，也许是在往后。……/ 突然，一个身背行李的打工兄弟与我擦肩而过 / 我惊

① 何永飞：《四叶草》，北京：大众文艺出版社 2008 年版，第 132 页。
② 何永飞：《四叶草》，北京：大众文艺出版社 2008 年版，第 114 页。

奇地发现／他的脸色／他的眼神／他的步态／都跟我一模一样"①。

新世纪以来，随着经济的飞速发展和由此带来的社会经济结构的变动，一直都被视为文学来源的社会生活也有了巨大的变化，"中国故事"因此有了不同的讲述维度。在面对经济的繁荣和城市化进程高速推进的同时，很多作家也都关注到了在这些高楼大厦、繁华街景的背后还有着城市空间的另一个维度，栖身于此的是那些奉献了自己的汗水浇灌于城市生长的无名劳动者，例如快递员、清洁工、外卖小哥、体力工人等等。他们是城市空间的一个部分，但是却又被排除在了城市的喧闹之外。一批来自于这样一个群体中的写作者如徐非、柳冬妩、郑小琼等逐渐开始以"打工诗人"的名号为文坛所知，另一些作家如曹征路、尤凤伟、陈应松、罗伟章、孙惠芬等也将目光聚焦于这些被遮蔽的人与事，为新世纪的文学提供了一种事实上早已经存在着的新的文学风景，彰显出了文学的责任与担当，底层文学、底层书写由此成为了新世纪文学中引人注目的一股创作潮流。虽然对于底层的界定，研究界一直有着不同的声音，但由底层所展开的文学书写无疑给作家、研究者和读者都提供了一个思考的角度和空间。在这一过程中，由于很多作家与底层本身就是有距离的，对于底层的生活并不是很熟悉，因此在对底层人与事的书写过程中常常加以个体的想象，从而使得底层书写流于模式化。同时，距离、隔膜的存在也让作家更多地变为了代言人，底层群体反而失声了。因此就有论者就此提出了批评，认为不少底层书写的作品"在小人物形象塑造及其不幸命运描写上逐渐显示出了某种模式化倾向：生活表现形式单一，结局多为失败，基本情绪为无奈。……我们在底层叙事中更多看到的是在都市阴影笼罩下的丧失了主体丰富性的面容模糊的傀

---

① 何永飞：《打工心曲》，《散文诗》2007年第15期。

偏形象。主体意识的缺失导致了人物形象塑造的被动化"①。这样的批评提出了隐忧，也点出了希望。书写者与底层的距离让底层故事的讲述更多呈现为单方面的代言或复述，而存在于其中的鲜活个体可能就会被遮蔽，因此，"在底层"的写作就显得格外地真诚、可贵。

我们可以看到在何永飞关于"底层"的书写中，大致上有一种从小我到大我的脉络，即从自己的艰辛生活中凝练出具有典型性的打工体验，多以自我的角度出发来观察、记录自我身居于此的生活。然后正是基于这样的个体体验，何永飞又将视角打开，更多地开始关注和自己一样蹒跚于城市书页之上的同伴们——那些清洁工、民工、拾荒者、小贩等。本来就"在底层"的背景让何永飞在书写这些生活的时候并不是单一地讲述"我"的故事，也不是以代言人的方式来讲述"他"的故事，而是以"在场"的姿态来讲述"我们"的故事。

在何永飞的诗歌中，我们可以挑出这样一个系列，如《被城管追赶的卖杨梅的老奶奶》《被老板诱上床的农村少女》《死于宝马车下的民工夫妇》《在城里抢锄头的人》《刺死官员的女服务员》《讨薪未果而引火自焚的打工仔》《寻短见的女人》《银行门口的过夜人》《垃圾女孩》《饭店打工少女》《夜间清洁工》《擦鞋姑娘》等。这一系列的诗格外引人注目，它们聚焦于那些湮没在城市喧嚣、繁华中的个体，形成了一个在他整体创作中相对独立的诗群。每一首诗都是一个镜头，镜头聚焦点看似是随意、零散的，但实际上有着内在的线索——诗人对底层同伴的关切——把这些诗串联、组织了起来，形成了一幅完整的底层群像。水果小贩、服务员、建筑工人、拾荒者、清洁工……他们的工作、遭遇在生活中随处可见，却总是保持无言。他们虽然身份不一，却无一例外地

---

① 张光芒：《是"底层的人"，还是"人在底层"——新世纪文学"底层叙事"的问题反思与价值重构》，《学术界》2018年第8期。

都被城市遮蔽了，尽管他们在为城市耕耘、挥汗。虽然这些诗没有被作家刻意地按照一个主题整理成一组，而是散落在各处，但这样的无意倒是恰恰说明了诗人就是在自己身处的底层世界中以平视的姿态感受到了这些同伴们的苦楚。同时对于诗人而言，这些底层苦痛实际上也是城市的病症所在，人情冷漠，城管的无理与暴力，环境污染……诗人在诗歌中借神医李时珍之手为城市开出了药方："绿化三两 / 静心五两 / 道德八两 / 热情七两 / 清淡六两 / 华实四两 / 虔诚五两 / 善良七两"（《医诊城市》）①。尽管在这个空间里遭遇不公，承受着挤压，但是诗人依然保持着对城市命运的关切，这是对底层命运关切的一种延伸，也带有底层自我的自信和热情。就像他在题为《川妹子》的写给同为打工诗人的郑小琼的诗中所说："打工，确实如你所说 / 是一个沧桑的词 / 但一样能在里面，种出 / 人生的另一道风景 / 以及生命的欢声笑语，只要 / 梦想永远滚烫。"②这样的关切显然具有着浓厚的人文情怀，而跳出了那种只是简单渴望进入城市赢取物质的欲望表达，获得了可贵的文学温度。

在前文中我们曾经提到新世纪以来的底层书写存在的模式化、欲望化等倾向，在对这一模式化的克服与摆脱的背后指向的是底层书写正蕴含着的转变和新的美学原则的形成，即"从底层的人到人在底层，其实就是对任何单一性叙事视角——物质优化视角如此，漠视人的社会生活基础，单一地限于哲学玄思或者文化知识的炫耀，也是如此——的超越。……换言之，作为一种思潮性的概念，以'底层的人'为核心症结的'底层叙事'已经走向终结，而以'人在底层'进行价值重构的新的叙事美学必将崛起"③。这其中"底层的人"代表的是一种来自底层外

---

① 何永飞：《梦无边》，北京：中国戏剧出版社 2010 年版，第 174 页。
② 何永飞：《梦无边》，北京：中国戏剧出版社 2010 年版，第 129–130 页。
③ 张光芒：《是"底层的人"，还是"人在底层"——新世纪文学"底层叙事"的问题反思与价值重构》，《学术界》2018 年第 8 期。

部的观看，或者说也是俯视，这样的俯视就不可避免地会因为距离、隔膜而出现书写上的单边想象。因此以此生发的"底层书写"当然就会是一种单一的模式话语，底层的所思所想所言也就会被覆盖于俯视者一厢情愿的想象之下了。"底层"获得了展示，但是底层中的个体则隐身了。而"人在底层"则意味的是在场的姿态，这是由内部的打开所带来的自我言说，它展示群像，更展示鲜活的个体，外部代言与内部自我言说之间的鸿沟就在这其中被消解了。

在这样的视域下，我们注意到同样在以"在场"姿态书写"我们"的底层故事的还有阿微木依萝，她自己本就"在底层"以及源于其中的生活经验，让自己的写作天然地就保持了底层的温度，而从阿微木依萝的一些自述中，我们亦能感受到她作为一个写作者所秉持的写作理念中也彰显出一种自我言说的坚持。在谈到自己作品受到批评时，她如是说："（《土命人》）它是比较现实的一个题材，也经受了各种批评，有人觉得故事性不强，技巧不够，结尾没有出其不意，认为小说不是这种写法。那么小说是哪种写法呢？我个人还是抱着固执的观点（当然这个观点不等于我肯定自己这篇小说是毫无挑剔，它仅仅是一个态度），小说有各种写法，结尾永远不是只有'出其不意'这样一种结尾。"[①] 她也在自序中直言："对于写作者来说，自己能掌控的表达方式才最重要。你喜欢怎样说话，你想说的话才能得到最好的表述。"[②] 这样对于自我的坚持实际上和我们所说的"在场"姿态是呼应着的，正因为是在场的自我言说，所以才会有足够的对个体的自信和热情的关注。

阿微木依萝对于底层的关注亦是从个体的勾勒开始的，也就是说她的底层记录是专注于"人"。在她获得第十二届少数民族文学创作骏

---

① 阿微木依萝：《我写作的一些感受》，《钟山》2017 年第 1 期。
② 阿微木依萝：《蚁人·自序》，合肥：安徽文艺出版社 2019 年版。

马奖的散文集《檐上的月亮》中，她将镜头对准了那些曾和自己一起行走在城市中的兄弟姐妹，以朴实、诚恳的纪实性文字写下了自己"在底层"的所历所见所闻所感。这些人或蛰伏在城郊的大杂院，或聚居于工厂、车间，或走街串巷，行走在城市的各个角落。阿微木依萝曾经做过"走族"，即那些"推着木板车、骑着自行车、担着挑子步行的小贩……他们一般只卖单一的货物，最多不超过三种。这些人和茶房的小二一样，肩上一律搭一条白色毛巾，作为擦汗的汗巾子——无论男女，都有一条汗巾子"①，这一群人中有卖梨的小红、咸鱼巷中坚持卖着咸鱼的王婆婆、八里庄老巷子里的瘸子老余和他脑子不太灵光的妻子苏美美，他们用自己的双脚细细丈量出城市的每一寸土地，也试图在这里找到属于自己的一方空间。在这样的底层世界中，"这条巷子住着乡下来谋生的人。他们的身份在这里是平等的，所以，老远的地方，偶然走着一个人，便会有一群人与之招呼。他们相处得像亲戚"②。走族的世界里不只有生存的艰辛和疲惫，也有着"人在底层"的平等和亲密。

彝族世居的西南大凉山地区，受到自然环境的限制，是中国经济最欠发达的地区之一，受困于生活，很多彝族人都会选择离家外出打工，据研究指出，在珠三角的打工彝族人可能接近20万人，"即使是最保守的估计也表明，到2012年为止这一数字应该仍然保持在10万人以上"③。而根据2019年《四川日报》的一则报道则可以看到2019年春节期间仍然有约30万的彝人坚持在外务工④。在他们所创造的巨大的劳务收入的背后，是众多的外出打工者一点一滴的汗水、泪水编织出的艰

---

① 阿微木依萝：《檐上的月亮》，桂林：广西师范大学出版社2019年版，第46页。
② 阿微木依萝：《檐上的月亮》，桂林：广西师范大学出版社2019年版，第46页。
③ 刘东旭：《流动社会的秩序：珠三角彝人的组织与群体行为研究》，北京：中央民族大学出版社2016年版，第6页。
④ 《春节约30万彝族老乡错峰在外打工》，《四川日报》2019年1月25日，第5版。

辛。加撒古浪的诗《打工的彝人》可谓写出了这些逐梦者的心声："南高原的凉山，群山绵延 / 向着远方生长，一群人 / 揣着故乡，奔跑，在沿海 / 他们习惯了用山名称呼彼此 / 仿佛每人都是一座山头 / 万格忍、塔尔波忍、卷补尼西…… / 简单直接，省略了繁琐的辈分 / 山风吹过的地方都是故乡 / 积雪撒满的梁子都有亲戚 / 不同的车间，几个山头凑一起 / 仿佛几个人就是八百里的凉山 / 酒瓶失落的夜晚，在心里种下 / 一棵悲伤的云南松，孤独生长 / 风吹得肆无忌惮，吹灭了灯盏 / 坐在海边，聆听海浪的喧嚣 / 那波涛的声响恰似故乡的声音 / 一浪高过一浪，锥心、刺骨 / 一个人的衣兜如故乡般洁净 / 只剩下一张窄窄的火车票……"[1]

显然，对于如此庞大的一个底层群体而言，他们并不意味着只是一个冰冷的、令人震惊的数字，而是无数个鲜活的个体，他们可能职业不同，在不同的城市角落挣扎、拼搏，作家们对他们的逐一检视，就构成了一幅总的底层群像。就如学者刘大先在考察新世纪少数民族文学与地缘文化关系时指出的那样，"在全球化的人口与信息双重流动中，生活在东莞的打工作家中有胡海洋（满族）、杨双奇（苗族）、阿微木依萝（彝族）、木兰（侗族）、梦亦非（布依族）等少数民族作家，他们将身上背负的母族文学因子带入到后工业的语境，这样的流散族群的书写尤其具有主流城市文学容易忽略的内容。"[2] 在我们的讨论语境中，这样"容易忽略的内容"当然就是那些"在底层"的声音与生活。

阿微木依萝用文字仔细地收纳起在自己生活中出现的这些城市"异乡人"，《命运捕食者》中无论晴雨都会蹲守在天桥之上的算命先生，《声音捕食者》中依靠木板滑行在西街的残疾流浪歌手，《汉字捕食者》

---

[1] 加撒古浪：《把月亮种在村庄》，昆明：云南人民出版社 2016 年版，第 18 页。
[2] 刘大先：《新世纪少数民族文学的叙事模式、情感结构与价值诉求》，《文艺研究》2016 年第 4 期。

中收起了纸笔开始小吃生意的诗人朋友，还有《工厂捕食者》里"两星期转一次班，疲惫，匆忙，精神紧张，少白头"的"我"的丈夫。他们爬行、游走、挥锄于城市中，毫无疑问是城市的一个部分，但却并不属于这里。算命先生为他人摸骨推算、指点迷津，却不知到底是有意还是无意地忽略了自己的潦倒境况；流浪歌手既向旁人展示自己的残肢，也展示并不好却很投入的歌声；"我"的诗人朋友放下了纸和笔，生活或许就要出现转机，那种深夜里孤独组织文字的清苦也可以放下了，但"我"却无法恭贺他；丈夫虽然平凡、清贫，却又能让人感受到他身上的勇敢与坚毅。在这些文字中，阿微木依萝种下的不是俯视的同情，而是"同是天涯异乡人，相逢何必曾相识"式的理解。所以她能够理解算命先生的"失算"，想要为流浪歌手黑色的箱子画上太阳、月亮、高山流水和花草树木这些自己喜欢的事物，但也明白黑色对流浪歌手而言亦是"一种封闭但安稳的底色"。她用无言的感慨去回应自己的朋友与诗歌越走越远、与"生活"越走越近，同时也在丈夫的普通和落魄中发现了这一群人如悬崖上生长的树一般，"每一节根须都在石壁上蜿蜒，像寻找阳光一样寻找石壁缝隙里少量的土壤"[1]。

2015 年，一部关注打工诗人的纪录片《我的诗篇》在全国引起了巨大的反响，纪录片在众多的打工诗人中选定了六位诗人，来通过影像的方式记录下他们的诗与生活，其中一位即是彝族诗人吉克阿优。在书写底层的少数民族作家中，吉克阿优的写作是有代表性的，大学辍学，曾在珠三角、江浙、北京等地打工，2016 年又返回故乡大凉山，离乡、迁徙、返乡，这样的流动经历本就已经天然地包含了一种属于底层的流散的经验。与其他少数民族作家相似的是，在他的诗歌中，诗句指向的始终是这个底层群体中的鲜活个体，这些在城市、厂房中挥汗如雨的彝人

---

① 阿微木依萝：《檐上的月亮》，桂林：广西师范大学出版社 2019 年版，第 166 页。

如青蛙一般，却失去了彝族传说中智取新娘的智慧，只剩下温顺、沉默，"春天还没有来临，进城的青蛙 / 从一家工厂跳到另一家工厂 / 老的、小的、瘦的、肥的、公的、母的 / 这是它们的命运……"（《进城的青蛙》）①吉克阿优很清醒地意识到了自己在不同城市之间的迁徙可能不仅是一种逐梦之路的颠沛流离，这种流动的生活更是喻示着与城市空间的格格不入以及被它的无情拒绝："这些年，我是一个没有地址的人 / 我努力活在一张暂住证上"（《没有地址的人》）②，城市中无处立足，"那个叫故乡的出生地渐渐发霉"，母语也被遗忘，这样的"没有地址"的境况是令人异常痛心的。正是因为"人在底层"，吉克阿优不需要通过感情的滤镜就能够充分体会到自己周围的同伴们的酸甜苦辣。因此，他看到的不是数字庞大的无名群体，也不是千篇一律的苦痛记录，而是一个个就在他身边的有名有姓的鲜活个体：他是才十六岁，工龄就已经两年的空调工沙马伍莎，生活过早地在这张稚嫩的脸上留下了烙印，"倘若不笑，脸上总挂着几条流水线"（《空调工沙马伍莎》），为了来年去舅舅家下彩礼，还要继续到空调厂剪电线；她是环卫工吉布莫，"一把扫帚，一个簸箕 / 一晃三十年 / 她从清晨扫到夜晚 /……"城市高楼崛起，而"她手上的茧一天天老去"（《环卫工吉布莫》）；他也是烧烤店的小工拉且，生活昼夜颠倒，在梦中也依然保持着烧烤的劳作，"恰似安在烤架旁的半自动机器 / 客人点啥，他烤啥 / 没有语言，没有表情"（《烧烤店小工拉且》）③。在这些诗歌中，每一份生活的苦涩、艰辛和喜悦都能

① 吉克阿优：《所有归来的日子都是彝年》，西安：太白文艺出版社 2019 年版，第 6 页。

② 吉克阿优：《所有归来的日子都是彝年》，西安：太白文艺出版社 2019 年版，第 50 页。

③ 吉克阿优：《所有归来的日子都是彝年》，西安：太白文艺出版社 2019 年版，第 69、89、90 页。

够找到一个确定的面孔对应，而从作家的角度而言，我们也能看到吉克阿优对于自己能够置身其中来书写这些同伴是清醒的，所以他才会如此有信心地写着"我们的手掌上有厚厚的老茧／我们的手指上有密密的针眼"（《元旦》）①。

或许我们也还可以借用马金莲的一篇小说《贴着城市的地皮》来继续简单地讨论这样的"在场"。刚满十三岁的哈格失去了他的哑巴母亲，父亲又不务正业，终日在村庄里鬼混。因此，对于哈格和他的兄弟姐妹来说，母亲去世意味着他们的天塌了。刚从城里回到扇子湾的马沙给村庄的孩子们夸耀自己在同城的生活，哈格也决心跟着马沙一起离开这个看不到一点儿温暖气息的家。但是让哈格没有想到的是，随着马沙进城之后，想象中的城市生活并没有出现。原来马沙在城里也并没有什么可炫耀的，他也是无数底层中的一员，也要为了吃饱肚子用尽一切办法。他的那些在村庄人看来十分新奇的长头发、服装、打火机等物件在城里其实都是最为平常之物。在马沙软硬并施之下，哈格假装聋哑人，开始了他在同城的"城市生活"——乞讨，也在这里认识了以此为生的鬼女、双料、老叫驴。进城的生活与预想中的背道而驰，甚至还要装聋作哑，这让哈格始终处在一种无可名状精神重负之中，最终他与双料一样选择了在闹市中自己揭下聋哑瞎的伪装，双料带着自由离开了，哈格选择了留下，在鬼女的帮助之下进入一家牛杂碎店打工，等着因殴打老叫驴而入狱的马沙出狱。我们对城市中的这些流浪汉、乞讨者并不陌生，对一些伪装成为各种残疾、编造悲惨身世的乞讨者的故事也都有所耳闻，但关注这一群体的文学书写却又很少。或许就像小说标题所说的那样："贴着城市的地皮"，他们被忽略的很重要的一个原因就在于我们的

---

① 吉克阿优：《所有归来的日子都是彝年》，西安：太白文艺出版社 2019 年版，第 57 页。

视角并没有能够与这样的生活平行。哈格刚进城时，马沙曾经让他仔细看市场，"往低处看，往地面上看"，"我发现猛一看那里乱糟糟的，但是仔细看，还真是另一回事情呢。就在那农贸市场和商场的接壤处，拥挤的人丛是流动的，是站起来的，而在地面上，有一些人是贴着地皮存在的，有坐有跪有趴，什么样的姿势都有。"① 对于小说内的人物来说，"贴着城市的地皮"是他们的生活状态，而对于小说外的作者而言，这样对地皮的贴近是我们观察世界的姿态，也即是在场的书写。

马金莲的文学眼光一直都聚焦于自己的故乡扇子湾以及世居于此的乡民，对这些黄土地上默默耕耘、艰难生存的"地之子"的书写实际上也是"底层书写"的一个维度。而近年来马金莲也在逐渐调整自己的写作，同样是在关注底层，但她的视角却有了移动，在注意到乡村内在、外在的崩塌的同时也关注伴随其中的人世变迁，特别是发生在新的城市空间里的"地之子"的故事，这一篇《贴着城市的地皮》即是如此。另外两篇关于"进城"的小说《四月进城》和《孔雀菜》也很有意思。《四月进城》讲述的是一次充满希望却以尴尬、失望结束的进城探亲之旅，芒女家由于上一年的干旱造成了今年粮食的短缺，家中一番商量后决定进城找县城的富亲戚求助，芒女意外地获得了跟随爷爷进城拜访亲戚的资格，一场梦想中的进城旅程似乎就要开始了。这次进城意外的是以芒女"不会走路"开始的："从车上一下来，芒女就发现自己不会走路了。她基本上不是自己走下车的，是被人挤下来的。"② 虽然这是因为芒女第一次坐班车，长时间半坐半站使得腿酸麻暂时失去了知觉，但其实也可以看作是对这次进城拜访亲戚的隐喻。最后芒女和爷爷在舅爷家吃了一顿算不上半饱的饭，带着空口袋又回到了家中。芒女在城市中

---

① 马金莲：《贴着城市的地皮》，《民族文学》2016 年第 3 期。
② 马金莲：《四月进城》，《朔方》2012 年第 3 期。

失去了走路的能力，这是对在不同空间中"水土不服"的象征，而在另一篇小说《孔雀菜》里，李富贵的儿子舍木在城市中的遭遇就是以更加血淋淋的意象展示出来的了。在人们热衷于走出村庄、走向城市的热潮中，舍木也被吸引，脱离了父亲和村庄的牵绊。但不能吃苦的他在城市中寸步难行，最后选择了"卖血"这一条来钱快的路子。村庄的人都议论，"舍木这娃娃完了，把身子骨儿抽干了，瘦成了干柴棍，嗨呀，我们听着都心疼哩……"在这里，这个"抽血"成为了一个隐喻，城市抽走的不仅仅是舍木的"血"，还有更多像他一样渴望在城市空间中寻找梦想的进城者，"血"是他们自认为的进城的敲门砖，他们没有意料到的是，当这一资本被完全抽走之后，他们也失去了进城的能力和资格，这其实又是一个可怕的吊诡。

这些都是由于不同空间之间的移动而发生的故事，她另外一些作品也在关注那些本身一直在城市中打拼的人，如《老年团》[①] 中以初次带团的导游马霞带领一群老年人到北京旅行的经历，来串联起马霞在城市打拼、老年团中各个老人不同的人生故事；《平安夜的苹果》关注的是那些走出了乡村，走进工厂园区的年轻男孩、女孩们，在这个空间中，"时间以什么计算？工钱。回家的时间以什么计算？过年。"而每一个到这里来的人都经历着相似的经历："一个带一个，另一个再带另一个，大多以地缘、血缘作为纽带，扯土豆一样，抓起一根蔓藤，就扯出一条条根系上的个体来"，一个电话，一张车票，一张陌生的脸，一颗对外界充满好奇的心，就出来了，加入到浩大的务工队伍，在这长三角的工业园区，在一条条流水线上，开始了一个山里孩子的人生蜕变。"[②] 小说的特别之处不仅在于故事中的主人公都以无名状态出现，同时也在于最后

---

① 马金莲：《老年团》，《回族文学》2015 年第 6 期。

② 马金莲：《平安夜的苹果》，《湖南文学》2017 年第 2 期。

结局的处理。主人公以"男孩""女孩"代指，看似消弭了个体，但事实上这样的处理恰恰和工业化生产线上的机械生活相对应，每一个在这里生存着的人身着同样的服装，隐去了自己的面目特征，都被机械捆绑甚至异化，从而面目模糊，也就是说"男孩""女孩"实际上是一群人。小说的结局是男孩女孩在平安夜这样一个对于他们来说似是而非的节日里约会，男孩为了能够给女孩买一个漂亮、实惠的代表着"平安"之意的苹果，与水果店老板发生了争执，然后持刀将其杀害。男孩在工厂重复着单调、苦闷的生产操作，水果店老板为了生计想尽一切办法，他们实际上都是一类人，都在社会底层努力挣扎着，最后却又挥刀相向，这样的惨烈背后只不过是为了完成一个简单的节日愿望，这实在是让人唏嘘。

陶丽群对底层的关注也是颇有特点的，这从她对自己走上写作之路的自述中就可以窥见一斑。中师毕业之后成为代课老师的陶丽群，"每月工资一百七十二块。环境恶劣，物质贫乏，前途模糊，爱情缥缈"。在这里她与众多女性和她们的故事相遇，"关于那片山里的女人的，她们像那片山一样冷峻和连绵不绝，让我本就沉寂的青春岁月过早地染上忧郁的色彩，生活的苦涩和坚硬使我不敢轻易纵声大笑"[①]。这样的生活经验让她的书写获得了对底层的深度触摸，例如她在《第四个春天》中关注一个母亲为儿子洗刷罪名的故事，卢宝花的儿子万宝路是一个"蜘蛛人"，"城里人都是这么叫他们的——其实就是高楼外体清洁工，身上拴根安全绳，吊在十几二十层甚至更高的高楼大厦上搞外体清洁"[②]，因为一起"碰瓷"车祸，生活全都改变了，最后从高楼摔下而死。卢宝花为了还儿子一个清白，开始了对和那起"车祸"相关的"受害者"韦

---

① 陶丽群：《风的方向》，南宁：广西人民出版社 2013 年版，第 308、309 页。

② 陶丽群：《风的方向》，南宁：广西人民出版社 2013 年版，第 186 页。

芳芳和记者赵妍的追访，而到了最后她也无奈地选择了与儿子类似的方式：跳楼。再如她在《玻璃眼》中写到的寄居在城乡接合部拾荒老人老李，《醉月亮》中关注城市角落大杂院中的各色人生，《回家的路》写靠摆地摊维持家中生计的曹慧一天中生活的辛酸和体悟，在这些小说中，陶丽群写出了底层人的艰辛和无言，也写出了内嵌于其中的温情。

底层书写与底层本身的距离、隔膜，早已经被大家所关注到，"由于知识精英与底层在文化资本、社会地位和审美取向上的天然隔膜，知识精英以'我'为主的代言型叙事，并不能有效回应底层真正的文化需求，这导致他们的代言型作品，在民间又面临了无人喝彩、无人认同的尴尬"①。正如我们之前所提到的，当这些"在场者"以从内部打开的方式来发声时，外部代言与内部自我言说之间的鸿沟就有了被消解的可能。这些作家们在讲述的一直都不是"你""他"的故事，而是"我们"的故事，"底层"得以跳出了"他者"的陷阱，获得了鲜活的存在，这也是他们书写的意义所在。

第二节　女性的柔情与实感

梳理百年来的中国文学，我们不难发现，在这一条文学脉络中，总是被偏狭的男性中心意识所忽略的女性作家早就已经跳出了男权的藩篱，并且以她们对自我、世界敏锐而深刻的观察和思考书写出了属于她们的独特性。二十年代的冰心用她的锐利和清新掀起了"问题小说"的广泛思考，与此同时也有着庐隐、石评梅等作家对于女性命运的思考回应。三四十年代的女作家们如丁玲、萧红、张爱玲、梅娘、苏青等展示

---

① 孙卫华：《新世纪之初的底层叙事：维度、视角与意义》,《天津师范大学学报（社会科学版）》2020 年第 5 期。

出的是更加多向的书写，她们或聚焦于弄堂、都市中的女性，或关注民族危难之下女性生死的悲苦、顽强，或思考革命视角下个体的觉醒和反思。五六十年代的女作家似乎声音渐弱，但也在新的时代语境中留下了如《青春之歌》《百合花被》等优秀之作。再到新时期以来，张洁的《爱，是不能忘记的》中女性对自由、平等的婚恋观念的大胆表白、谌容的《人到中年》关注的是中年女性知识分子的生存境况，铁凝、王安忆、方方、池莉、残雪、海男、陈染、林白、徐小斌、翟永明等一大批女作家崛起，充分彰显着女性的主体意识，继而还有卫慧、棉棉等更为前卫的"身体写作"，以及随着互联网发展逐渐成形的安妮宝贝等的网络写作。在这样的文学脉络中成长起来的"80后"少数民族作家，显然既拥有着足够的文学资源来汲取，也有着更多的文学可能性。

一、可见与不可见

尽管男权的藩篱在被冲击、击破，但在社会的潜意识维度，对女性的内在、外在的关注实际上都是缺席的，或者说是错位的，本该是"可见"的女性群体成为了"不可见"的存在。于是，我们可以在这样的"可见"与"不可见"之间发现一种存在于我们所关注到的"80后"少数民族作家——特别是女作家——创作中的张力。也就是说，女性个体内在的隐秘世界，对外在世界、他者而言，本是"不可见"的，但这些作家通过对自我个体精神内在的挖掘，以文学的形式将这一切呈现，"不可见"成为了"可见"；而从另外的角度来说，女性群体命运的书写本就应该是文学的题中之意，但实际上这个群体大多时候是沉默的，或者被他人——即男作家——所代言，本应"可见"也成为了"不可见"。那么在这样的意义上，也可以说前一方面的内在维度书写也是对后一方面"不可见"的一种反拨。

女性的细腻与敏锐让她们的文学书写天然地具备了独特的审美视角，这样的审美独特性既和她们的性别优势相关联，也与她们笔下所涉及的题材、角度和书写姿态有关。而值得我们进一步关注的是这一群年轻的"80后"少数民族作家的创作中"边地"色彩的融入，使得她们能够于细小处完成对个体精神世界的精心雕镂，同时也能够在开阔处去观照自己身居其中的女性群体命运。

（一）内向性的感性开掘

在这一代作家笔下，与他们所共享的时代情绪等相呼应的是对于青春主题的共同书写，不论他们以什么样的视角来面对，大多数的作家也都有在青春语境中对个体成长的讲述。例如鲍尔金娜、晶达、米米七月等在她们早期的《紫茗红菱》《青刺》《他们叫我小妖精》等作品中，就是在着力书写中学时代的热情、叛逆，以及裹挟在其中的或困惑或残酷的青春成长。而除了这样的青春叙事之外，一批女作家也有着对个体内心细腻、绵密的刻绘，一方面讲述一种女性专属的精神成长，另一方面也在分享着她们作为女儿、母亲、姐妹这些身份的所思所感。

安然有这样一首题为《小小如我》的短诗：

> 我怀疑过我，人世中小小的我
> 小小的个性，小小的心愿
> 小小的身形
> 我的每一寸肌肤都小小的
> 灵魂也小小的
> 面对世间的大，我无能为力
> 我低下头，自顾自地悲欢
> 我确定，天无一日晴

> 小小如我
> 像风中的一粒，海中的一粟
> 像秋天的落叶
> 岁月了无尘①

女性的柔弱，面对世间之大，无能为力，只能"低下头，自顾自地悲欢"。但其实正如诗人开篇所指出的那样，这样的"小"只是曾经的怀疑。小小的自我悲欢之中，蕴含的是女性内在那些本"不可见"的精神涌流，这些于世间而言当然是"微小"的，但于每一个个体而言，这就是她们的整个世界。从这个角度出发，我们可以说那些专属于女性，也存在于女性隐秘心理角落的情感体验、思考既关涉个体的"小"，也关涉群体。

怀孕是女性生命中一个特殊的阶段，即将迎来的身份转变和新生命的开始都会让她们获得对于世界不同于往常的新的认识。"在心随律动起伏的某个瞬间，我不得不接受来自腹部的胎动，无法拒绝的新奇，在无意间让自己彻底感动和幸福'②。陈丹玲是这样开始她对怀孕感受的记录的，潜在的新生命带来了紧张、恐惧，但更多的是一个生命中孕育了另一个生命这样神奇的过程所赋予的真切幸福。这让她发现更细微的世界的同时，也与和自己同样有身孕的另一女性有了无言的联系和默契："我们对立于石桥上，来自不同身体却有着同样性质的两条夸张弧线，让我们的目光在彼此走过后又同时回头的瞬间，传递了对方温暖的体恤。"③"我"在阳台上常常看到住在隔壁的怀孕女人在院子中忙着永远

---

① 安然：《冬日小夜曲（组诗）》，《汤子江诗刊》2018年第5期。
② 陈丹玲：《村庄旁边的补白》，北京：作家出版社2017年版，第99页。
③ 陈丹玲：《村庄旁边的补白》，北京：作家出版社2017年版，第100页。

忙不完的活，"我"因为对食物的挑拣而造成的食欲不振也在隔壁女人惊人食量的对比下变成了对新生命的羞愧与自责。但对新生命同样的期待或许并不能让她们拥有同样的幸福经验，隔壁的怀孕女人的大儿子很向往一支雪糕的滋味，但母亲给他的只有责骂。"我"在她的责骂中才获知她的男人在外打工而且常年好赌，自己一人在家带孩子、怀孕，自然不会有富余的钱和好心情。这时再次出现在"我"视野中的她，背影中就多了一些难以言明的感受。她费力想要背起如小山一般的红薯藤，却不慎摔倒，"我"的关心也只能是化作一句简单的问候。这一次的摔倒导致了隔壁女人的早产，所幸的是母亲与胎儿都无恙，"身体因承载生命而经历的那些刻骨铭心的痛楚和伤痕"，在女人低头凝视自己女儿的微笑中消弭了，"某一天的某一个时段，一种无法参透的痛楚力度和恐惧深度将成就生命一代又一代的延续，而身体所有的呈现只意味着接受和爱。我心怀敬意。在走出医院大门的那一刻，我的脚像踩上了清凉的风，心里充满棉花一样的幸福，柔和，轻盈，细腻"①。

陈丹玲带着敬意写下了生命延续所经历的内在波动，而马金莲对生命诞生这个过程的记录又更多地带着诸多乡土之上的人情世故。身体中生命的孕育意味着欢愉、期待，如果这样的孕育缺失了，剩下的当然就是痛苦、焦虑。《暖光》中讲述的就是"我"在经历了数次流产之后再次怀孕时的心路。结婚十年，"我"经历了多次怀孕却又不断流产的辛苦、折磨，此时的再次怀孕带来的不是幸福的期待，而是混合了父母对孙儿的急切渴望、"我"和丈夫面对习惯性流产诊断后的惴惴不安以及微弱希望等的复杂情感。一次次的获得与失去已经让"我"早已经对这个孕育过程胆战心惊又沉默麻木，当"我"在自己的怀孕记录笔记本上画完了代表着时间的第五十六个正字后，那个包裹着痛楚、幸福的小生

① 陈丹玲：《村庄旁边的补白》，北京：作家出版社2017年版，第102页。

命终于出世了。孩子出生的过程，实际上正是母亲与孩子一起经历的考验，"我是习惯性流产的大龄产妇，我和那些体质强壮的适龄产妇不一样。只有我知道这个孩子是多么来之不易，对我和丈夫有多重要。……作为酝酿这一团血肉并带他来这人间的母体，我无比清醒地目睹了他的危险与考验。生命传承和递送的那个过程里的疼痛和痛苦，他默默挣扎，我默默目睹。他是盲人，他不知道自己身处何处，险象环生。我双目殷殷，看着他一步一步走，一寸一寸爬。终于走过来了。后怕的同时，我试着给囚禁在自己心底的幽灵解脱绳索。一点一点松开。让阳光晒晒，让我紧绷的神经松一松绑"①。

在她另外一篇小说《鲜花与蛇》中，主人公阿舍也在担忧一种缺失。在乡村中，总是存在着对男孩格外重视的潜意识，而她已经接连生下了两个女儿，在早已生下儿子的两个嫂子面前她总显得有一丝底气不足。所以在又一次怀孕之后，一面是对另一个新生命的期待，另一面也有因为听过两个嫂子怀孕梦见蛇会生男孩的经验介绍后而产生的担忧，因为阿舍之前两次生下女儿梦见的都是鲜花、庄稼。在这期间，婆婆对阿舍看似平淡但实则关切的态度，阿舍对这个未知生命既期待又担忧的复杂心绪，还有在生育上所牵连起来的人情世故、婆媳姑娌关系等，都将乡村生活中的最真切的实感烘托了出来。最终阿舍如愿生下了儿子，但完成这个过程之后她获得的不是传宗接代的满足，而是从孕育过程中获得的生命体悟，"阿舍发现，自己真正担忧的，并不是究竟生了什么。她还这么年轻，并没到靠儿子来养活的地步，凭自己这双手，养活自己并不难。她真正在乎的，是周围人的态度、看法、言论。当她明白了这一点后，渐渐又能睡着了。人一辈子长得很，眼前头的路途总是未知的，黑暗的。人活着，就是摸着石头过河，未来的路咋样，谁也不知

---

① 马金莲：《暖光》，《回族文学》2016 年第 2 期。

道"①。在这些女作家笔下，我们读到了她们对生命孕育这个神奇过程不约而同的态度，那就是对新生命的珍重，和母爱深沉。

就像陶丽群在其小说《漫山遍野的秋天》中所刻绘的乡村女人三彩，虽然身为侏儒，身形与常人有异，但是她内心中还是充满了对意味着女人完整性的"生育"的期待，因此她经历了两次被人抛弃的婚恋之后依然不愿放弃，最终迎来了第三任男人黄天发。邻居赵巫婆的傻儿子芭蕉在机缘巧合之下侵犯了三彩，她也因此而怀孕，生命的孕育甚至让她将这一屈辱放下，因为"家里有男人、孩子那才是女人过的日子。每天，三彩双手按在肚子上，想到里边有个生命在悄悄成长，心里的母爱就汹涌澎湃了"②。就算不乏有着复杂人情世故的缠绕，但个中所蕴含的柔情、坚韧都让人为之动容。女性的细腻、绵密当然不止这一点，在此之外，我们也能由"怀孕"继续延展开来，例如一些作家所关注到的母女／父女关系、个体恋爱等等都可以看作是女作家们对于"不可见"维度的书写。

同样是女性恋爱的书写，陶丽群和朝颜就显示出了不同的视角。陶丽群在《苏珊女士的初恋》③中讲述了一个甚至都不能称之为"恋爱"的初恋故事，主人公苏珊高考结束后在老城区邂逅了班上的"文艺男神"，和他有了一段淡淡的或许是恋爱或许是苏珊的个人臆想的梦幻交往。一别多年，苏珊一直将这段甜蜜时光看作是自己珍贵的初恋，甚至在自己之后的恋爱路上也总在以"文艺男神"的标准来寻找自己的另一半，以至于一次次的恋爱、相亲都无疾而终，成为了"三十四岁的超级剩女"。最出人意料的是，十多年后的同学聚会上，苏珊与"文艺男神"

---

① 马金莲：《鲜花与蛇》，《回族文学》2011年第2期。

② 陶丽群：《漫山遍野的秋天》，《民族文学》2011年第3期。

③ 陶丽群：《苏珊女士的初恋》，《广西文学》2015年第3期。

再一次相遇，在同学们的恶作剧安排之下，苏珊终于看清了"文艺男神"的本来面目——小偷。意识到自己已被识破后，"男神"冲出聚会却发生车祸，失去双腿的同时也失去了正常的脑袋。在这之后，苏珊与"文艺男神"相伴，每天玩着令人不解的游戏——把包放在"男神"身边，假意扭过身或是弯腰系鞋带，让"男神"用灵巧的手指从包中把钞票掏得干干净净。这一场只有零散画面的初恋实际上并没有开始就已经结束了，或者说它一直都只是存在于苏珊的个人世界中，它为苏珊的青春岁月涂抹上了少女们梦寐以求的色彩，但也埋下了不可预料的结局。如果说苏珊的"初恋"虽以"闹剧"收场，但至少还有一段虚幻时光留存在心中可供回忆，那么另一篇小说《柳姨的孤独》中的柳姨就要凄惨得多了。三十多年前，柳姨那本已经谈婚论嫁的男人因为未知的原因与她自己的妹妹最终结合，在那之后柳姨开始了自己独自一个人在莫镇石板路上的孤单却平静的行走，"柳姨因此在大半辈子的生活中获得极好的名节，莫镇从未有关于她的任何流言蜚语"[1]。在父母过世后，她将自己楼房一楼的临界铺面出租给了一对卖凉菜的成都夫妇，年轻夫妇日常生活中绵软婉转的口音、烟熏火燎的生活气息，还有你侬我侬的夫妻情话，让内心早已枯寂的柳姨又开始有了对遥远爱情的幻想，自此之后，柳姨总会有意无意地下楼到灶角悄悄聆听成都夫妇的生活起居，在那些嘈杂各异的声音中，她似乎又找回了自己莫名逝去了的青春。但这潜藏在黑暗中的聆听终究还是被发现了，成都夫妇也以生意太差为由退租搬走了，镇上也开始流传说柳姨是一个爱好听别家夫妻墙角的不正常的老女人，生活似乎不仅没有回到老样子，还越发糟糕了。柳姨的青春和爱情被埋葬在了过去的时光中，年轻的成都夫妇无意中将她的世界撞开了一个缺口，柳姨也试图通过聆听这些年轻的声音来找回自己逝去了的一

---

[1]　陶丽群：《柳姨的孤独》，《民族文学》2015 年第 1 期。

切，但是她不知道拥有了这些声音却并不意味着能够拥有这生活，她所做的依然不过是一场看似甜美实则徒劳的梦。

在另一位作家朝颜的回忆中，朦胧爱情又多了些少女情怀的明亮，她在《天青色的忧伤》[①] 中写下那些属于十二三岁时的懵懂、忧伤，也写下十七八岁时的沉默寡言，还有而立之后依然存留的安静与遗憾。三个歌手：郑智化、张信哲、齐秦，聆听这些声音的时光也是三个不同的人生段落，声音被刻在光盘、磁带上留存，这些与青春有关的人与事则慢慢模糊在了逝去的时光中，世事无常总让人不知所措和徒留遗憾，但好在声音始终能被我们所珍藏、留存。还有那个曾经在"我"的生命中穿过的兵——F，远方军营中的F因为读到一则关于贫困学生的报道产生了想要用自己津贴资助学生的想法，他的来信辗转来到了"我"的手中，本没有任何关联的两个人在这里有了交集。F费心为"我"寄送各种他从报纸上剪下的豆腐块，在西北风呼啸的哨所与"我"一起种牵牛花，花开后疯一般地打电话告诉"我"这个消息。他也曾想考军校、转业，为的只是能够在追求"我"的路上再近一点。F终于没能够再走近一步，"时光的力量如此强大，它总是于不经意间改变着人和事。可是F大致没有变，他依然初衷不改"[②]，时光匆匆，青春逝去，F的初衷不改印证的正是那些既甜蜜又遗憾的往昔情事。

"代际"作为一种现象或者说这样一个概念在"80后"一代身上得到了聚焦的呈现，它既是一种群体的指称，也暗含着不同群体之间可能存在的差异与冲突，即如有学者在讨论"80后"一代青年与上一代际关系时指出的那样："如果说，20世纪90年代这种代际冲突更多地表现为一种文化和价值观念的冲突，那么21世纪以来的代际冲突则更突出地表

---

① 朝颜：《天青色的忧伤》，《青年作家》2015年第7期。

② 朝颜：《你是一个兵》，《西南军事文学》2014年第3期。

现为两代人之间的利益和话语权之争。"① 于是我们就在这一群作家笔下
看到了他们开始文学之路时，青春书写中的一个有意思的现象，那就是
父辈们天然地成为了这些年轻作家们笔下的对立面，特别是父辈本身所
具有的权威性和潜在的等级意味与"学校"这样一个内含着教条、规范
的空间形成了共谋，青春的挣扎、反抗首先就是从这里开始的。因此很
多作家都不约而同地从青春期的校园叛逆开始书写，比如晶达、鲍尔金
娜、秋古墨等。那么这一写作维度只是从这样的代际冲突延伸出的维度
之一，同样值得注意的还有一些女作家从女性书写的视角来展开的关于
这一代人与上一代，也就是与父亲／母亲之间的纠葛关系的思考，在女
性内心的隐微角落，这样的纠葛绝非只是青春叛逆所能够完全囊括的。

　　这个方面陶丽群的创作格外值得关注，她的不少作品都聚焦于父母
与子女关系之上。小说《在路上》由一次奔丧牵引出了"我"与父亲多
年来的僵硬关系，刚刚与大自己十几岁的丈夫离婚的"我"接到了父亲
的通知：姑妈去世了，"我"驾车来到镇上与父亲会合，一起前往姑妈
家奔丧。同样是因为重男轻女的老思想，父亲很痴迷有个儿子，而求子
不得的他对"我"始终带着冷漠，甚至于在那个抱养的儿子和"我"这
个亲生女儿之间，他也毫无意外地偏向了另一边。因此"我长大后，和
父亲之间的关系一直靠母亲在中间调停。如若母亲比父亲早走，恐怕
这个家我也不回了"②。在这一次的奔丧中，"我"刚刚失去了那个大
"我"十几岁、一直给予"我"照顾和宠爱的丈夫，父亲则失去了自己
的姐姐，可以说我们都是带着一种缺失上路的，父亲似乎从中更有了
对"我"不一样的理解，只是我们仍然在尴尬地拒绝对方的示好。在父

---

① 李春玲主编：《境遇、态度与社会转型：80后青年的社会学研究》，北京：社会科
　　学文献出版社 2013 年版，第 83 页。
② 陶丽群：《在路上》，《黄河文学》2016 年第 1 期。

亲对姑妈的回忆中，他对于亲人的懊悔慢慢流露，"我"从这里也开始对父亲、对自己与前夫的纠葛开始有了不一样的理解。在"我"的搀扶下，父亲与"我"一起走向已经逝去的亲人。这一次的奔丧其实是父女两人的和解之途，我们总是要在失去了某些东西之后才会获得对另外一些东西的珍重和理解，小说中"我"最后主动的搀扶不仅仅是与父亲和解的开始，其实也是自己与自己和解的开始。

另外一篇《暗疾》①讲述的也是这样一个女儿与父亲之间漫长而痛楚的冲突故事，"我"从小生活在一个南方小县城中，父亲做着把南方冬天种的西红柿运往北方销售的生意，据说大半个东北都在吃他贩卖的西红柿，父亲的大生意并没有给"我"带来生活富足，反而是让"我"被心中的隐疾围困——父亲常常会在深夜中站在"我"的房间里盯着"我"，因为他怀疑"我"可能是母亲与别人的风流遗产，这样的凝视也成了"我"一直以来的噩梦。母亲很早便与父亲离婚，带着"我"生活几年后又跟着一个北方男人抛下"我"离开了。父亲与杜阿姨再婚后，这让"我"又多了个弟弟"跑钱"。而过了近二十年后再一次返回的母亲，不仅带回了她的行囊，和一个男人，还带回了将"我"生活再次打碎的震动。小说的最后，一个似乎带着耻辱、遗憾、愧疚等等复杂情感的谜底被无声无息地揭开了，"我"和弟弟"跑钱"实际上都不是父亲的亲生骨肉，因为他并不能够生育。"我"和"跑钱"在多年的互相扶助后生活在了一起，不久之后"我"怀孕了，父亲离世，母亲似乎也落回到了平静的日子里，生活依旧在不紧不慢地往前流淌。

"我"近四十年的人生始终被裹挟在父母的恩怨中不得解脱，家庭的变故、各人情感的纠葛，这些都与"我"的"暗疾"相关联。小说借由"我"的暗疾又引出了这小城中人人心中都潜藏着的暗疾，父亲与再

---

① 陶丽群：《暗疾》，《星火》2017年第5期。

婚的杜阿姨之间想走与不允许走、租住在"我"对门的邻居老单与他的妻子之间暧昧难言的过往、母亲离家多年后再次返回时身边亦多了一个"头发黑得刺目"的老头，以及"我"和其实并没有血缘关系的弟弟"跑钱"之间多年来的扶肋，这些都是源自于"爱"不能实现的"疾"。而最后众人的解脱也与"爱"的实现有关，老单因车祸而死，他妻子的旧爱小林也重新回到了她身边，因车祸致残的双腿似乎也在康复；母亲在黑头发老头的陪伴下，身上多了些生活的实在气息；"我"也和"跑钱"最终结合在一起，安心孕育着新的生命。两代人之间的和解，实际上也是人们与生活、与自我、与过往的和解。那些由生活而来的"暗疾"，终将会在对生活的顽强挣扎之下被消解，女性的细腻让她们更清晰地感受到了"暗疾"，但同时也因为细腻而获得了别样的温暖。

　　对父母/子女之间对立、和解的关注似乎是陶丽群一直以来格外钟情的一个维度，不论最后和解与否，这样的一个维度都可以成为我们考察"80后"少数民族作家尤其是女作家写作的一个样本。例如其他几篇小说，《卢梅森的旅程》[①]讲述的是三十八岁的"老女人"卢梅森某日踏上了前往异地寻找多年前习为勾引小叔子、抛夫弃女私奔的母亲的旅程，她想要解开自己对母亲的疑惑和仇恨。旅程的展开也打开了卢梅森少年时被裁缝店老板以一袭裙子诱骗失身的隐秘耻辱，以及她早已罹患绝症，时日无多的事实；另一篇小说《打开一扇窗子》从垂危的母亲串联起了她曾经对临终的父亲的"放弃"以及对"我"的放弃这些往事，如今"我"在母亲临终前来到她的身边，"我"的选择也就成为了小说最大的叙事动力。在这其中，驱动着"我"在不同选择中徘徊、纠结的正是和母亲的和解是否能够完成，打开一扇窗，是为了让亡人能够去往他们最终的归宿，但对在世的人而言，就是完全的失去了，所以最后

_____

① 　陶丽群：《卢梅森的旅程》，《芒种》2019 年第 2 期。

"我知道那扇窗户其实并不能决定一个人的生死,打开那扇窗户,意味着我从心里、从情感上放弃妈妈的生命,放手让妈妈走了。三十年前,妈妈让我为爸爸打开窗户,我体会不到她的无奈和痛楚,一直对她心怀怨恨。三十年后,时光把这杯苦酒端到我面前,我将无法拒绝地饮下它。……我依然是她的女儿,遵从她久远的、令人绝望的风俗"①。"我"最终打开了窗户,"放走"了母亲,但同时和解也在这种失去中完成了。在陶丽群其他如《白》《行走在城市里的鱼》等小说中也都在以各式故事讲述着她对于这样一种代际关系的观察和思考。

显然,在陶丽群这里,对于父母/子女关系的关注和书写成为了一种特别的文学风景,它被剥离了青春书写的元素,父母辈们的形象虽然也有着一种"权威""专制"的影子,但这种代际冲突中更多的是被糅入了酸甜苦辣的生活气息和体悟,而不仅仅只是简单的青春叛逆情绪的宣泄。这样更关乎女性自我内心精神成长历程的书写所关涉的身份,与青春书写中单一的校园社会性身份不同,它意味着母亲、女儿、妻子这些更为内在的自我身份,这些深层身份重叠建构起来的是女性"不可见"的却也是丰富的内心世界。这些代际间的隔阂、矛盾与挣扎,尤其是出现在这些女作家书写中的母亲形象,让我们看到的是与早已经存在于我们文学史传统中对"父权"的反抗不尽相同的亲情表达。在陶丽群的笔下,特别之处还在于她对于故事中的"病痛"的设置,病痛给了这些母亲与女儿重新认识自我、认识对方的窗口,这是和解的开始。病痛犹如三棱镜一般,将母亲和女儿间混乱、模糊的复色关系光线分离出了亲情、自我认知、生命体悟等等不同的色线来。但病痛其实也带来了缺憾,相互之间的认识、和解一旦完成,也即是生命的终点、母女关系的结束,这样带着缺憾的和解也是这些文学风景中别样的一面。

---

① 陶丽群:《礼物》,北京:作家出版社2018年版,第198页。

（二）外向性的开阔

正如我们在本节一开始时指出的那样，女性的内心隐秘在这些女作家的书写之下，正在由"不可见"呈现为"可见"，从而成为了文学风景中独特的一角；但从另一个方面来看，女性的外在生活、命运等本应是"可见"的，但这些故事却常常被他人所讲述或者被遮蔽于男性的话语中，从而成为"不可见"的状态。这是文学的困境，当然也是突破之处。在我们所关注的这一群"80后"少数民族作家中，几位女作家就是在着力讲述着一"群"女性的故事，以期让这些本该"可见"的故事真正"可见"。

陶丽群在对自己文学道路回顾时曾经提到中师毕业后，自己去到了一个山区边境乡镇担任代课老师，在这里"每月工资一百七十二块。环境恶劣，物质贫乏，前途模糊，爱情缥缈。时间和空间把我逼进了前所未有的安静世界里"。在如此的安静中，她注意到了小镇集市上的那些女人，那些年纪不一却又有着相同的表情和生活所留下的痕迹。"此后很多个集市，我开始关注这些女人。我夹在人群中慢慢前行，看每一个女人脚边摆的卖货，估算一下值多少钱。上一个集市她卖的是雷公根，这个集市卖一点红。逛集市多了，很多女人被我看熟了眼。包括她们的故事。……还有很多故事，关于那片山里的女人的，她们像那片山一样冷峻和连绵不绝，让我本就沉寂的青春岁月过早地染上忧郁的色彩，生活的枯涩和坚硬使我不敢轻易纵声大笑。沉淀在心里的东西多了，对于一个喜欢安静而不喜欢说话的人来说，会变成沉甸甸的压力。写作来了，悄无声息地降临在我的生命中，写出来，成为我对这个世界发出的一点儿声音，尽管微小得也许连尘埃都不如。这本书里，很多卑微的人物，特别是那些女性，基本上都有小镇女人的影子。我从来没想到，我清贫而安静的青春，会在我的生命中留下如此深刻的烙印。或许因为我本身也是女性，也经历过因为积攒不起钱而不得不枯守"①。

就如她所言，这些小镇上的女人们因为被围困而活得卑微、无名，但并不意味就能够被遗忘，尤其是那些有着特别故事的女人们。她们的围困既来自于那冷峻、连绵不绝的大山，也来自于周围和她们一样无名、卑微的人群，这是生活的围困，也是人心的围困。陶丽群常常关注那些和底层、边缘有关系的人，或者说是那些普通人。正因为"普通"，那些无声无息地生活在我们周围却始终不被注意到的"普通人"的苦痛就显得更加让人无法忽略和回避，其实是普通，也是普遍。陶丽群就在自己的笔下关注到了这样两个群体：被拐卖的女性和妓女。

在陶丽群的早期作品《一个夜晚》中，她写到了一个在寒风中冒冷出门寻找"生意"的失足女人，小说主人公之所以走上这样一条道路，完全出于荒谬的原因，只因为"我"的前夫一直都嫌弃"我"赚钱太少，尽管他每个月也只是能够赚七八百。就是因为如此，前夫从不把"我"放在眼里，甚至还去嫖娼。"我"带着以后赚大把票子再回来羞辱前夫的这样一个梦想离了婚，来到了另外一个城市开始了现在的这个"工作"。于是，生活就从这里开始崩塌了。就像她的自述："我不知道女人该过什么样的日子，至少我不知道我该过什么样的日子，我的日子好像只知道睡觉、赚钱，和一腔无法释怀的怨恨。"②前夫的不道德行为是"我"离开他最后的一股推力，然而离婚后的"我"却最终走上了这一条"不道德"的道路，这实在是有些讽刺。为了不值一提的"梦想"而失足的"我"，好不容易招揽到的有着暴力倾向的客人，还有一直是我"保镖"的社会青年阿彪，三个人在这样一个寒冷的夜晚里被牵连到了一起，最终血案爆发，阿彪持刀杀死了嫖客，因为这名嫖客正是他的

① 陶丽群：《风的方向·后记》，南宁：广西人民出版社2013年版，第308、309页。
② 陶丽群：《一个夜晚》，《广西文学》2006年第10期。

姐夫，他的姐夫在知道姐姐曾经有过不光彩的卖身经历后一直嫌弃甚至殴打自己的妻子。阿彪的姐姐与"我"显然是同一个故事的两端，不论是"我"因为荒唐原因而离婚并走上现在的"工作"，还是阿彪的姐姐努力挣扎着上岸并试图洗刷掉自己身上所有关于过往的痕迹，两个人最终还是在同一个故事中相遇了，或者说她们的命运本就是合一的，不管从头开始讲述抑或是从结尾的倒叙，她们都无法摆脱这份"工作"在人生上的烙印，最后这一场血案印证了她们作为失足女人所陷入的苦痛漩涡是如此的难以脱身。

在另外一篇小说《醉月亮》[①]中，"我"的故事在另一个名叫白珍珠的女人身上继续延续着，或者说是陶丽群以另外的方式重新讲述了这样一个从事着为人不齿的职业的女人的故事。白珍珠有着和《一个夜晚》中的"我"相似的生活背景：三年前与丈夫离婚，儿子被前夫带走，只身一人悄然栖身于这个杂乱却充满了生活气息的郊区大院子中，在生活的逼迫下做着夜间的"生意"。面对同院住的刘三年的情意，白珍珠选择了拒绝。尽管早已离婚，但白珍珠却始终在帮衬着前夫，为他四处筹款治病，前夫病死之后她带着儿子离开了院子，只有刘三年面对朦胧的寒月惆怅无言。到了这个故事中，"生意"当然为人不齿，可在大院中白珍珠接收到的更多的是一种暖意，她会在小孩子们面前刻意回避，是为了孩子的单纯，也是为了自我的尊严。这种夜间的"生意"让她的身份有了无法抹去的污渍，但她内心的洁白始终都在，正是这样的自我坚守让她（们）能够在这泥泞的生活中继续走下去。

对于这些失足的女人，陶丽群在用细腻的笔触摸那些生活给她们的伤痕的同时也不忘以温情包裹着每一个人，写出她们在泥泞中的坚韧。而对于同样是跌出了正常生活轨道的那些被拐卖的女性，陶丽群的书写

---

① 　陶丽群：《醉月亮》，《广西文学》2008 年第 5 期。

亦然如此。这些女性们在原来的生活（被）脱轨后试图在完全颠倒了的环境中重新建立自己的生活，这样的努力或静默，或刚烈。刚烈时的决绝，静默处的坚韧，无不让人为之动容。

小说《母亲的岛》是以母亲在晚饭时说出的一个看似平常却又不同寻常的决定——"出去住一阵子"——开始的，没有人对母亲的话有反应，"在我的印象中，我从没见过母亲有任何关于她自身的决定，仿佛她是一件东西，属于这个家里的任何一个人，唯独不属于她自己"①，我们早已习惯了母亲空气一般的存在，而她自己似乎也是如此。当第二天母亲真的从家中搬出去，搬到了江心中的毛竹岛去开荒种地之后，我们才意识到生活真的发生了变化。母亲搬出去的原因无人知晓，但随着故事的讲述，我们对母亲的身世也逐渐有了更多的了解：她在十九岁的时候被"我"的奶奶买了回来给父亲当老婆，而这样的女人在村子里有不少。虽然不知道母亲是自愿被买来还是被拐卖而来，就像我们前面所提到的，她的生活脱离了原来的轨道，断裂了。尽管在这里生活了三十年，生儿育女操持家务，但她还是没能够学会一口地道的本地话。没能学会本地话似乎说明母亲在这个异乡重新建立自己生活的努力最终还是失败了，但或许我们也可以说口音的别扭其实是内存于母亲心中最后的一点倔强，那些多少还带着一点出生地色彩的尾音，就"像一个烙印，时间久了也许你会忘记了，但它其实一直不动声色地存在着"②。就像和母亲有着相似来历的玉姑所感慨的那样，"五十知天命，人老了，怕死在外头"，搬出去住是母亲重建生活的再一次尝试。

我们一家人从茫然到惊慌失措、愤怒，再到无奈接受母亲离家居住的事实，生活也在混乱无序中继续过着。与此同时，母亲在毛竹岛上的

---

① 陶丽群：《母亲的岛》，南宁：广西人民出版社 2015 年版，第 1 页。
② 陶丽群：《母亲的岛》，南宁：广西人民出版社 2015 年版，第 5 页。

生活则有条不紊地开始了，她种菜养鸭，拒绝了父亲和我们兄妹几人的帮助。最终，卖掉鸭子后的母亲悄无声息地离去了，父亲拒绝了我们兄妹要母亲老家地址的请求，守着母亲留下的衣物，独自一人搬到了毛竹岛上。母亲做出"搬出去住"这一个决定的原因似乎找到了，但原因却让人感到了无比的沉重。在异乡重建自己生活的努力失败了，那么母亲选择了回到出生地，去返回曾经的生活轨道。尽管母亲重返故乡去寻找的努力很有可能依然会折戟，但是她所做出的"出去住一阵子"的决定以及由这样一个决定所引出的一连串事件，让和她有着相似身世背景的那些无名女性们从我们的日常生活中都浮现出来了。陶丽群借由母亲的决定来写出了她背后更多的女性，而更值得注意的是，陶丽群在这些故事中所点出的为何原本是我们生活中"可见"的人与事，最终却淹没于生活之中而"不可见"的原因所在。母亲和那些被迫或自愿买来的女人一样，由于村子周围存在的那一条江水而被围困在了这里无法逃离，但这其实只是外在的围困，更可怕的则是人心的围困。在母亲搬出去之后，我们才意识到那个好似空气一样存在的人一直在我们的生活中唯唯诺诺、卑微沉默，实际上承受着莫大的苦痛。她在我们的生活中无处不在，却一直被忽视。甚至作为她的子女，我们也都在日复一日的漠然中将她的背井离乡当作了一种自然而然。如果说江水在村外形成的鸿沟至少还能够借助竹筏、渡船来翻越，那么这些不管是至亲之人还是村邻之间所形成的人心的鸿沟则是无法穿过的无形的阻隔。这就如鲁迅在《故乡》中所写到的那样，当"我"再次与童年玩伴闰土相逢，"我"的一句"闰土哥"收到的回应却是一句"老爷"，"我似乎打了一个寒噤；我就知道，我们之间已经隔了一层可悲的厚障壁了。我也说不出话"[1]。鲁

---

① 鲁迅：《故乡》，《鲁迅全集》第 1 卷，北京：人民文学出版社 2005 年版，第 507 页。

迅为之无言的无形的墙在这里现形了，甚至更成为了一种对这些失去了原本属于自己的生活轨道的女性们的主动伤害。在这里值得注意的是，母亲最后终于走出了这个围困了她三十年的浮岛，踏上了重回出生地的路程，她这一次不是仓皇的逃离，也不是在他人怀疑的眼光监督下的外出赶集，而是从容、自信地离开。在丧失生活甚至是自己存在意义数十年之后，母亲带着自己在荒地之上种菜、养鸭换来的五千块钱静默地离开了，只不过这一次不再像是她来到浮岛以及在此生活时的那种带着畏缩、战战兢兢的静默，而是自己的存在获得了意义确证后的平静与默然。

母亲离开了，这似乎是一场胜利，但是陶丽群却在另一篇小说《寻暖》中用另外的方式续写着和母亲相似的这一群女性的故事，只不过这一次的故事不再平静，作家在更深的维度去探寻着这一群女性的命运脉络。若干年前，原名李寻暖的陆嫂子被从自己的家乡贵州拐卖到了我们村给靠贩卖牛马为生的陆卒子为妻，本来并没有血缘关系的陆嫂子和"我"在这个浮岛村中奇妙地成为了朋友，我和陆嫂子除了同样是这个四面环水的浮岛村的村民之外，再无其他更深的关联。但是如果要细究，我们会发现两人之间也还是存在着一种微妙的命运关联的，即陆嫂子是一个被拐卖来的外地媳妇，而"我"则是很久以前另一个被拐卖而来的外地媳妇的女儿。在这里，我们得以发现了这些被拐卖的女性们命运之线会是怎样的一种延伸。

陆嫂子最终还是得以离开了，只不过，"她是我们村唯一一个被赶出来的外地媳妇"①，她一直以来所期望的离开终于实现，可是和母亲的离开相比，显然要沉重得多。陆嫂子不但失去了曾经的生活，而且她在这个浮岛之上也仍然未能够找到新的生活轨道，反而再一次被这个她所厌恶的浮岛狠狠地抛弃了。如果她没有离开，那么她也会像"我"的母

---

① 陶丽群：《寻暖》，《青年文学》2015 年第 12 期。

亲一样生下一个有着混杂了异乡血脉的孩子，同时将她的命运悲苦一代代传递，直至她的苦痛渗透到那些平常生活的琐碎之中。而即使她如愿逃离，那么或许她也未必就能够真的寻回曾经遗失了的一切，因为她同样也早已被原本的生活所抛弃。就这样，这些陆嫂子们的命运一环又一环地扣成了一个看似连续实则封闭的莫比乌斯环，被抛弃的命运悲苦就在其中一再重演和传递，这样的残酷与无奈或许才是陶丽群想要为那些本该"可见"的"不可见"者所呐喊的原因所在。

我们会发现，这似乎是作家有意的安排，不论是失足的妓女还是被拐卖的妇女，她们的故事总是在小说的内与外获得了一种对应。也就是说一方面在小说的内部，她们的故事在相互呼应，合为一个完整的命运体，如《一个夜晚》中的"我"和阿彪的姐姐以及《寻暖》中的"我"和陆嫂子；另一方面，小说的外部也有着一种呼应，或可以称作"互文"，即小说与小说之间、不同的人物故事之间都存在着呼应，如《醉月亮》中的白珍珠与《一个夜晚》中的"我"，还有《寻暖》中的陆嫂子和《母亲的岛》中的母亲。在这样小说内与外的呼应中，不同的人物、故事层层相叠，单数的人物和故事成为了复数的人物、故事，从而映射出了一个群体的喜怒哀乐和酸甜苦辣。这其实正是作家为本该"可见"却实则隐身、失声的群体正名、发声的努力所在，白珍珠、母亲、陆嫂子……她们的背后是更多的有着相似命运却无言存在着的群体。

朝颜也有这样为一个无言群体发声的书写，在散文《药》中她就写下了这样一群默然的逝者。农药是人们用以对抗与自己争抢食物的各种害虫的有力武器，但某些时候它也会成为人杀死自己的可怕武器，在乡间，这样的惨剧不断上演。琪的奶奶、娣、素、二伯母、昌的女人、身患尿毒症的"90后"小媳妇……这些和我的生活或深或浅地交织着的人们试图用这样一个有力的武器去守卫自己的生命，她们中有的人成功了，从此再也不用为那些不再为人所知的原因而愁苦、无措，有的人又被救活了，却从此陷入了另外一种无言的屈辱中，那些本来就不为人所知的隐秘现在更是成为了压在她们身上的巨石，活着反而成为了一件更加痛苦的事情。她们自杀的原因或许有很多种，婆媳矛盾、丈夫拈花惹草、夫妇矛盾等等，但她们都有同样的身份，那就是女人，她们都是母亲、妻子，她们都承受了本不该由她们来肩负的痛苦与责任，而周围沉默的目光则是压倒她们的最后一根稻草。于是我们看到了作家对此的深刻反思，"那时候，我们是一群多么可耻的看客。我们假装同情，用各种旁逸的枝蔓一次一次地拨开她内心的伤口。当一个女人的悲剧感脱离了事件本身，那些不断翻搅的舌头全都背负着罪恶"[1]。就像鲁迅笔下的祥林嫂一样，杀死她的不仅仅是生活的磨难，还有周围看客的冷漠、残酷。这些服药自杀的女性们，不管她们出于何种原因，她们选择了如此惨烈的方式来结束自己的生命本身就充满了话题性，如果她们"心愿"达成，她们的死亡就成为了人们口中的"传奇"；如果她们侥幸获救，那么"没死"也必然会成为无形的精神压力，她们活着也同样会被看客们不断地消费，成为各种各样的谈资。

另外她也会关注到那些藏在我们生活内里的"暗疾"，正如我们之前论述到的，生育对女性意味着一种新生的开始，幸福、甜蜜。但同时这样的过程也会由此引发关于性别、二胎等诸如此类的阴影。"我"生下女儿后，婆婆、丈夫，甚至是母亲，大家都似乎带着一些遗憾。而当"二孩"政策放开之后，"我"接到了丈夫带着"恶狠狠"味道的电话，"我"才意识到，"十一年前落下的暗疾，依然与我如影随形"[2]。

不论是庞大却无言的女性群体，还是潜藏于女性内心世界中的痛

---

① 朝颜：《天空下的麦菜岭》，北京：中国文史出版社 2016 年版，第 160 页。
② 朝颜：《天空下的麦菜岭》，北京：中国文史出版社 2016 年版，第 22 页。

苦、欢愉与暗疾，这些"80后"少数民族女性作家们在自己的笔下以文学的方式写出了那"可见"与"不可见"之间的生命存在。"可见"的彰显出曾经"被隐身"的女性的呐喊，"不可见"的则包蕴着层层交叠的精神厚度，那是另一个不同于男性的立体世界。

二、乡土世情与女性成长——以马金莲的创作为例

在前文的分析中，我们不难发现这一批"80后"少数民族作家虽然由于"城""乡"之间逐渐加深的对流而使得他们需要应对更为模糊的城乡边界所带来的复杂状况，但实际上，这样的境况也给他们的写作提供了更多的经验维度。身居边地，同时还因为少数民族这一身份所赋予的诸多文化质素，我们自然可以想象得到这群作家会在女性书写的话题之下有了更多值得关注、书写的资源。在这其中，马金莲的写作就是非常具有代表性的，在这里笔者也将以她的创作为例来讨论一下在新的时代语境中，"80后"少数民族作家笔下女性书写的独特所在以及未来突破的可能性。

马金莲笔下的环境设置没有都市的灯红酒绿，而是代之以厚重深沉的宁夏土地，笔下人物亦没有职业女性经济独立的能力与优势，相反，她们依靠男性寻求家庭的庇佑与安宁，虽性格多样，命运却始终与男性紧密相连。难能脱离的乡土情结使世世代代的回民笼罩着一层朦胧的乡土气息，她们在黄土的气息里来到这世界，在尘雾漫天的黄土地里成长，在偏僻的农村乡场嫁为人妻繁衍生息，在沉静的黄土地上体味一番人世甜酸，终于又将沉静地安睡到黄土中去。在这片黄土之上，孩子变成了女人，女人变成了孩子，世世代代，不同的命运，却有着归一的宿命。在小说中，马金莲用细致的笔触将女性的一生一一展现，将命运的长河炼成女性的银河，这土地一样的母性情怀，容纳着万千生死来去，

也时刻孕育着新的生命奇迹，这奇迹是土地赋予女性的荣耀，女性的命运便在这银河的柔光下百转千回，自幼至老，自死而生。

（一）谁家有女初长成——女性命运的初始阶段

女性命运的起始似乎已经孕育着万千可能的波折困苦，这在其孩童时光便有所显现。这种困苦最直接的便是表现为懵懂年少时的情窦初开最后却又无疾而终，《尕师兄》中"我"的情感正是沿着这样的线索逐渐呈现的，也代表着"我"由懵懂走向成熟。对尕师兄初来的一番描述是情节铺垫，小女孩的懵懂无知中便已经孕育了诸多情愫在其中，"我"教尕师兄一些简单的木材活儿融入着一厢情愿的儿女情长，再到后来请尕师兄做精巧的杏木灯架，整个过程孕育着少女初成的万千情愫。而灯架自开始时的迅速有致到后来弃置一旁被人遗忘也暗示了女孩的爱情之路的坎坷，贯穿始终的是女孩初触人事对情感的认识与再认识，并通过对以往心念的不断否定进而对情感价值观进行重建。这个过程注定痛苦，却只能独自默默承受，灵魂在撕心裂肺中得到成长，也暗示了命运中可遇不可求的天命意味。于是接受尕师兄与姐姐的婚姻其实便是"我"作为幼年的女性生命体对自身不可抗的命运的接受与妥协，其中的成长意味便在于女性最先体味到生命的朦胧意义与命运的不可抗性。

此外，在《尕师兄》中，身为木匠的爷爷也是一个耐人寻味的角色，作为一个类似封建家长模式的人物设置，他在女性的成长中起着不可小觑的作用。初进家门的尕师兄并不被爷爷悉心教导，而是被爷爷不动声色地安排给"我"做学生，历尽人世沧桑的爷爷固然是希望能够把关门弟子留在家中，然而此后却又终于安排促成了姐姐和尕师兄的婚事。爷爷的不动声色与令人琢磨不透的脾性或许正是暗示了命运的无常，而对于女子而言，这种无常的命运充斥着心灵成长的阶段，也将伴随她们的一生，所有人为的变幻无常都不过是初踏红尘的磨炼，历经成长的撕心裂肺，苦难磨砺后唯有接受这无常的运命，接受这漫无天际的皑皑黄土，方能得到灵魂的安息。而这，也正是千千万万穆斯林们渴望的至境。

作者对女性命运中困苦元素的表达进行了多方面的透析，成长的过程孕育着命运的无限可能，共同构成女性命运的长河。除去《氽师兄》中灯架孕育的情感纠缠，《柳叶哨》中的梅梅也演绎着自己对于情感的认知，情窦初开的梅梅在沉重又甜蜜的心事中体味着情感变换中的冷热甜酸。梅梅在情意绵长的十八岁冬天第一次为心上人红了脸，小说中写道："那边的赞念声大起来了，她禁不住跑到西墙下，踩上几块砖头，向那边张望。小时候高大的土墙，这些年似乎低矮破旧了许多，甚至比梅梅高不了多少了。梅梅隐隐看见，人群中簇拥的那个男人，面相白朗清俊，一身绿袍，站在众人中那么惹眼，那么出众。梅梅心头突地一热，一个浪头扑腾一下，脸上顿时烧起来。她赶紧离开西墙，躲进屋去。"[1] 少女情感的初次萌动就这样在一句"禁不住"的热切和"顿时烧起来"的脸上明晰开来，孩子气的动作加上低矮许多的土墙更明显地比对出少女生理和心理两方面的成长，细致的心理描写与对马仁一身着装的赞叹更显示出女主人公对爱情的渴望与"情人眼里出西施"的絮然。然而小说接着写到马仁不久后成婚时梅梅的反应："她踩着砖头隔墙望，隐约见得新媳妇是细挑身材，细白脸面，被女人们簇拥着进了新房。这一回，梅梅心没跳，脸也没烧，起了一阵风，她觉得身上怪冷的，就回屋趴上了热炕。"[2] 小说这里对梅梅的反应似乎轻描淡写，却别有一番沉重在其中，心不跳、脸不红的背后是爱情无望后的冰冷，身上的冷只是心凉的表象，是突来的绝望后的不知所措，凄惶到极点便是无法言喻

---

[1]　马金莲：《碎媳妇》，银川：宁夏人民出版社 2012 年版，第 113 页。

[2]　马金莲：《碎媳妇》，银川：宁夏人民出版社 2012 年版，第 114 页。

的冰冷与呆滞，正有"哀莫大于心死"之感。而后的情节发展也证实了这一观点，之前所有的沉重都在梅梅出嫁的时候倾泻出来："山里女子出嫁有个习俗，大家会围着新娘子讨核桃，为的是沾沾新人的喜气……大家掰开了梅梅紧攥的两只手，令人失望的是，新娘子手里握的不是圆圆的喜核桃，是两把柳树叶子……梅梅把叶片放在嘴边，噙在口里，含在舌尖上，就是吹不出哨音来。清亮的柳叶儿的哨音，她怎么也吹奏不出来。"① 幼年失母的梅梅在困苦的童年时光中顽强地生存下来，一片柳叶却成了她内心深处最能守住情感的原始冲动的东西。童年对爱情的守望到成年对命运的领悟变成一把古旧的锁，把过去在自心纠结的情感纠葛做个了结，而这片柳叶所蕴含的所有生命的意义也像游丝一般缭绕在梅梅心头，清幽却柔韧，在不知不觉中支撑着她走过一个又一个春夏秋冬。

尽管少女的情感浓度在成长中的这一阶段厚重到极致，生命的方向并不为细微的柔情掉转方向。于是在梅梅察觉这种情感的存在时，命运的安排却给了这纯情的少女当头一棒，这毫无预兆的当头棒喝使她来不及反应的一颗心瞬间坍塌。而梅梅出嫁的过程也便是她在撕心裂肺的成长中接受命运的过程，这种接受是诸多无奈的结果，也暗酝着这片土地赋予这土地上人们的无法琢磨的宿命，总也吹不响的柳叶哨其实也悄然为女性命运中爱情的无望与悲哀埋下了伏笔。在这一接受过程中，与《尕师兄》中"我"的坦然面对稍有不同，充满生命力原始野性的梅梅代表着女性成长中的蓬勃生命力，她想要死死拽住命运的绳索，不肯将就认命，终于在绳断人去后放声悲哭……命运的无常残酷又现实着，事实上，这也正如波伏娃所言："男人一旦把女人变成了他者，就会希望

---

① 马金莲：《碎媳妇》，银川：宁夏人民出版社 2012 年版，第 114 页。

她表现出根深蒂固的共谋倾向。"① 然而无论接受命运的方式如何曲折，接受的时间有多晚，女性命运的牵扯始终在无限的历史长河中缓缓依旧，对无能为力的运命默然妾受，或者悲苦一生。

作为女性命运发展变化的某种载体，成长这一元素在马金莲的小说中频繁出现。这种表现在小说中主要呈现在对女性心灵成长的描绘上，无论是《尕师兄》中"我"对爱情的懵懂到明晰，还是《柳叶哨》中梅梅对少女爱情到婚姻的理解与感悟，都印证着少女初成的成长心路，其他小说中涉及的女性在孩童、少女时代的成长中对命运的体悟也很深刻。在《长河》中，无论是守候病危母亲的少女舍儿，还是生命娇弱得不堪一击的素福叶，都为读者展现了一番别样的少女时期。这个时期在命运无常的安排下，脆弱的兰灵用尽生命努力生存、努力爱，这本身便带着成长的意味融进女性的命运长河中，对女性命运做着细微的探索。

正所谓"人间正道是沧桑"，这种原始的宿命也带着劳动的传统进入命运的百转千回。原始社会的劳动开辟了文明世界的一切，她作为万物开始的源头，承载着希望，也给土地上的辛勤劳作的人们以希望。这种生命的原始形态带着运命的无常赋予天地万物以生机，给回族人民以信仰，也使回族女性的运命在其中颠沛出各自的形态。

（二）落花人独立——女性命运长河中的成熟期

马金莲小说中的女性特征大多在成年之后更为清晰地显现出来，历经孩童时期的各种迷茫与憧憬。嫁做人妇使女性命运出现一大转折，而这转折对于回族的农村女性而言无疑便是人生最直接的变换。这一时期，孩童的稚嫩被现实生活催熟，人生的艰难苦乐也开始在无望挣扎的既定命运中孤独品味，带有民族特色的嫁娶风俗使女性的出嫁直接意味

---

① ［法］西蒙娜·德·波伏娃：《第二性》，陶铁柱译，北京：中国书籍出版社 1998年版，序第 17 页。

着生活环境的焕然一新。这种焕然一新使女性以儿媳的身份与陌生人的姿态二次介入陌生的生存环境，未知之中溢满恐惧与孤独。这种恐惧与孤独在促进女性心灵成熟的同时也使女性对陌生环境中最先熟悉又最亲密的人物——丈夫充满依赖感，而这种依赖在某种程度上似乎已经成为家庭和谐必不可少的元素。尤其，对于文化素质相对较高的女性而言，迫不得已的选择充溢着自身满怀的不甘，对命运的愤怒与无奈使她们对现有的生存环境感到深深的恶意。这种情况下，新一轮的成长考验开始运行，截然不同的陌生环境中一种颇为暧昧的依赖关系则更容易使女性的心理重点失衡，转而接受平淡的日常与一望而终的命运，使着重点回归家庭与丈夫——虽然这一步跨越并不容易。

在长篇小说《马兰花开》中，作者全面塑造了一个典型的女性人物"马兰"，在这个人物身上集中了一位回族女性的生活记忆，求学的艰难、家境的窘迫、退学的不甘、婚姻的无奈、生育的苦痛、婆媳妯娌间的心机争斗，所有的元素合成一个完整的女性生命轨迹。作者自觉站到第一角色的一边，用朴实的笔墨书写女性命运的不可琢磨，同时也在辅助人物上尝试着一些新的元素添加。比如对马兰父亲与婆家大哥的形象塑造便融入了对赌徒的深恶痛绝之感，使人联想起严歌苓在《妈阁是座城》中对赌场深入细致的剖析描绘。马金莲笔下关于赌场的来往交易的描写并不着力，诚然这种乡村赌博的规矩场面与严歌苓笔下的大码交易截然不同，但这种一笔带过的风格却可以在张爱玲的《倾城之恋》中找到相似笔法。《倾城之恋》中对风流公子范柳原形象的塑造便是一个流连各种十里洋场的人物，但对赌场并未做详细介绍。这三部作品的共同之处便在于无论是《马兰花开》中的马兰、《妈阁是座城》中的梅晓鸥，还是《倾城之恋》中的白流苏，都不同程度地受到赌局的左右，这种命运的冒险性与必然性也富有意味地暗示着命运的"赌局"，它包含着女性的幼年、成年、婚姻与未来。在《马兰花开》中这种赌局更加残忍——它使女性的命运掌控在男性的赌局之中，男性可以是父亲或丈夫，在这其中封建家长的掌控意味便再次凸显出来，女性成长的社会关怀状态也更加令人深思。

无论是最终接受运命安排的文化女性（相对而言），还是在平淡生活中对未来的期冀本便平常的普通女性，在步入成年之后，对情感的认识普遍有了新的态度与方式。这种改变突出表现在女性对爱情与婚姻的解读之中，伴着这种改变出现的是女性成长中对自身更加成熟的认知。比较明显的例子依然是《柳叶哨》，梅梅从少女到成年女性嫁为人妻似乎是转瞬间完成的，对邻家男孩的暗恋成空无疑是催熟梅梅自心的重要原因，历经自以为美满的愿望落空后的失落，似乎才对婚姻与爱情以及生命有了更深刻的思索，逐渐明白生命中的无奈感，开始接受生活中的不完美。这种不完美的缺陷便包含着后母的欺凌与恋人的远去以及婚姻的寡淡无味——思索在自我逼迫中展开，并别无他法地在无力否认的认知中进步。这种撕心裂肺的成长充斥于女性爱情受挫的始终，并在稳定的婚姻中得到平衡与中和，平淡索然的日复一日的模式给女性以温水煮青蛙的妥协姿态助力。少女时期对未来的高度期许及至现实冲突形成的尖锐棱角也在这种妥协的温和下慢慢被磨平，慢慢接受生活本质的寡淡，并逐渐从寡淡中寻求新的精神希望——母性的光辉使孩子的孕育出世成为女性对命运期许的延续。这种希望的致命魅力便在于命运的未知性，虽然孩子本身对于母体便是一种未知的存在与希望。

此外，《马兰花开》作为一部回族女性成长的"史诗"，对于心志高远的女性命运研究似乎更有参考价值。对马兰这一女性形象的塑造成功勾画了从艰难求学到为人妻母的"小知识女性"的心路历程。读书的艰难、生活的压迫在诸多不甘之中下嫁为人妇，心比天高在卑微的如出一辙的命运中跌宕，不甘到无奈再到从平凡的生活中找出自己生命的方向，并在这条路上重获希望的生命——这是以马兰为代表的回族女性人格成长的标志，也是她们心灵成熟升华的过程。这种成长与升华凝聚在女性成长的每个细微的阶段，每一点成长中细微的"量"的积累，融合生命中诸多情感的催化，在成年后更加明显地发生"质"的飞跃。质变在每一个细微的环节看似平常，联系始终却又更加明显开来。比如马兰从最初无奈退学嫁为人妻到最后挽留舍木夫妻留下，小说中写道："马兰说：为啥要出去呢？我们一起养鸡吧，眼看着我这摊子越来越大，往后说不定还得雇人帮忙呢，你们留下我们一起养，到时候我们分钱，不比你们打工强。"[①] 这里，马兰开始真正肯定自己选择的路，对经营与金钱的周全考虑说明马兰作为一个成熟的女人，已经不再是当初只一心想要出走故乡到远方的孩子。她在生活的磨砺中探寻到了另一条带着故乡成为远方的路，并在这条路上实现了自我人生的价值肯定。现实参与梦想、二者巧妙互融的结构是作者对平凡人生的领悟，也是作者带读者追寻到的女性命运的一条可行且理想的选择。

作为小说中女性知识分子的代表人物，马兰这一角色的设置事实上正实现了作者对于农村知识女性命运的探索。这一群体不仅仅是追求外在的富饶，更追求内心的充盈。小说既定的社会环境下，女性命运的转折点其实并不多。首先是幼年读书这条路，依靠读书"走出去"固然是最方便的捷径，姑且不论这种"走出去"的愿望是对命运的期待、对乡土的拒斥还是对未知的渴望与少女的叛逆期许，仅是农村女孩的家庭状况与教育投入就足以抹杀大多数女性读书走向世界的愿望。

其次是嫁做人妇，对原有生活环境的排斥与抗拒在这时会有一个大的转变，即使怀有对原有家庭的依依不舍，生活的艰巨也会逼自己由女

---

① 马金莲：《马兰花开》，银川：宁夏人民教育出版社 2014 年版，第 418 页。

孩向女人的定位艰难跨越，"在一项经验与其表现（作为意象或语言表述）之间，总是有一个空间，这就是个人愿望、意志、知识发生作用的空间，即主体所在的位置。"[①] 这种情况下，女性本心的叛逆心理便会在环境熟悉之后再次作祟，丈夫的存在似乎成了梦想路上的连累而非依赖，一心走出去的心理会在此时变本加厉地澎湃，甚至冒着家庭破碎的危险——比如《马兰花开》中塑造的"穆子媳妇"这一角色。

　　然后便是女性怀孕生产为人母亲的转折点，新的生命带着女性自身的骨血使女性少年时对不可知的未来与命运的期待得以延续，使女性对自身现状的不满得以缓解，并把这种"走出去"的希望寄托在下一代的身上，由此得以重复命运的轮回。而女性在为人妻母之时方能更加真切地体味到生活的艰难与无奈，真正做到从母亲的角度看待从前的生活逼迫，并在这种体味中放下过去，真正开始逐渐接受自己平淡无奇的人生命运。

　　最后是女性年老时为人婆母，一生命运已成定局，开始看着青年孩子们开始自己同样的不甘与妥协，事实上这种不甘与妥协的纠结是伴随女性大半生的，一种强烈自我坚定的执拗精神——她们称之为"倔强"。而年老时纵观平生，或许才会意识到其中多了几分偏执的不将就，这种不妥协的姿态蕴含着女性对男性传统的反叛，"女性的群体自我连同她那从未被人真知过的性别真实和历史无意识，一起处于一切父系秩序的规则、角色、符号体系之外"[②]。

　　与马兰这一角色相反，在《马兰花开》中作者着力刻画的"穆子媳妇"同样不甘平凡寡淡的乡村生活，对命运的偏执带动着人物走向了婚

---

① ［美］波利·扬—艾森卓：《性别与欲望：不受诅咒的潘多拉》，杨广学译，北京：中国社会科学出版社 2003 年版，第 134 页。
② 孟悦、戴锦华：《浮出历史地表》，郑州：河南人民出版社 1989 年版，第 27、28 页。

姻与生活的深渊；另一位值得关注的女性——婆婆的命运流向同样令人深思，婆婆作为一个深得生活真意的"家长式"存在，破去了封建家长的俗套，真正从生活中令人敬仰，朴实无争的心与深厚的生活智慧在偶尔的婆媳纷扰与家长里短的真切中更显光芒。作为一位一生都在黄土中认真生活与离去的长者，婆婆是成熟女性的代表。无论这类女性是否也曾心怀不甘地嫁为人妇，她们最终与这种平凡的运命和谐相处，并走出了一条属于自己的路。从女性成年开始，这种对生命与土地的理解便伴随女性左右，陪伴着女性心性成长成熟到沉淀。多样的命运殊途同归，看似平凡的每一条路都暗藏风景，这种风景也组成了这片土地上生灵信仰的一部分，融入土地与宗教，融入回族信仰的血脉。

（三）苍茫大地谁主沉浮——土地与宗教视域下的女性命运长河

回族女性命运的特殊性离不开滋养回族人民的土地与信仰，黄土地的厚重坚韧孕育着洁净圣灵的宗教传统，二者共同孕育着宁夏平原上的这一方生灵。回族女性命运的传统在土地与宗教的元素中深受影响，无论是读书成长还是婚丧嫁娶，一切答案与风俗都蕴藏在柔韧的黄土与伊斯兰教的宗教传统之中。纵观马金莲笔下的女性人物，无论是在少不经事的孩童时期，还是在为人父母的成年时期，无一不是在宁夏平原的黄土地上倾尽生命自一而终，一生耗尽在同一片乡土上的回族女性同时沐浴着伊斯兰教的宗教传统，传统之中又蕴藏女性的命运史诗。

在作者笔下，将一生都付与故土的回族女性与信仰虔诚的"老回回"都是值得人们尊敬的人群，对宗教礼节的暗插闲叙也处处体现着这种无上纯净的信仰，这种信仰支撑着回族人的生命，也支撑着万千"留守后方"的回族女性。综合看来，女性以特有的母性情怀暗示故土大地，酝酿着女性柔情的土地同时孕育着人与自然的千姿百态，并在此基础上衍生出宗教的信仰。这种纯净的信仰又平衡着人与自然的关系，给人的生命以安宁。对回族女性命运的研究同样是对宗教环境下女性心灵成熟变化的发展轨迹做深入探讨，这种轨迹伴随着新的希望出现而愈加明显。与此同时，这种命运与土地、宗教的联系错综复杂，在千丝万缕的联系中和平共存又促进了土地的安宁与宗教的传承与发展，同时促进了回族女性生命的塑造与成长。

　　纵观女性命运的发展，最终的归宿依然是生命的燃尽成埃，死亡的主题伴着女性命运的自我思索在马金莲的小说中展开。在《长河》中，作者着重描述了村庄里四位乡民的死亡，素福叶、伊哈、母亲与穆萨老爷爷分别代表着不同定位的人群。个人的生死便扩展到更广阔的层面，组成回族人的层层面面，进而寓意着回族的兴旺交替，而这种兴旺交替正暗示着女性繁衍生息的母性力量。不同人群、不同阶段的死亡同时也预示着女性不同生命阶段的状态与最终归一的命运大势，而这种趋势又使宗教传统得以更加纯净坚实，女性的心灵在这种纯净坚实的文化传统中也得以滋养。信仰面前众生平等，尤其涉及死亡这一类人们未知的境地时，宗教的信仰便更加明朗起来，人们寄希望于信仰，平等在彼时得到真正的实现，予死者以宁静与安息，而对宗教信仰的虔诚使得女性对自身命运的理解多了一些平和的坦然。小说中写道："似乎每一个生命的结束都在提醒活着的人，这样的过程每一个人都得经历，这条路，是每一个人都要去走的，不管你富有胜过支书马万江，高贵比过大阿訇，还是贫贱不如傻瓜克里木，但是在这条路面前，大家都是平等的。"① 作者对死亡与命运的深沉思索在小说结尾得到诠释：

　　　　我们来到世上，最后不管以何种方式离开世界，其意义都是一样的，那就是死亡。

---

① 　马金莲：《长河》，北京：作家出版社 2014 年版，第 3 页。

　　村庄里的人，以一种宁静大美的心态迎送着死亡。

　　死亡是洁净的，崇高的。

　　我想起很多亡故的人，从我记事起到如今出嫁，其间有多少人离开了我们呢，我从来没有好好去想过这个问题，总之是时间的河水裹挟上他们，汇入了长长的河流。在奔流过程中，偶尔，他们中的一个，面容鲜活地涌在眼前，感觉就像一个浪花翻上来，打了一个滚儿，又消失了，随着激流奔向远方。[①]

　　"长河"的意象在此更多地寓意着具备母性情怀的孕育生命的土地，土地上的生灵也便具有了一种琢磨不透的灵性。而这种灵性正是左右命运的重要一环，作为润泽万物的母亲，土地是女性的代表，她是一切生灵的繁衍生息的渊源。如同电影《幽灵公主》中主宰森林一切的麒麟神一样，它繁衍生命的同时也容纳生命的安息。土地本身就是女性意向的化身，她在这里更多是起到一种平衡作用，由土地寄托而坚定的宗教平衡着人们的心灵需求。某种程度上，土地作为女性的代表，则更实在地给万物生灵一种生命延续的可能，这是成熟到极致的女性的宽容——对女性运命的理解与释然，也是女性对人生的坦然与对平淡生活的知足常乐。死亡的长河寓意着生命安息的土地母亲，女性的土地喻体也预见着万千生灵的运命，女性的命运在其中被一视同仁受到善待，从不遗余力地要"逃出"这方土地到被脚下的土地包容也是一种心灵成熟、生活智慧增长的表现。

　　作为女性命运发展中深受影响的要素以及回族人民精神滋养的源泉，宗教则是女性化身的另一种形式；作为回族人民的精神信仰，宗教无疑是人们心中除大地母亲外的另一种女性化的存在。小说对宗教的解

---

① 马金莲：《长河》，北京：作家出版社 2014 年版，第 44 页。

读并不刻意，但字里行间满溢着一份浓浓的信仰情感，"阿訇""口唤""归真"之类的特色词语使这种情感表现得更加朴实生动，也更为深切。回族人日常的"大净""小净"贯穿在作者的每一部小说、每一个有血有肉的人物身上，回族穆斯林对"洁净"的强调就此凸显出来。一方面是对女性命运的空灵洁净的祝愿与向往；另一方面，这种"洁净"的理念深入人心，对女性生活的影响也较为明晰。比如夫妻圆房后要洗大净，而大净后的水要泼在门口，在某些特殊时段这便成为姑嫂邻里一段谈资。或者在水源日益枯竭的时期，控制大净的次数显得尤为重要，不遵从控制的人群中，女性往往是谈资中受害颇多的一方，男性话语在这种环境下也更加凸显出来。这种大净的传统使洁净的信仰带来洁净的灵魂，为生命的延续做点化，从孩童初生到年老归真，一切都以"洁净"为最初的出发点与最终的落脚点。同时，这种生命的延续使女性的生命闪烁光辉，更多心怀不甘的乡村女性由母爱激发一种回归平淡的生活方式。

从某种意义上而言，生命的延续也为女性在现实生活的运命之中迅速找到合适的落脚点，承认生命的卑微方能成全一种人生的大爱。这一点，女性似乎承担了土地的角色——孕育万物生灵，卑微匍匐于孩童脚下，却守护一方安宁。然而这种母亲的情怀对于男性命运的延续似乎更为关注，土地予万物以生机，万物予土地以滋养，作为农村主要劳动力的男性群体便担当了滋养土地、昌盛宗族的角色。女性对男性生命的期待更多体现在怀孕期间，这种期待似乎超越了单纯的重男轻女观念，而是与土地宗族相牵扯，这与华夏民族古老时代的重男轻女观念有着不谋而合的默契——对原始生命力的尊崇，对力量、希望的渴求发展到后来便是不求溯源的单纯渴望。

孕期妇女对男孩生命的渴望与矛盾在马金莲小说中贯穿始终，所有小说都若隐若现地叙述着这一矛盾的存在。比如小说《鲜花与蛇》中主人公阿舍对第三胎的期待涉及着婆媳的关系、别人的眼光与议论、国家的政策等等诸多元素在其中。嫂子说阿舍所说的"梦见鲜花生女孩、梦见蛇要生男孩"的民间理论也让这个夜夜梦鲜花的孕妇颇为不安,直至儿子的出生使得一切煎熬都有了答案。这种煎熬伴随着对土地宗族生命力延续的渴望在回族女性的生命中留下印记,小说结尾对这种感知做了深刻的总结:"想到这九个月来历经的那些隐秘而细碎的煎熬,阿舍的眼里溢满了泪水。这泪水,是从心里淌出来的,是从女人生命的最深处渗出来的。她没去擦,任它们顺着鼻子下滑、滑进嘴里。她慢慢儿品尝着,吞咽着,只觉得嘴里甜甜的,却又涩涩的,苦苦的。"[1]

对女性作为洁净的代表角色在许多文学作品中出现过,比如《红楼梦》中对"女儿是水做的"的表述深受认可。在马金莲的小说中,这种女性代言的洁净元素同样贯穿始终。回族人民除了对大小净的注重、对原始生命力的尊崇,洁净的传统也表现在回民在饮食方面的独特忌讳——"回民不能吃自己死掉的动物,牛羊也不行,只有那些念着清真言宰杀并流出新鲜血液的牲灵,才能吃肉"[2]。这种忌讳无疑可以理解为对女性的母性光辉的尊崇表现。这种母性光辉滋养万物,洁净纯然,并受到生灵敬仰。在小说《老人与窑》中,一位被批斗而在窑厂中积年累月放羊并最终由羊获罪的阿訇为求队长放"我"一马,最终被迫痛苦地在自然死去的动物身上动刀子。这种矛盾的痛苦在眼睁睁看着一庄人"坏口"中日益加剧,终于与世长辞。这种对洁净至高无上的尊崇时刻呼唤着回民的宗教认同,女性的柔情与洁净的标志在其中发挥着隐默的作用,对女性命运的解读更有着独特的视角与线索。小说在结尾写

---

① 马金莲:《长河》,北京:作家出版社 2014 年版,第 201 页。
② 马金莲:《长河》,北京:作家出版社 2014 年版,第 285 页。

道多年后"我"也成为了一名阿訇，结合"老疯子"在那段艰苦岁月中偷偷教导"我"学习《古兰经》的时光，"我"成为阿訇这一步便成为对"老疯子"学问的继承。这里，女性孕育生命、哺育生命的特性得以暗指，"老疯子"化身女性的代言人，而"我"对《古兰经》的传承也可以理解为女性分娩的过程——生命的延续化为文化的传承。"我"对《古兰经》的深入学习与传承更是对回族宗教信仰的发扬，这种薪火相传、生生不息的信念铸成回民心中更加坚定的信念。而这种信念又支撑着回民更好地在这片土地上相扶相持，女性的安身立命之所得以庇佑，并在其中找到生命最淳朴的一处归处——这在某种意义上更是一场善意的良性循环，二者相互制约，亦相互鼓舞，在平凡的生活中共同铸就皎洁的灵魂与希望。

所谓"民以食为天"，作为女性的母性光辉滋养万物的土地与宗教实际已经暗含女性命运的发展线索，她们本身便是一种成熟到极致的女性代表。俄国哲学家索洛维约夫对宗教信仰的神性维度做出过阐释："如果神的原则对人是纯外在的，没有根植于人的个性之中，那么，这种有意识的和自由的联系就是不可能的；在这种情况下，人对神的原则只能是不自愿的被动的服从（绝对的神的原则与人的个性之间自由的、内在的联系，只是因为人的个性自身有绝对的意义（人的个性自由地、内在地与神的原则相连，只是因为人的个性自身在一定的意义上是神性的，或准确地说，参与神。"[①] 具备母性情怀而生生不息的土地是人们生命延续的保障，在这片土地上由人们的智慧结晶出的宗教信仰给人的心灵带来纯净无瑕的洗礼。洁净的黄土与阳光如同女性的定位，她们孕育着一方生灵，自内而外的洁净意识与远古流传对蓬勃生命力的渴望与热爱使万物生灵能够繁衍生息。这种繁衍生息的能力与愿望同样是女性命

① ［俄］索洛维约夫：《神人类讲座》，张百春译，华夏出版社2000年版，第17页。

运中难以舍弃的母性光辉的作用结果，人与自然的和谐相处也在这种静谧的氛围中得以实现。

《马兰花开》中所描述的村庄水源罕见枯涸便是年轻一代人们不能安心信仰、真心与自然土地和谐相处所造成的后果。也正是预示着女性若不能正视平淡的本心与寡淡的命运而一心向外，则处处他乡，两败俱伤仍然是自身的枷锁。土地与信仰只是女性形象不同形态的化身，二者带来的安宁赋予人们未来以希望，这种纯净的希望又回归自然实现着人对土地与信仰的回归。如此相互制约往复循环，最终实现着人自身包括女性命运中关于生死最后的福祉。这种运命之中人类显得渺小，女性的光辉暗藏其中，母性的关怀贯穿始终，人们的情爱喜乐成就着安宁的现世，在浮杂的尘世中留得一方净土。

第三节 "零度写作"式的审视

身处于这样一个鲍曼将之形容为"液态的现代世界"中，一切都"像所有流体一样，它无法停下来并保持长久不变……这个世界中的一切，差不多一切，都是变动不居的"[1]，那么在这样的"流动"之中，所感受到的世界自然会是极其多元的。这让"80后"这一代作家们获得了不同于其他代际作家的丰富现实体验，同时也因为现代性进程中不可避免的冰冷，使得他们对现实的凝视在很多时候具有了"零度"式的冷眼旁观意味。这里需要特别说明的是，在我们的讨论语境中，这样的"零度"一方面与罗兰·巴特所命名构建的"零度写作"有关联，意指作家们在写作中保持的客观记录视角，但另一方面则更强调作家们在对现实

---

[1] ［英］齐格蒙·鲍曼：《来自液态现代世界的 44 封信》，鲍磊译，桂林：漓江出版社 2013 年版，第 1、79 页。

冷峻凝视过程中所秉持的多句反思的姿态。

　　我们在讨论"80后"少数民族作家对于大、小乡土的建构时曾指出"边地"属性是这些文学地理空间能够获得与其他空间不同的特异性之原因所在，它为作家们书写乡土提供了丰富的书写资源，同时也让这些作家在不同民族文化、空间位置等之间获得了双重的视野。即如迈克·克朗所言："文学作品不仅仅是简单地反映外面世界，只注重它如何准确地描写世界是一种错误。这种浅显的做法遗漏了文学地理景观中最有效用和有趣味的因素。……同样，文学作品不只是简单地对客观地理进行深情的描写，也提供了认识世界的不同方法，广泛展示了各种地理景观：情趣景观，阅历景观，知识景观。……反过来看，它们影响了作者的写作动机和写作方式。"[①]"80后"少数民族作家本身的少数民族身份以及他们所世居的边地空间，都从内、外在给予他们能够独立于固化了的"中心"之外的写作支持，这也是我们所谓的"零度"审视的开始。在这里，我们将着重从这群"80后"少数民族作家创作中表现出的"零度"姿态以及其中所蕴含着的文学思考来探讨这些年轻作家们书写的多种可能性。

一、"我"的在场与旁观

　　文学作品中作者的在场意味着鲜明的个人风格色彩，这样的在场很多时候是通过一个"我"的视角来呈现的。但有的时候"我"的在场却又不一定指代着作家的主体存在，它反而更多的是宣告了作家在这里的刻意隐身，将自己和感情潜藏在这些现实生活流的记录之中，于不动声色中呈现出生活的真实底色以及创作主体的理性思考。这与罗兰·巴特

---

① ［英］迈克·克朗：《文化地理学》，杨淑华、宋慧敏译，南京：南京大学出版社2005年版，第52页。

所命名的"零度写作"有了些许共谋的意味,巴特强调"零度写作是一种直陈式的写作,它近似于新闻的客观报道;在这种写作中,作者只是尽量描述事实,而不做任何道德或价值判断……零度写作作为一种中性的写作,具有作者'不在'(absence)的风格;这种'不在'并不是否定作者的存在,而是要求他搁置内心情感,不再扮演意图传达的傀儡,彻底放弃自己对社会生活的介入,始终保持'一种中性的和惰性的状态',就此而言,这是一种毫不动心的写作"①。这样看似"在场"实则缺席的主体视角,实际上形成了一种写作的张力,写作者完成了文本,但同时也能够拉开自己与文本的距离,这让其获得的是抽身于文本外的客观与理性。

"文学源自于生活",这似乎是一个不证自明的论断。生活,我们每个人都具备,但如何让这一"生活"成为"文学",以及这样的生活会成为何种文学,每个人都有着不一样的理解。秋古墨以自己的理解在这个话题之上做了一次有意思的尝试,生活中有悲剧,也有喜剧,当然也会有闹剧。秋古墨选择了以"闹剧"的角度来记录这些生活。就如其在序言中所说的:"至于我们日常生活中那些不值一提的闹剧更是数不胜数,对此大多人可能已经见怪不怪,习以为常了吧。……既然任何回避与借口都无法铲除闹剧,闹剧永远真实客观地存在着,那么我们不妨坐下来,看一看自编自演的《人间闹剧》吧。"② 以"闹剧"的方式来记录或是观看,和悲、喜剧比较起来就多了些冷眼审视的意味。

在这些闹剧中,我们可以看到它涉及了社会生活的方方面面。例如《绝对零度》一篇中写到"我"作为摄影界的专家被邀请到了千里之外的北方黑龙江去参加一个名为"绝对零度"的摄影展,并且需要从参

---

① 金松林:《零度写作》,《外国文学》2020 年第 4 期。
② 秋古墨:《人间闹剧·前序》,济南:黄河出版社 2014 年版。

展的作品中评出一幅真正符合"绝对零度"的金奖作品来。在"我"之前，许多的专家已经为这个金奖作品的评出争辩了很久，一直没有能够说服所有人的作品被推举出来。在"我"的要求下，讲解员将不符合参展主题的作品找来，"我"很快就从中挑出了一幅金奖作品，并且获得了大家的认可，"至于这幅金奖作品，你一定在网络上见过：一群人带着怜悯的眼神，围观着一位摔倒的老奶奶，却没有人敢上前搀扶"[①]。人与人之间的温度虽然并不像自然温度那般可以用仪器测量，但却同样能够达到另一种意义之上的"零度"。另一篇《公交车上》所记述的故事虽然发生在另一个场景中，但却同样也和这种人与人之间的温度相关。"我"在一个雨天费劲地登上了回家的公交车，车上偶遇一对刚从商场购物回来的母女，母亲双手提着沉重的购物袋，在拥挤的车上十分艰难。在周围人的漠视中，"我"忍不住想要出手相助，却没想到遭到了那位母亲防备的目光，小女孩也向母亲提出了自己的疑惑："妈妈，刚才叔叔要帮你提东西，你怎么不让他帮忙啊，你已经很累了啊，你是不是担心叔叔会把我们的东西拿走？"小女孩的疑惑透出的是属于孩子的天真，但反倒在这一个密闭的车厢空间中引起了所有人的沉默，就像作者在小说中所说的，"猛然间，我想到安徒生童话里的那位说真话的小女孩，不过，今天的大人们并没有那么愚昧，而是太聪明了"[②]。

在这些社会层面的"失温"之外，秋古墨也会关注到人们精神世界内部的温度。在《淘金者》这一篇中，"我"路过一家旧书店，在这里"我"试图找到一本杰克·伦敦的小说《野性的呼唤》，而在此之前"我"已经找过很多家书店，但一无所获。幸运的是，在一旁安静读书的小男孩从角落里为"我"找到了杰克·伦敦的书。一番交流后才得知小男孩

---

① 秋古墨：《人间闹剧》，济南：黄河出版社 2014 年版，第 3 页。
② 秋古墨：《人间闹剧》，济南：黄河出版社 2014 年版，第 178、179 页。

的父母从东北来到了南方打工，因为家中无人看管，所以老人就带着孩子开个旧书店勉强度日。在老人看来，小男孩似乎是孤单的，但"我"却认为这个坐在角落里安静地读着《老人与海》的孩子有着伟大人物和他们的作品相伴，并不会孤单。就像"我"在回答孩子关于杰克·伦敦是否淘到金子的疑问时说的那样，杰克·伦敦的"金子"就是他的作品，而"我"和小男孩其实也是像杰克·伦敦一样的淘金者。如果说文字中的"淘金者"要淘取、寻觅的是文学之金，那么在文本外的秋古墨则是在用"闹剧"的形式来淘取他对外在世界的思索与期待。

这些"闹剧"有的是"绝对零度"，有的会带着温情，也有许多的荒唐。是短篇，也像小小说，准确地说，它们是作家对生活的一些横截面式的速写，聚焦的是社会、众生，嬉笑瞋目之中，一种文学的锐利也就自然成形了。虽然作家看似是在以一种不带有情感色彩的立场来记录这些闹剧，但是这样的情感冷漠到了接受者也就是读者那里时就会呈现出完全不同的效果来，作家的冷眼记录引起的是读者对那些附着在故事背后的隐喻所产生的巨大的情感涌动。

另一位壮族作家韦孟驰的创作就很能代表我们所提出的"零度"式书写，在他的创作中，故事始终是以一个"我"的叙事视角展开的，也就是说这些小说基本上每一篇的主人公或者视角都是"我"，这样的叙事比较另类，有写"我"的爱情故事、"我"的打工生活、"我"的童年往事等，总之都是一些"我"眼中的各式生活面貌，乍一看似乎所讲故事均为自己之事，即使小说中讲述者、主人公并非是"我"，也总能读出那种隐藏于其后的"我"的气息。但需要指出的是，这样的"我"并非是一种完全的作者主体视角的投射，反而更像是一个客观的摄影镜头的设置。每一篇小说、每一个"我"都为我们提供了观察世界的一个视点，于是这样的创作集合在一起就形成了"散点"式的叙述。这些小说语调平淡，故事也甚少有大起大落，讲述者也似乎漫不经心，但是包裹在这平淡无奇中的是很多让人读后顿觉心酸之处，作家在不动声色中就将整个生活都推到了我们面前。

在这些故事中，"我"看似在场，却实则缺席，这只是一种讲述故事的视角、途径，而非作者自我故事的绝对复述。同时，"散点"的视角本身所具有的客观性也使得小说中的作者成为了"零度"的存在，即这些故事不论悲喜，叙述者都是有着对情感的内敛和克制。作者对这些各式各样的故事都没有介入，只有平实的记录，即使是那些悲剧性的故事，韦孟驰也会在故事现形的时候停笔，留下无言却意味悠长的结尾。

他的小说《春风沉醉的晚上》虽然与郁达夫的名篇同题，但并没有郁达夫的那种浓烈情感，而是克制与内敛。小说讲述的是一个聋哑女孩的爱情故事，"我"是一个聋哑人，虽然在"我"的世界中声音缺失了，但对生活的完整性的追求一样与常人无异，比如爱情、婚姻的憧憬。父母对"我"以后的生活一直很是担忧，所以终于决定要为"我"订下一门靠谱的婚事，就这样在南宁印刷厂打工的诗尤就走进了"我"的生活。意外的是，不久之后诗尤的父亲去世，远在外地打工的他一时也没有了婚姻的想法，"我"的婚事就这样暂时搁浅了。父亲母亲被一直带着各种礼物上门来的跛脚男人打动，于是有意将"我"嫁给那个油嘴滑舌的跛脚男人，甚至在诗尤的母亲再次上门来询问亲事的时候委婉地拒绝了她。最终，不甘心这样被父母的私欲、贪念所压迫的"我"悄然出走。在这篇小说中，聋哑女孩芳芳也就是"我"的身份成为了一个对"零度"的绝妙隐喻，"我"是这个故事的亲历者，同时也可以看作是叙述者，但"我"却是一个聋哑人，这样无法言语的状态实际上形成了一个叙事层面的悖论。这样的悖论一方面使得一个乡土爱情悲剧从"无言"中透出了格外的沉重；另一方面，"我"在场，可是"我"的言语却是缺席的，"叙述"与"聋哑"之间的撕裂也正是"零度"的呈现。

我们再来看其他的一些作品，在《铁路宾馆》中，"我"一次到远方朋友居住地的旅行，旅行中意外地在夜间听到了狼叫，后来才从朋友那里获知了这声音其实来自于一个半夜会学狼叫来保护自己妈妈的小男孩，他的母亲未婚先孕，父亲抛下妻儿下广东就再没有回来。另外一篇《燃烧》记下的是两个打工者李国平、张兰兰本计划过年回家看望亲人，但无奈车票难得，最后选择了"跳火车"。他们以为电视剧中"跳火车"的情节是自己回乡的希望，却忘记了如今的火车已经是靠电力来运行，最后李国平触电，全身起火，"张兰兰什么也不顾，一纵身从天桥上跳了下去①。两篇小说的结尾不管是小男孩还是张兰兰、李国平，作者都没有明确摆出情感和写出最终的结局，特别是《燃烧》中，虽然我们都对最终的惨剧心有所知，但这一惨剧结果并没有被作者完全讲出，可是这样的"冷漠"反而更让人感受到了无比的沉痛。在韦孟驰的小说世界中，"我"作为叙述者的在场，与作家本人在文本中展现出来的"零度"书写，二者之间形成了一种张力，我们最后获得的还是一种极强烈的在场感。

还有一个有意思的方面，在韦孟驰这里，"我"的看似在场实则缺席的"零度"状态，也还和底层的"无言"状态相关联。在他的小说中所出现的这些"我"们，有的是工厂的打工者，有的是乡村里的流浪汉，有的是复印店的店员……不管他们从事的职业为何，身份为何，人在底层并在其中挣扎是他们共同的特点。虽然无言，或者说虽然在这些故事中似乎是不起眼的存在，但每一个"我"的故事都是底层风景的一个视点，这些不同的"散点"聚合出的也正是底层的群像。

---

① 韦孟驰：《甘蔗林》，北京：作家出版社 2017 年版，第 199 页。

二、"零度"审视

诚如上文所指出的那样，这些作家在创作中体现出的"零度"姿态更多的是指他们所保持的客观、冷峻，但他们的视野大多集中在最为广阔的现实生活以及生活平面上奋斗、挣扎的人群。这就意味着这些作品在看似冷漠的笔调中实则是内蕴着对现实世界的炽热关注的，如果将其放置于文学史的坐标中来察看，这样的书写实际上也是继承了"五四"新文学一开始"为人生"的现实主义文学传统的。而这些作家在当下的文学场域中显得独特不仅仅是因为他们关注生活、关注底层，在现实主义的传统中拓展自己的写作，更重要的是他们在对底层的民众充满同情、悲悯的同时也毫不留情地对底层民众身上的暗面施以揭露和批判。从文学传统的角度来说，这显然已经是与鲁迅所说的"……'为人生'，而且要改良这人生……揭出病苦，引起疗救的注意"[①] 这样的传统形成了回应。

在包倬的文学世界中，我们读到的是种种看似荒诞却又真切地存在着的生活景象。如《三伏天》里写到的是家穷人丑的伏天一把年纪却"还没有尝过女人的味道"，生命的欲望与子嗣延续的担忧使得他做出了匪夷所思的选择：到城中风月场所"小花园"消遣之时劫持了一名叫三妹的妓女，继而在山中隐居并生下了一个孩子，最后三妹带着孩子逃离医院，不知所终；又如小说《四十书》讲述的是人到中年，事业有成的老总张先生看似人生美满、春风得意，但是却苦恼于情人因怀孕而与自己发生的小别扭，最后这场婚姻中的小波澜在一次对张先生儿子的乌龙绑架案中烟消云散；再如《喘不过气来》聚焦的则又是都市中的忧郁青

---

① 鲁迅：《我怎么做起小说来》，《鲁迅全集》第 4 卷，北京：人民文学出版社 2005 年版，第 526 页。

年和妻子之间莫名的争执，最后"我"又在莫名的"喘不过气来"的状态中实现了"想杀人"的莫名意愿……包倬笔下的人物都很普通，身上都披着来自生活的灰色的外衣，这些小人物们无一不是深陷在琐碎又荒诞的生活之中，而故事最后又总是会有不经意间的"反转"让人出乎意料却又尽在生活情理之中，这其中包倬写出的是生活的真实，一种荒诞、惨烈却又接"地气"的生活真实。

在展示这些荒诞生活的同时，包倬时刻都保持着一种冷眼旁观，也就是说他跳脱出故事的框架来冷峻地审视这些"荒诞"，其实也就是一种对现实世界的关切和批判。在他的一篇小说《虮蜉》中，这样的思考就包裹在了他对一个特别群体的描绘中。在当下的社会语境中，"城管"几乎已经被恶魔化为了"粗暴""恶霸""过街老鼠"这一类的同义词。这显然是有着复杂的原因，包倬用文学的方式来讨论这背后的一些问题，小说中小武在全家倾力扶持下念完了大学，但却发现毕业即失业，最终进入了城管这个队伍，成为了一名临时工。天性善良的小武在这样一个身份之下陷入了异常激烈的两难境地，一面是城市街道上为了生计摆摊的小贩们，一面又是自己制服的责任所在以及他想要努力实现的转正愿望。在一次执法中他被小贩挥刀砍伤，他也由此被领导安排作为了突出的事例来宣传以改变城管的形象。但那种孤立、无助始终环绕着他，"在这个城市，他有时觉得自己不幸，万千高楼，跟他没有一点关系；汽车多得连整个城市都装不下，但同样跟他没有一点关系"[①]，这让他开始思考如何去谋求改变。于是，他先是选择了给市长写信建议"文明执法"，又匿名开设了监督城管执法的微博账号，因为引起了强烈的反响，被查到了真实身份后，小武被辞退了。小武试图通过自己个人的努力来改变这些让他难以理解、接受的现实，但就像城管队长对他说

---

① 包倬:《春风颤栗》，北京:作家出版社 2016 年版，第 144 页。

的，"蚍蜉撼树，谈何容易"。包倬并没有将目光集中在我们早已熟知的城管现象之上，而是选择了一个看似渺小的个体，以他的个体命运、思考来折射出丰富的思考意蕴。也正是因为"小武"这个形象的"渺小"，他所做出的选择就更加衬托出悲剧的意味来了。

除了这些题材之外，包倬也还在广泛地探索着现实生活的方方面面，如他在小说《老如少年》中对于留守乡村的空巢老人的关注，不但有着当下日益严峻的老年人问题的涉及，同时也在讨论乡村的留守和离开这样的纠葛；《断归途》描写的则是以自己的身体换得在城市生活的资本的女人回乡奔丧，失去亲人的同时她也发现这一块土地也遗失了。不论是写乡土还是城市，包倬所着力的都是在离与还、进与出之间挣扎的无名个体，在他们的身上折射出来的往往是作家对于大时代的种种思考，特别是那些深藏在生活潜流之中的幽微人心，在包倬对于乡土的书写和思考中，显得格外引人注目。

包倬对于乡村的态度是复杂的，对乡村的生机、希望，他满心欢喜，同时也决绝地疾恶如仇，那些黑暗、愚昧总是他批判、揭露的重点。有时他也会用深情凝望来表现自己对乡土的眷恋。而最为关键的是，在这一切之外，是他颇为清醒的审视姿态，这一抽身于外而思考的姿态让他无形中与鲁迅"哀其不幸，怒其不争"的书写有了一丝遥远的回应。如同鲁迅所构建的鲁镇，在包倬的笔下也有着一些相似的空间意象出现，如在很多故事中都出现过的"风岭"。这个可以看作是他的故乡化身的地方，并没有承载着那些温情回忆，相反，在包倬的笔下，这一块本应是寄托了游子牵挂的土地之上到处都是触目的阴影："风岭的人们，世代守着这大山，与飞禽走兽为邻，与树木杂草称兄道弟，像被上帝遗弃的子民。他们最大的目标就是活着，像野草一样，凭一双手一把锄头，向土地要粮食。然而，这沉默大地，给予他们的回报少得可怜。"① 面对可怜的回报，这些人们剩下只有像闰土一般的默然接受，然后再将这样的苦难传递下去。

包倬敏锐地发现了隐藏在这些苦难之中的传递，在他的作品中，《偏方》所展示的也正是他的这一洞察和思考。小说讲述的是一个来自穷苦边缘之地阿尼卡的农人木帕，因为孩子考上了县城的初中，所以在孩子小学毕业之后带着他一起进县城看看学校。在一路上木帕凭着自己的"聪明"先是躲过了城里街头流氓的敲诈，又成功地逃票坐上了回家的班车，并且在汽车抛锚以后还能够以本就不存在的"车票"退回了车钱。在这一过程中，还以一个所谓治疗支气管炎的"偏方"换得了同行老人的感激：烟、酒和早点。

仔细地阅读，我们就会发现，包倬在这里讲述的其实是一个新世代的"闰土"的故事，这样一个农民凭着个人的小"智慧"，游刃有余地穿行在社会之中，看上去似乎很有出息，很了不起，但实际上深究起来就会发现他的"智慧"实质上不过是一种上不得台面的小聪明、小把戏，充满了浓郁的市侩气和圆滑。而作为木帕儿子的古坡本就看不上父亲的这种得意，一直都以无言来抵抗、反对父亲。木帕的身上其实承载着的是自鲁迅以来所揭露出的农民身上的"伤痕"，这伤痕是压在他们身上的生活的苦难，同时更是在心灵上、精神上烙刻下的阴影。就如胡风所指出的那样："作家应该去深入或结合的人民，并不是抽象的概念，而是活生生的感性的存在。那么，他们的生活欲求或生活斗争，虽然体现着历史的要求，但却是取着千变万化的形态和复杂曲折的路径；他们的精神要求虽然伸向着解放，但随时随地都潜伏着或扩展着几千年的精神奴役的创伤。作家深入他们要不被这种感性存在的海洋所淹没，就得

① 包倬：《路边的西西弗斯》，合肥：安徽文艺出版社 2019 年版，第 154、155 页。

有和他们的生活内容搏斗的批判的力量。"① 在胡风看来，外在的苦难、压制会被消除，但是人心内部因为这些苦难而造成的伤痕会一直存在，就像鲁迅所着力批判的"国民性"一般。显然，胡风的思考是对鲁迅思想的一种延续，而在这样的背景之下，包倬对"木帕"们精神的洞察和揭露也可以看作为是这一思想传统的文学实践。

因此，从这个意义上来说，包倬在《偏方》中讲述的仍然是一个"闰土"的故事，只不过它发生在新的时空之中。闰土的唯唯诺诺、懦弱卑下与木帕的狡黠圆滑、投机取巧本质上是一样的，并无二致。木帕的这些小花招，并不能够让他的生活过得更好，他也并没有因为这些所谓的"智慧"就变得高人一等或是功成名就。在面对儿子升学之后即将到来的学费问题时，他也只能说："我除了会些药方，也没有别的办法。"② 事实上这些"药方"是否真实有效也都存疑。木帕这一代农民似乎与"闰土"一代早已经不同，但他们身上所背负着的"精神奴役的创伤"却又是一样的，对这一因袭的重压的探讨和思考，显示出了包倬过人的敏锐和深刻。

"偏方"本是民间对于一些具有奇效的治疗方法的称呼，它意味着有效。但是在小说中，这一偏方却出于杜撰，本身就是一种隐喻。一方面是对木帕自欺欺人的"智慧"的反讽，另一方面则指向了"偏方"所代表着的"民间智慧"，也即木帕这样的农民身上所因袭的"传统暗面"。

包倬在小说中多次写到了这样的自以为有智慧，但实质上却是自欺欺人的农民形象，如《狮子山》中的王万能想通过一桩虚假的婚姻来骗取一次去首都北京旅游的机会，不料聪明反被聪明误，使得女儿被拐

---

① 胡风：《置身在为民主的斗争里面》，《中国新文学大系 1937–1949》文学理论卷（2），上海：上海文艺出版社 1990 年版，第 585 页。

② 包倬：《路边的西西弗斯》，合肥：安徽文艺出版社 2019 年版，第 233 页。

卖,自己也流落外地,吃尽苦头。最后当女儿被迫回乡,他又成为了谋划另一场拐卖的主角,而这一次在一声枪声中丧了命;又如《观音会》中一直以作端公为业的父亲,整天行荒谬的鬼神之事,却被一泡牛屎吓坏了胆……这样的所谓"聪明""智慧"实际上正是重重压在他们身上的担子,当他们自以为得利的时候,这些"智慧"编织出的其实恰恰是一个无法逃脱的死循环,苦难与恶就在这人间循环。

另外一位女作家阿微木依萝在自己的写作中也有着与包倬相似的思考,她将目光投向了自己熟悉的那些打工同胞们,那些彝族同胞们离开家乡,为了更好的生活到各种各样的工厂、工地去打拼。阿微木依萝看到了他们在打工生活中的磨难、艰辛,同时更看到了被苦难包裹着的顽固和落后。她在《流浪的彝人》中记述了这样一位族人朋友离开大山到城市打工的经历,子噶带着新婚妻子依妞离开了自己严重缺水的高山之家,来到了"我"所在的浙江,希望能够找到一个让自己夫妻两人过上不同于高山上那样贫苦的生活的工作。"我"是朋友,同时也是一个局外的观察记录者,子噶带着质朴、憨厚进入城市来谋生,同时也在此暴露出了不易让人察觉的另一面。

为了能够联系工作更加方便,子噶买了一个旧手机,并且兴奋地开始与许多人联系,"起先是打电话,后来发信息,再后来心疼钱,就只把对方的号码拨通,响一声立马挂断,然后美滋滋等着人家给他回电话"[1],这里子噶似乎展现出了一种智慧,但实际上他的精明与包倬笔下的"木帕"们是如出一辙的,都是一种毫无意义的"智慧"。因为自身文化水平不高,子噶和依妞找工作的经过非常曲折,最后在生活压力之下,不得不把结婚时依妞的嫁妆—— 一条银饰衣领——卖掉。在卖掉嫁妆之后,子噶夫妇立马就买回了羊肉,准备好好打一回牙祭,"他们根

---

[1]　阿微木依萝:《檐上的月亮》,桂林:广西师范大学出版社 2019 年版,第 121 页。

本不管什么嫁妆不嫁妆。在饿肚子面前，什么妆都不如一斤羊肉。在接下来的几天，子嘎和依姐都过着月亮般的生活。月亮般的生活很快就过完了。那时离月底还差好几天。他们卖的嫁妆如果省一点是可以撑到月底，或者更久的。但是子嘎要吃羊肉，还要交手机话费，还要时不时买点西瓜之类"[1]。生活的压力再一次将这个来自高山之上的人打倒，压力固然是原因之一，但他们自身的生活态度与方式又未尝不是代表了某种保守、顽固的农民传统呢？子嘎夫妇面对生活的那种态度与其说是一种乐观，倒不如说是一种毫无意义的精明和市侩。就如"我"所感慨的那样："他们还没有完全懂得在城市生活的经验，已经学得像城市人一样潇洒了。"[2] 最终，这一对年轻夫妇决定前往广东去继续寻找自己梦想的工作，对于同样是未知的广东，他们充满了期待，也早早做好了计划。但他们却忘记了城市中的生存压力都是一样的，在这里碰的壁，换了另外的城市也依然会存在。

阿微木依萝本就身居于"底层"之中，她对于自己所熟悉的人和事的记录、描绘都有着极深刻的洞察，这与她自己的感同身受是相关联的。身处其中却并没有让她陷入"只缘身在此山中"的局限，相反让她获得了最为直接和真切的观察视角。这样的客观审视在其他的作品中也有展示，如在《火车上的男人》里，阿微木依萝记述了自己的一次火车之旅，以及在火车之上偶遇的一位"兔先生"。兔先生一路上喋喋不休让"我"心生厌恶，但他让座给带孩子的妇人以及帮助精神不太正常的一位旅客的举动又让"我"对其印象有所改观。下车后兔先生发现钱包被窃，并且笃定地认定自己曾经让过座的妇人就是窃贼，在车站外"像个泼男一样大骂"，最后又庆幸自己没有把所有的钱放在同一个口袋，

---

[1]　阿微木依萝：《檐上的月亮》，桂林：广西师范大学出版社 2019 年版，第 129 页。
[2]　阿微木依萝：《檐上的月亮》，桂林：广西师范大学出版社 2019 年版，第 129 页。

"亏得老子聪明！"[1] "兔先生"可谓是这些底层民众中有代表性的一个个体形象，他们狡黠却又不失热心，阿微木依萝面对这些自己最熟悉的芸芸众生，用的是最真切的广博胸怀来雕镂出他们的心理群像。

在另一篇《鼠隐》中，阿微木依萝又换用了另一副笔墨，写到了我们"鼠类"的生活，以隐喻的方式来对底层的生存图景进行有意味的思考。这些鼠者生活在地洞一样的房间里，洞外的不安全的来源实际上是它们自己，"有时鼠者自相残杀，满大街追撵，可能为了两粒粮食，或者，住在这条街的鼠被另一条街的毒死了，于是像变异物种般精神抖擞，要报仇雪恨，要清除孽障，要维护这条街的尊严。虽然他们有着天生的胆怯，但对付同类的时候，却又意外获得了勇气和力量"[2]。底层的悲苦不仅来自于生活的挤压，也有着底层的两相倾轧，而正视这一状态，则代表了作家本人的文学担当。

毫无疑问，不论是包倬还是阿微木依萝，又或者是其他的作家，他们对于这些默默生活着的无名者们是饱含着深情的，但他们的书写又并不会因为如此的深情就妥协，相反，在一种对于鲁迅"哀其不幸，怒其不争"的文学传统的回应中，他们的文学之笔既有着温情抚慰，也有着锐利的揭露，这是作家的个体同情，但也更是从自我开始的广博悲悯，就如阿微木依萝在一篇创作谈中所说的那样："我们写着各色的人，这些人难道不是我们自己吗？文学的本质是人学。人是从自己出发的。自己永远是原点。一个人能把他内心的所有东西研究和转化出来，就是一部世界史。"[3] 从自我开始，又走向世界，这也是这群"80后"少数民族作家们写作的独特之所在。

---

① 阿微木依萝：《檐上的月亮》，桂林：广西师范大学出版社 2019 年版，第 190 页。
② 阿微木依萝：《檐上的月亮》，桂林：广西师范大学出版社 2019 年版，第 229 页。
③ 阿微木依萝：《我写作的一些感受》，《钟山》2017 年第 1 期。

第五章 边缘书写的活力

对于这些"80后"少数民族作家而言,尽管由于身处于相同的社会变迁之中而获得了一种代际的共性,但是由于"传统的社会分层意义上的分化——职业、收入等,以及文化意义上的分化——生活方式、消费模式、身份认同等"①,这群作家也有着代际内的差异,这种差异的集中体现就是他们所关注到的现实图景是多面向的。在这些多面向的现实图景中,周子湘、陈克海、陈思安、斐立安等几位作家对于边缘群体的书写就显得格外引人注目。

第一节 海外题材书写的拓展

海外华文文学因其特别的作家身份、文学视角成为了在中国大陆文学以及台港澳文学之外的一个独特的文学空间,特别是新世纪以来,在一批"新移民"作家如严歌苓、张翎、陈河、张惠雯等的带动下,更是展现出了蓬勃的文学生命力,"这些作家以他们旺盛的创作动能、不凡

---

① 李春玲主编:《境遇、态度与社会转型:80后青年的社会学研究》,北京:社会科学文献出版社 2013 年版,第 441 页。

的创作成果、积极的介入姿态,成为全球性的'新移民'文学中最为光彩照人的存在"①。这些作家的"移民"身份使得他们不但能够获得甚至是直接亲身体验到在异域的或喜悦或悲苦的各种生活经验,从而将其化为笔下书写的题材,而且也能够在"跨区域"的背景下对这些生活经验、人世故事作出更为宽广、深刻的表现和思考。这样的移民身份意味着的是空间的流动,虽然"新移民"作家并不会在某地长久居住,但实际上这种空间流动业已成为他们的一种固定状态。而在这些以"新移民"作家为主的海外华文文学之外,也还存在着一个有着短暂海外经历的群体,即海外务工者,他们为了生计走出国门,进入了空间的流动之中,但这样的空间流动却是短暂的。于是,当他们这个群体中的一部分人再次返回故乡并尝试用文学的形式讲述这一场短暂的空间流动之旅时,一种内在于中国文学之中的"海外文学"书写就出现了。

满族作家周子湘曾有过多年的打工经历,这一段经历中最为特别的便是她在香港、南洋等地的打工生涯,这成为了周子湘写作中一份重要的题材来源。就如她的自述:"我发表在《人民文学》二〇一七年第十一期的中篇小说《天涯厨王》,描写了这样一件事:中国人闯南洋。一个庞大的群体,却是隐形的。世界上一百多个国家,都散落着这些走出国门的海外打工者。有六百多万中国海外务工兄弟姐妹,生存在不那么知名的国度和角落里。他们不被人发觉,我力图书写出他们的心灵故事。"② 曾经的"身处其中"带来了深切的感同身受,周子湘显然更能够理解这一群隐形于海外的劳工们生活的艰辛和磨难,特别是那些身在异乡独力奋斗的柔弱女性们,故事的讲述亦有着深沉的悲悯。

---

① 刘俊:《新世纪海外华文文学:"离岸流"还是"外省书"?》,《文艺报》2020 年 8 月 14 日,第 4 版。
② 周子湘:《灵魂的空间》,《文艺报》2018 年 6 月 6 日,第 6 版。

　　小说《慢船去香港》中的茉莉因为母亲在面粉工厂的一次事故中失去了双手而不得不放弃自己在家乡芜湖虽然收入不多但很安稳的秘书工作，转而带着希望来到香港谋求更多的收入以支撑家庭。事与愿违，面容姣好但学历低、英语差的她只能在邮轮的餐厅干着端餐盘、打扫卫生的活。尽管如此，她也依然梦想着能够成为身着整齐、优雅的职业套裙的女性中的一员，"我真想穿上和她们一样的职业套裙，在干净明亮的办公室工作。我端不动餐盘，那么沉，那么重"①。为了能够完成从送餐员到秘书的转变，她不惜选择委身于副船长，而对默默守在自己身旁的普通员工阿财视若无睹。最终，"秘书"这一华丽美梦破碎，茉莉选择了穿着一身秘书职业套裙跳海。可以说茉莉的命运实际上就是那些无数底层悲苦命运中的一个片段，只不过这样的命运故事经过了时空转移，来到了香港这个空间中。而不论这些故事发生的地方是在哪里，又或者是故事的主角是谁，她们都有着相似的悲剧指向。茉莉端不动的不仅仅是那些餐盘，更是她不论在哪里都无法逃脱的苦痛与挣扎。这些女工们在故乡面临着生计困顿，进而选择远走异国他乡去寻找华丽梦想，但是这样的"异国他乡"并不一定就意味着梦想成真。所以，周子湘写下的还是那些拼命挣扎在这些五光十色的异域空间隐秘角落的孤苦身影，茉莉的故事是一个女孩异域逐梦却最终梦碎的心酸与悲叹，同时也是对其所代表的一群无名女性生活境况的透露。

　　这些为了命运而选择出国打工的女性们，在异国他乡收获着喜悦也历经艰辛，但却始终在自己的心中为自己或者是梦想坚守着一缕人性的烛光。《新加坡河的女儿》这一篇小说中讲述的就是这样一位坚守梦想的女工筱鸥在新加坡的打工生涯，像厂区里所有的中国女工一样，筱鸥带着华丽但却沉重的梦来到这个异域国度，开始了向着自己最终的目

---

① 周子湘：《慢船去香港》，《民族文学》2017 年第 10 期。

标——"留在新加坡"——的奋斗。她们的汗水、泪水都汇入了那一条如同新加坡的母亲河——新加坡河一般的由无数中国姑娘组成的"河流"之中,"这些姑娘,成为了工厂流水线的一部分。她们的脸庞、长发、身体;她们的情感、欢乐、痛苦,被单调统一的工衣遮盖,禁闭在宽大平庸的防尘服里。灵动的眼睛,妩媚的曲线,疲惫而疼痛的肉体,不愿平庸的灵魂,也曾在身体里呼叫、反抗,可她们最终被繁重的劳动和枯燥的生活所消磨。她们只是一个个工号的代码。在车间里,甚至连彼此的名字都不用记住,一个工号,就是一个人的全部意义"①。尽管背负着来自于千里之外的家中沉甸甸的希冀,保住工作甚至进而留在新加坡是筱鸥急迫的愿望,但是她并没有因为重压和留下的诱惑而失去自己的坚守。因此,她最终还是拒绝了身为新加坡人的江少华的爱意,尽管这一结合能够让她获得永久居住权,她也没有放弃掉自己内心的坚守,这样的坚守实际上也正是她对于自己命运的决绝回应,她拒绝了华丽梦想的邀约,但是却选择了真正属于自己的命运,这样的选择有遗憾,但无疑折射出了这群海外"隐身者"们耀眼的人性光芒。

在周子湘另一篇同样是写在新加坡打拼的女工生活的小说《天涯厨王》里,这样的人性暖光就要显得更加浓烈了。曾经有过新疆农场与山东海滨生活经历的李绣娘为了生计,远走南洋,来到新加坡打工。在这里,她与南洋这个异域空间以及同样是来自国内的女工们被紧紧缠绕在了一起,而串联起她们的就是在李绣娘手中"用时间酿出来的"中国饮食②。从新疆农场到山东海滨,再到南洋的现代化城市,这些不同的空间对于李绣娘而言,都有着共同的底色——底层。也就是说,不论是在国内还是海外,李绣娘的生活其实都是一种底层生活的投射。在远离故

① 周子湘:《慢船去香港》,北京:作家出版社 2018 年版,第 53 页。
② 周子湘:《天涯厨王》,《人民文学》2017 年第 11 期。

乡的异国他乡，李绣娘的中国菜成为了慰藉那些孤寂、愁苦的海外劳工同伴们的一抹暖光。也就是说，李绣娘通过自己的烹饪，实现的不仅仅是生理性的果腹，还有对于那些浪迹天涯的劳工们内在心灵的"饥饿"。

　　而在这样的暖光之外，周子湘又写出了李绣娘故事的另一个维度。在新疆农场，李绣娘吃到了父亲冒着风险私藏下的海参，也学到了玉苏甫传授给她的烤馕技艺。最为重要的是，从这些食物中，她承续起了从父辈们那里传承下来的中国饮食精神。同时，当她走出国门，来到南洋之后，这些饮食精神便一起被播撒出去，与更多的饮食交汇，呈现出了跨区域的多元味道，这样的文学表达显然是一种更广意义上的现实主义书写。

　　海外华人的生活此前大多集中展示于海外华人作家的笔下，或者说对于海外生活的表现曾经是"新移民"作家们最为引人注目的创作元素。到了新世纪之后，中外的交流逐渐广泛和深入，以及网络信息技术的飞速发展，使得人们对海外的认识在逐渐扩大，而"海外题材"作为一种异域经验所具有的新鲜度也在慢慢减弱，因此这些"新移民"作家也展现出了一种逐渐向国内"回流"的趋势。就如有论者指出的那样："有意思的是，当东南亚华文文学在强调'主体性'，追求与'文化中国''中国文学'区隔的时候，'新移民'文学却在有意无意间向'中国（当代）文学'靠拢，面对着中国当代文学具有的巨大诱惑力/吸引力（市场、得奖、影视改编、评论、影响力、知名度、接受感、认同性），北美'新移民'作家们对中国当代文学的积极参与和深度介入，就与中国当代文学对海外'新移民'文学的欢迎、接纳、拥抱甚至'中国当代文学化'，形成了某种程度的对接。"[1]　而周子湘从另一个角度来书写这

---

① 刘俊：《新世纪海外华文文学："离岸流"还是"外省书"？》，《文艺报》2020年8月14日，第4版。

一群常常被我们忽视或是误解的海外劳工，就显得格外地深刻了。一方面，她自身在海外打工的经历为她自己的写作提供了与海外华文作家相似的跨区域经验，跳出了我们熟悉的空间和语境，讲述的是同样是打工者但却身处异国他乡的海外劳工的悲喜故事，这样的叙事视角与"新移民"作家的海外华文文学书写形成了呼应；另一方面，周子湘的海外劳工书写又是真正意义上的"回流"，即她赖以观察这一群海外劳工的视角来源于她对大陆当代文学的依仗，而非是纯然的海外视角，所以关于这些海外劳工的文学叙事实际上又是当代文学中"底层"叙事的一种海外延展。这样的跨区域、呼应、"回流"以及延展，昭示出的是在新的时代语境之下，中国当代文学与海外华文文学之间更加深入和立体的交汇。

作为曾经是这一群兄弟姐妹中的一员的周子湘，将这些隐形于海外各个国家、角落的故事一一讲述，无疑是对于当代文学"底层书写"的一次拓展，当然也是文学责任、担当的体现。从作家的个体角度而言，这样的经历赋予周子湘的不仅仅是空间流动的新奇性，更重要的是她因为由自己"在底层"的视角而展开的底层书写有了深切的在场感。而从整体的"80后"少数民族作家来看，海外劳工群体的生活展现自然也是这群作家现实书写中的一道新颖风景。

第二节　"中年危机"与"无意义"存在

2017年，一篇感慨、调侃黑豹乐队①鼓手赵明义手持保温杯的微博引发了一场网络对于"中年养生"的热议，"保温杯泡枸杞"也由此成

---

① 中国内地摇滚乐队，成立于1987年，曾在90年代风靡亚洲，代表作品有《无地自容》《Don't Break My Heart》《别来纠缠我》《靠近我》等。

为了走红网络的新宠。不论是保温杯还是玻璃杯，又或者泡的是枸杞还是大枣，对于中年危机的关注的确成为了当下人们的一个聚焦点。在"80后"这样一个群体中，最早一批"80后"现在也已经迈进了四十岁的门槛，成为了互联网语境中的"中年人"。而对于我们所研究的对象——"80后"少数民族作家来说，一些作家们所关注的题材、对象也从那些刚走出校门、走进社会的青年男女的情爱、烦恼欢乐等慢慢转向了对这些曾经的"少年"在社会洪流中浮沉若干年后的平淡、疲乏和无奈，这样的情绪变化实际上和时代变迁、人生轮转是有着内在关联的。

　　土家族作家陈克海的创作一直以来都以自己同代人的生活经历与精神世界作为自己着力之处来展开，而这样的亲历者讲述的方式却又并不偏狭，他始终是在努力通过对微小个体命运的把握来拼接出整个宏大时代的图景，就如有论者指出的："他的创作视野有着整体一代人的、中国当下的、时代涌动的宏大命题，他对人的心灵、精神、存在、信仰的挖掘、把脉和思考，又极具现代主义精神基调的普遍性，在都市日常生活与时代宏大叙事的互动中，他消解着既有叙事经验固化的单向审视思维，又关注到两者隐秘和紧密的内在关联；在世俗性和社会性的叙事中，他的小说触摸到了这个时代、这个群体在狂欢世界和灯红酒绿的都市夜景下，人的生命的灰暗、寒冷和孤独。"[1]　于是，我们看到了在陈克海对那些各式各样的同代人生活的书写，有懵懂理想与意气风发，也有城市中的飘零，还有更多的是不知不觉中被生活流裹挟甚或是淹没的琐碎和虚无。在这样包罗了万象世情的文学万花筒中，有一抹风景显得很特别，那就是陈克海所关注的那些同代人在青春激情逐渐褪去之后，他们与年龄、岁月增长所带来的烦恼、困顿之间的遭遇战，成为了我们不得不去面对的困境。那些由最早的"80后"作家们所开启的青春叙事在

---

① 金春平：《折翅天使的灵魂蜕变——陈克海小说论》，《百家评论》2017年第2期。

这些时光流逝中已经悄然远去，不管他们是否意识到，一种关于时间的焦虑——或者也可以简单地称之为"中年危机"——正在逼近。

或许不少作家也都关注到了走出校园这一象牙塔的青年们在开始真正的"社会人"生活后的诸多困扰，但陈克海则更是继续追踪着这些同代人的步伐，勾勒着成长背后所潜藏着的时间焦虑。"人近中年"成为了他与自己笔下的人物们共同承受着的情绪，或者说这也是陈克海小说中写的最多的一种生活状态。这种生活状态展现出的是一种烦恼、琐碎的生活流，其中既有中年"油腻"的尘世烦扰，也有青年精神世界的困顿。如果我们要把这一批"80后"少数民族青年作家笔下的青春书写排列出一条时间线的话，那么我想陈克海写出的这个世界或许可以被看作是那些烦恼青春、残酷青春、疯狂青春等最后的汇集之处。这些"80后"们的青春最后都会遭遇危机，这就是成长，却也是危机四伏。一开始轰轰烈烈，最后仍然是琐碎日常。就像小说《没想到这园子竟有那么大》中的薛珊在婚姻、工作、理想等中间打转，获得的却只有琐碎。她在书市上买了一本穆旦的诗集，可是"要过一些年，她再翻起这本诗集，诗里的这几句'这才知道我的全部努力 / 不过完成了普通的生活'才会跳到她的眼前"[1]，生活高速向前，却始终没有确定的意义。

小说里的薛珊以为自己会像掉进兔子洞的艾丽丝一般地看到不一样的世界，她带着期待进入工作，但很快她就发现日常生活给予她的只是折磨。磨掉了棱角，也磨掉了诗意。甚至曾经被自己鄙视的那个到处或吐苦水或炫耀不知真实性的人脉的同事卫中正都跳槽了，她却还依然在原地，而且越来越习以为常。"她不知不觉就变成了她曾经讨厌的那一类人，自以为是，爱给人说教，显摆似是而非的人生看法，好像如此一来，就能证明她的人生不是那么苍白。……她接受不了自己的生活变

---

[1] 陈克海：《简直像春天》，北京：作家出版社2019年版，第37页。

得如此混乱，却又无能为力。按照正常的逻辑，事情不应该变成这个样子，怎么就偏偏成了个这呢？她想不明白。……她感觉自己还没反应过来，就一跟斗栽进了中年。"① 她清醒地意识到了这一点，可是却无法拒绝，这似乎成为了青春成长应该的一种样子。

这样的生活状态以及身居于其中而有所感，在陈克海笔下的人物身上是普遍的，在另外一篇小说《问凤梅》中，通过自己努力考上大学，并从乡下进入城市中的问凤梅一步一步地完成了自己身份的蜕变，毕业、工作，在城市中定居，看似一切顺理成章，但在这样的生活中她反而失去了曾经为之努力的目标，在一次同学聚会中，问凤梅对着同学们说出了自己的感慨："我们总是想把自己所有的时间都塞满，包括未来的时间，然后我们因为没有完成既定的目标，又不得不拼命地去与时间赛跑。我们在为各种事情焦虑，为没有完成昨天的目标而焦虑，为没有把未来的计划安排好而焦虑，为害怕被这个世界淘汰而焦虑，为生命和时间被浪费而焦虑。然后我们就在这种焦虑中，惶惶不可终日地度过了很多年。"② 大家都被这样的"豁达"所震惊，但震惊过后，生活也依然要继续。

其他如《纠正》中的罗夏上大学、考研、就业，这一路都是在迷迷糊糊中完成的，而究竟自己想要什么却始终没有确定，感情也只是和有妇之夫纠缠不清，最后她前往北京试图找到一个确定的未来，却依然折戟归来；《越野》里的王有德开了三十多年的照相馆，平日里也会骑着越野自行车外出摄影。但很快那一辆陪伴他拍了很多片子的越野自行车"212"就被遗弃在院子的角落，成为了废铁，生活的庸常不但让钢铁腐蚀，同时也锈蚀了他的一切理想。

---

① 陈克海：《简直像春天》，北京：作家出版社 2019 年版，第 6、11 页。
② 陈克海：《问凤梅》，《黄河》2013 年第 1 期。

一个有意思的现象是，在陈克海的作品中，诸多主人公都在阅读名著，例如加缪常常被引用，他笔下的西西弗斯被困制于重复搬运石头之中，而陈克海笔下的男男女女又何尝不是如此地困于生活之中呢？不同的是，如加缪所言，西西弗斯"他爬上山顶所要进行的斗争本身就足以使一个人心里感到充实"①，而这些芸芸众生获得的就只有一地鸡毛。就像在小说《越野》的最后，王有德翻阅起尤里·波利亚科夫的小说《无望的逃离》，"早先还为读到这么一本书欣喜激动呢，现在却不知道该和谁分享了。书的结尾写着几句话，可惜被雨水浸印，粘到了一起。他细心揭开，想看清楚都写了些什么，天色渐暗，终是一无所获"②。名著的阅读是他们对抗生活的一种方式，但是这样的方式最终在雨水的侵蚀之下失效了。也就是说，当这些烦恼人生一再地与那些名著相遇时，恰恰形成了别致的对比，或者说是一种反讽，人物的生活状态与名著之间的差距印证的恰恰是生活危机的沉重与难以摆脱。

实际上，这样的"中年危机"是可以和这一批年轻作家们对在社会洪流中浮沉的青年境况的刻画形成对读的，或者说前者正是后者的延续。例如晶达在她的小说《嗯》和《我得抑郁症的时候，你在干什么》中就写到了这样一群生活陷入"无意义"状态的年轻人。

小说《嗯》则可以被视作是"我"在情感融入城市时，面临的"身份困境"。《嗯》中的"我"是一个极度自卑的人，这与小说中反复出现的日本电影《被嫌弃的松子的一生》形成对照。尽管小说对"我"的生活背景语焉不详，但把"我"放在晶达文学作品谱系中来看，"我"可以是一位来自边地地区的"出走者"，一个靠助学贷款进城"求学"的

---

① ［法］阿尔贝·加缪：《西西弗的神话》，杜小真译，北京：生活·读书·新知三联书店 1998 年版，第 145 页。

② 陈克海：《简直像春天》，北京：作家出版社 2019 年版，第 172 页。

贫困女孩儿，小说讲述了一位自卑的贫困女孩儿在城市里追寻爱情所面临的"身份困境"，即自卑的"我"与城市里"五光十色"的男人们的恋爱故事。然而，"我"所交往过的三个男人，一个只会说"嗯"，不承认我们之间存在恋人关系；一个想要傍大款、嫌"我"穷的势利眼前男友；一个对"我"约法三章"结婚后不能管我，不能查岗；我不能保证不会另找女人；离婚了不能分我财产"结婚对象。① 小说中，"我"对与只会说"嗯"的男人和前男友都是真诚、热情地付出的，"我"以真诚和爱，渴望获得爱，让自己的感情融入都市人的感情。但对于"我"热情的付出，换来的是男人"嗯"的沉默以对，或者是"势利眼"男人的一味索取。"我"始终无法融入，"我"最终选择了不再恋爱、嫁给条件苛刻的男人，这场婚姻如同一场"爱情买卖"，受到伤害的"我"终于对爱情妥协，选择将婚姻视作物质条件的等价交换。作为一名自卑的"出走者"，情感付出没有回报，在爱情和现实的博弈中，作为一名底层女孩儿，"我"选择了与生存妥协。"出走者"在离开故土之后，便成了"漂泊者"。在回望家乡时，不得不面对"故乡是他乡"的尴尬"身份困境"，一方面是无法融入城市的孤独感，一方面又是家乡的文化、传统早已被现代化冲击成了陌生的故乡。这就导致了无论对于故乡，还是城市，"出走者"均是"异客"。

而在《我得抑郁症的时候，你在干什么》这篇小说中，被抑郁症折磨的"我"与同学杨小乐策划了一次自杀，但她们所遭受的疾病的折磨却始终不能被别人所理解，"我用初中时候留在抽屉里的圆规在我的小臂上扎小眼，每次有东西被破碎，被撕烂，或者我感受到疼痛的时候，我想死的情绪会得到缓解，我的存在感就会增加，但是我爸用'任性'总结了我想死的愿望，在他的观念里，抑郁，有必要吗？简直是多此一

---

① 晶达：《嗯》，《草原》2017 年第 1 期。

举，人怎么会抑郁呢，都是装的，是青春期的任性"①。疾病的折磨和周围人的不理解，让"我"也陷入了一种"异客"的境况。

这两篇小说实际上都是在展现一些"无意义"的个体所过着的"无意义"的生活。他们为了生活得有意义而去追逐生活，从不同的方向，但这种"无意义"却才是当下最真实的生活本质，这是一种生活之中的吊诡。小说《我得抑郁症的时候，你在干什么》中"我"的自杀进行到了最后，其实已经无所谓了，因为不管是选择何种方式或是否自杀成功，这些都已经成为了多余之事，因为在这种"无意义"生活中，自杀（或者说是围绕着自杀展开的种种），这件事情已经成为了"我"能够继续活下去的唯一方式。杨小乐不算成功的自杀为她带来了某种平静，而"我"却因为某种冥冥之中的擦肩而过失去了这次机会，这不能不算是一个遗憾。自杀对于"我"而言，不再是一种结果，反而是自己能够存在的例证了。在《嗯》中，"无意义"的则是那些日常生活，"嗯"是人与人之间对话、交流的一个回应方式，或者说是一种关节点，它意味着交流双方之间的联通。而我们读到的小说中"嗯"出现不是别人对"我"的郑重话语的随意回应，就是"我"对别人严肃认真的心不在焉，显然，生活中就是充满了如此多的随意的"嗯"，它成为了生活的一部分甚至是生活的底色之一。它有意义吗？尽管发出了声响，可依然是无意义的，这就是生活被作家撕破之后露出的骇人面目。值得注意的是，小说中通篇都没有出现一个具体的人名，"这个人""那个他"这样的泛泛所指更是把我们所有的人都拉进了这个无意义的怪圈之中。

从青年再到中年，对于意义的追寻始终是小说内的人物和小说外的作者共同的意义指向，他们串联起的是同时存在于文本内、外的对外部世界的回应，这一回应实际上也是青春书写的一种尾声，是作家们在时

---

① 晶达：《我得抑郁症的时候，你在干什么》，《草原》2017年第1期。

间流逝中的一次黯然怀旧，这些大概都能够看作为作家们在文学空间中的一次不甘心的反抗。

第三节　亚文化群体的书写

"80后"作家以青春文学书写的面貌登上文坛时，研究者们都不约而同地注意到了这样一群青年身上普遍存在着的亚文化色彩，如他们对于教育体制的反叛，残酷、另类青春岁月的书写以及深度融入消费社会的姿态等，都无不展示出他们写作中暗含着的亚文化特征。就如有论者指出的："从某种程度上来说，'80后'青春文学写作体现出了青年亚文化的诸多特征，具体表现在：以文学的形式挑战成人文化秩序，现代媒体的运用与成效，消费主义裹挟的青年亚文化。"[①] 或者我们也可以认为，这样一代年轻人所成长的时代环境，就已经决定了他们必然会与一些亚文化元素天然地发生关联。特别是在当下网络时代在深度、广度上都在不断地深化、拓展的背景中，几乎所有的写作方式都在由此发生改变，甚至在向着一种网络文学的模式靠拢，那么网络空间的包容性、多元性也势必影响到作家们对文学题材、话语等的选择。

事实上，亚文化该如何定义，以及主流文化/亚文化之间的分野更多的时候会受到特定文化语境、人群、话语权力等因素的影响，从而衍生出诸多的不确定性。对于这些年轻作家而言，不确定性反倒成为了他们后续写作中的突破点所在。例如在本节中，我们讨论的作家们所关注到的一些边缘群体，本就存在于主流的文学话语之外，但这样的边缘并不意味着他们的存在是无意义的。相反，这些"边缘"通过作家们的书

---

① 　郭艳：《代际与断裂——亚文化观域中的"80后"青春文学写作》，《中国现代文学研究丛刊》2011年第8期。

写进入到了更多人的视野中，甚或是被主流吸纳，边缘也就反向滋养了主流。从作家的角度来看，我们所讨论的"80后"少数民族作家由于自己的文化身份本就天然地与中原文化以及地域空间拉开了距离。

　　网络时代的深化，使得人们得以在一个虚拟空间中按照自我意愿来构建出各种各样的世界，而不受传统观念、他人眼光等外界评判的限制。在这样一个虚拟空间中相遇并成群的青年们，显然代表着与传统截然不同的世界观、人生观和价值观，他们的创新、个性等也都会被冠以"怪"为标签。于是，网络文学成为了一个喻示着极大活力与包容度的文学场域，从作家到作品，从体裁到题材，很多边缘甚至是被主流刻意压制、遗忘的空间在逐渐浮出水面，例如现在网络文学中常见的"玄幻类""言情类""武侠类""穿越类""重生类"等等，不但关涉到了现实世界，更是囊括了现实之外的广袤奇幻世界。就像我们上文提到的那样，网络文学的元素已经在越来越深入地影响到了传统文学的书写，从形式到内容。在这些类别之外，实际上也还存在着网络文学内部的"边缘"，如"耽美"等，而这也是与传统文学同步存在着的一些"边缘"，特别是这其中关于"跨性别"①的话题，但传统固有的性别观念的存在却又使其成为了一个话语的禁区。在很长的时期，不论是在现实世界中，抑或是文学世界中，这样的话题都被人们有意无意地忽略了。即使有所涉及，也大都逃不出一种猎奇甚或是敌意。但实际上这样的差异存在对于现代世界而言，本身就意味着是一种多元化。文学对于世界的探索、书写，当然也应该聚焦于这些"边缘"。就如有学者指出的："不论

---

① 事实上，不论是在研究界还是社会层面，对于这些"边缘"群体都有着很多不同的或确定或模糊的称谓，如较为宽泛的并曾有污名化倾向的称谓"同性恋"，或是更加细致的群体区分："同志""拉拉"等，国外也有用 LGBT 一词来代指女同性恋者（Lesbians）、男同性恋者（Gays）、双性恋者（Bisexuals）与跨性别者（Transgender）等。在本文中，为了论述方便，统一使用"跨性别（者）"这一表述。

是在学界还是业界，性别议题正在逐渐走向显学。但在相当长的时期内，性别解放都被偏狭地理鲜为女性解放，对性别压迫的解释也就成了男性对女性的压迫。实际上，这种理解还是基于僵化的性别二元论基础上的男女之间的自愿重组，那些不在这两个序列中的性别样态都无法获得权利的眷顾。而真正的性别平等，是将性别选择作为人的基本主体权利之一，在不违反法律的前提下，任何性别形象、性别行为和性别角色都应受到同样的尊重。"[1] 文学对这些话题的关注更是彰显了一种特别的责任和担当。[2] 在这里，我们的讨论也将会围绕着这些"80 后"少数民族作家笔下对"边缘"话题的关注和探讨来展开。

　　情爱大概是人类所有文学书写中最为经典的主题之一了，但受限于一种传统的性别二元论，我们常常忽视了那些游走在两性之间的、难以定义的边缘群体，他们毫无疑问是"在场"的，但实际上他们的声音却又是"缺席"的，这一点和我们在讨论女性群体失声时所指出的"可见"与"不可见"的状态是同构的。因此，当这些"失声"者获得了发声的机会或是有人为之发声时，就显得格外地有意义了。

　　布农族作家斐立安因为求学、工作的原因走出了部落，虽然离部落越来越远，但自己与部落内在的紧密关系依然存在，这也是他在城市中打拼的强大支撑。但当他在一次返乡中偶遇了三位部落传说了多年话题人物——漂亮男生——之后，他才发现原来也有一些族人虽然身在部落，但却早已被放逐。这几位"漂亮男生"因为自己的少数民族身份在求学的过程中常常会遇到被人刁眼相待的情况，同时也因为自己的"个

---

① 　陈宁、冯莉：《跨性别群体的媒介生存境遇和传播策略》，《文学与文化》2018 年第 3 期。

② 　在当代文学中，一直都有着对于这些"边缘"话题的书写，比较有代表性的作品有白先勇的《孽子》、陈染的《私人生活》、严歌苓的《白蛇》、朱天文的《荒人手记》、邱妙津的《鳄鱼手记》《蒙马特遗书》、郭强生的《断代》等。

性"而被周围人对于性别的二元刻板印象所孤立。在与这些"漂亮男生"的交流中，斐立安真切地感受到了在一个性别观念被固化了的社会中，这些"异类"们生活的艰辛与孤独。所以他有感慨："漂亮男生是需要被理解与陪伴，不是用病态来评定，要的只是接纳与包容，唯有理解漂亮男生的真实处境，存在的事实才能一点一滴被抚慰，才有温暖的生命气息包围着我们彼此，在这个世界上。有信仰的人是会担心对人口说或心想的诅咒会报应到自己身上，不管我们的信仰真理是什么，愿那份信仰能真实的被实践在生活及生命里。"同时他也有痛心的质问："而漂亮男生的种种污名，我们到底有用心去认识了吗？还是只是从媒体耸动的报道来认识，还是因为他们违反挑战了主流社会文化二元性别框架印象。"①事实上这样的感慨和质问都是作者对社会的一种呼吁和期待。

如果说斐立安借助纪实文学这样的形式来从一个旁观者、记录者的角度进行观察、思考和呼吁，那么陈思安则是通过小说在虚构中以第一视角来展露那些"跨性别"群体的心声，她在小说《变形记》中通过原本没有生命意识的躯体（或者说是躯体的一部分）的发声给我们讲述了一位"跨性别"者的心路历程。小说的故事主线是一位游移在传统两性性别定义之间的女生一直困惑于性别以及自己身体的各种性别特征，最终她选择了进行手术切除了作为女性而言最明显的身体特征——乳房。

有意思的是，小说的叙事是由那个被"切除""抛弃"了的部分——乳房来完成的。时间的累积，年龄的增长，同时也就是身体的成长，随之而来的身体变化让"你"，也就是女生产生了恐惧而非成长的喜悦。女生试图通过各种各样的方式，如用棉布一层层紧紧地包裹乳房，甚至是用力捶打，希冀这样的外力能够阻止住身体的"膨胀"。在这里，自

① 斐立安：《从心看部落里的漂亮男生》，引自《第4届台湾原住民族文学奖得奖作品集》，第227页。

我与身体并不是同一的，相反它们成为了一种不理解或者是敌意的状态。身体是自我得以存在的空间，但同时也成为了对自我的某种束缚；自我拥有身体，并借由身体特征来使得自我能够得到外在的形塑，可这样的形塑却并非自我所需。因此，这样的性别认同矛盾就在小说的叙事中慢慢成形了。"我"，即乳房，在陪伴着女生"你"的二十七年中，本是一体关系的二者成为了难以和解的矛盾。最终女生选择进行手术来切除掉这个陪伴了自己二十七年的身体的一部分，在告别曾经的自我，同时，也是在和身体实现和解。就像小说中乳房的自述："我开始相信，这就是最好的安排。你遇到了生为一个人可能遇到最大的困难之一。你没有被它压倒。你重新获得了你自己。完整的，你自己。"[①] 由身体跳出现实的束缚来自我讲述，这样的第一人称视角不仅仅是一种简单的文学实验，它显然要比旁观者的记录更加贴近那些曾被视为异类的群体的内心世界，或者说这本身就是一次跨性别者的自我表白。从一开始的困惑、恐慌和纠结，再到最终的和解，这里陈思安以别致的方式将一位跨性别者的心路和盘托出，和解的是自我与身体（或性别），但又未尝不可以看作是对于外部世界的一种期待。

随着社会发展和科学的进步，现代世界的多元化也已经成为一种共识，而对于那些"跨性别"群体或现象，人们也在重新反思和认识。这些"80后"少数民族作家在自己的书写中关注这一"边缘"，不仅是文学题材的拓展和新的文学书写可能性的呈现，也更多地展示了文学作为一种具有"能动性""施为性"的艺术形式的责任与担当，这或许才是其意义之所在。

---

① 　陈思安：《变形记》，《长江文艺》2017 年第 14 期。

结 语

　　少数民族身上特有的一种"边地"色彩使得少数民族文学创作有着别致韵味，不但在文化书写方面提供了与中原不一样的民族风俗、风情，而且"边地"的雪域高原、崇山峻岭以及神秘巫医等等也都展现出能与主流拉开距离的独特的审美风韵。同时，在这种异域眼光的打量中，更能对古老的中华大地作出深刻剖析，也就是说，这样的"风景"也意味着是某种深刻。因此，要对当代文学，尤其是新世纪以来的中国文学全面把握就必然要将少数民族文学纳入到考察视野中，而我们对于"80后"少数民族作家的考察自然也是这其中重要的一环。

　　通过一系列的考察、讨论，我们可以看到这一批"80后"少数民族作家们虽然他们的文学之路在开启之初，与作为一个大群体的整体"80后"作家是保持同步的，同时也与这一个大群体分享着相似的特质和资源。但是在之后的文学之路上，他们也还是会因为自己特殊的民族身份逐渐生发出更多的写作向度。青春书写作为一个使他们的代际身份得以浮现的文学原点，同时也成为了他们文学内在成长的起点。这样的成长一方面体现在这些少数民族作家们从青春书写这单一的模式拓展出更广阔的文学话语，另一方面也表现为他们从"80后"作家这个整体语境或是身份标签中的突围而出，转而专注于自己的民族文化源泉，并以文学书写来承续起传统的尝试。他们选择了以"讲故事的人"的身份来重新讲述自我的故事，这样的故事并非是局限在"小我"之上的，而是对自我民族身份以及背后的文化传统的再思考。于是，曾经作为猎奇对象的少数民族标签在这些年轻作家的笔下真正地成为了文学书写的源泉，同时故事的讲述也意味着年轻作家们书写民族志的雄心壮志，从探寻"我是谁""我从哪里来"开始，最终他们将要完成的是对"我往何处去"的解答。

对"故事"的挖掘和讲述也会指向年轻作家们所站立的土地，他们在乡土之上发现的风景既是"乡土中国"这个"大乡土"中的一个重要版块，同时由于立足于边地，每位作家触摸到的都是属于自我的故土家园，从这里生发的文学也就构建出了他们自己的一方"文学地理"，也就是一种"小乡土"的文学空间构建。大、小乡土之间的互渗，以及各个"小乡土"的组合，最后呈现出的便是一个流动、多元的边地空间。

同样对于这一批作家来说，现实的关注也是他们创作中重要的一维，他们以自己文学之笔来回应着时代涌动，书写出的也是各具特色的现实风景。从城乡二元对立模式的新叙事到以"身居其中"的姿态来书写底层，从女性"可见"与"不可见"的书写到"人到中年"的文学关怀，还有对隐身于当下的一些边缘群体——如海外劳工、跨性别者——的关注，这些展示出的是作家们敏锐的文学洞察力，同时他们蕴含于其中的冷峻、批判又让这样的文学书写回应了文学传统，体现出了文学自身的责任和担当。

行笔至此，恰逢第十二届全国少数民族文学创作骏马奖评选结果出炉，在获奖的名单中同样出现了几位"80后"作家的身影，他们是获得散文奖的李达伟（白族）、朝颜（畲族）、阿微木依萝（彝族）以及获得

诗歌奖的冯娜（白族）。诚然，文学奖的获得与否，并不一定能够证明
文学水平的高低，但这一群"80后"少数民族作家接二连三地登上领奖
台至少也从一个侧面印证了这一批作家们正在以他们特有的文学活力而
获得广泛的认可，这样一个极具文学生长性的作家群，显然在未来还会
生发出更多的文学可能性，这是本书研究的意义所在，同样也是对"在
场"研究的一种持续呼唤。

附录：作家访谈

包倬访谈

包哥好呀！在我的印象里，和你认识了这么久，好像我们还没有这么"正儿八经"地聊过。我感觉生活中的你和写小说的你统一又"分裂"，不管是哪一个，我都觉得相处得很好，很自在。当然也会有很多由阅读你的作品而引发的疑惑，所以趁着在做项目结项的机会，我也想通过访谈的方式来和你好好聊一聊，以此更深入地理解你的创作。

★我记得你在一篇创作谈中简单提到了自己曾经的漂泊，另外有一篇评论文章也提到你曾经复杂坎坷的经历，如放牛、种地，又当过伐木工、汽修工、粉刷匠、房产经纪人等。我们都说文学来源于生活，能不能请你再介绍一下自己的经历，你是如何走上文学之路的？曾经的这些经历和你的写作之间有什么关联吗？

包倬： 经历，都过去了。如今想来，也算云淡风清。走上创作之路，纯属偶然：某天看了别人的文章，觉得自己能写，就写了，就发表了。然后，就这样一路走了过来。这些年，我似乎不会做其他事，除了写作。文章憎命达，一个世俗中的失败者。我是文学观念比较传统的人。我需要对所写之人之物，有充分的把握，和他们有心灵的共鸣，感同身受。经历如糖，放太多了也腻。我更需要把那些经历过的片断，当成是糖精，只需要一点点，剩下的留给想象。

★在你的一些小说里，我发现了一个有意思的时间点，当然不是具体的某一年，只是一个大概的时间范围："八十年代末"到"九十年代初"，比如《鸟兽散》中写到的"1992 年，跑马坪通了电"，《老如少年》也写了 1992 年沟口通了公路，《风吹白云飘》《偏方》的时间背景是 90 年代初，《狮子山》和《观音会》则都是"80 年代末"的故事，这样的年代背景是否是你有意的设置呢？

包倬：一个作家的写作，往往始于记忆。但是，真正试着理解世界，是在少年时期。上世纪九十年代，我十岁，正在试着去理解身处的世界。而且，这个年代，我们这个国家正在走向开放和发展。这给人们的生活带来改变的同时，也给人的心灵带来冲击。而文学，从某个角度说，正是需要这种冲击。这算是小说的时代背景，它框住人物，是如来佛的手掌心。大概，小人物是没法跳脱于这个时代的。

★包哥，我最近读了很多"80后"少数民族作家的作品，这样横向比较起来，我发现一个很有意思的事情，很多这一世代的作家在走上文学道路之初，都或多或少地写过校园、青春一类的主题，但是这些在你的笔下似乎是不存在的。你会怎么样来评价这些青春书写呢？你对自己的写作有什么定位吗？

包倬：我没有读过青春书写。我对校园、青春一类的书过敏。我一写作就老了。过早受到了生活的重锤。所以，我哪能理解住着豪宅还写

《悲伤逆流成河》。个人的写作像一条小溪流，慢慢向前，也许某天就消失于大地上。但是，我想每一条溪流都应该奔向大海。如果真要说定位，我希望我写的是文学，人类的文学。

★我也想和你谈谈身份这个话题，有时候我们对自己的少数民族身份总是会有一种说不清、道不明的感觉，就像是"不识庐山真面目，只缘身在此山中"这样的感慨一般。就像我作为一个研究者和作为一个普通人来思考就是完全不一样的。那么，作为一个成长在大凉山的彝族作家，这样的少数民族身份对于你来说有什么特别之处吗？你是怎么看待这样一个身份的？

包倬：我希望这一生的写作配得上作家这个称号，至少民族、地域，我从不考虑。忘记是谁说的了，"我在哪里，哪里就是世界的中心"。而且，我也不信越是民族的，越是世界的这样的鬼话，这容易让人产生一种无知的膨胀。如果你没有读过这世界那些伟大灵魂的书写，靠着那点民族自尊心和自信心，是写不成"世界"的。民族身份对我来说，就是身份证上略有区别而已。

★你有一篇小说叫《耶稣之子》，在副标题里你说明了这是在向丹尼斯·约翰逊致敬，我对于丹尼斯·约翰逊的印象就是他有一本同样名为《耶稣之子》的集子，以及他被划为了"肮脏现实主义"的代表作家。那么你的致敬主要是集中在哪些方面呢？

包倬：无疑，丹尼斯·约翰逊是个非常优秀的作家。《耶稣之子》给我很强的冲击力。如你所说"肮脏现实主义"，这和我所熟悉的生活是一致的。所以，我很容易就通过对他的阅读发现了自己的写作资源。我曾经迷恋"肮脏现实"的书写，不是哗众取宠（何况不得宠），而是想切入人性更幽微的地方。

★在我的阅读经验里，我觉得你在文本内、外的形象是我所认识的作家中反差最大的一个。文本外，你犀利，似乎还有些玩世不恭，同时也有着满满的艺术气质，我不由得会想象生活中这样的一个人他的写作是不是会格外的飘逸呢？会不会有很多先锋的实践呢？但事实上在文本内，你却显得很"实"，不论是小说主题还是语言风格，都呈现出了"脚踏实地"的感觉。即使是一些看上去有奇幻色彩的作品，也都是从现实里生长出来的。这样的一种反差，你自己是如何看待的呢？

包倬：当你真心敬重一个人或一件事，你就会显得笨拙。我的写作大概就是如此。我能够写那种比较轻盈、轻松甚至轻佻的文字，但不是在写小说的时候。我想我是热爱写作的，有种宿命的热爱。而你所说的"实"，我更愿望理解为"细节"或者对所写之物的把握。当下的写作，已经失去了写实传统。而我认为这是作家的功力的一种。《红楼梦》虽然以"梦"为题，即使是太虚幻境，依然给人真实感。"实"，给人依赖。毕竟小说是虚构的，我们首先需要建立这种信任。否则，就是自说自话，自以为是。

★接着刚才的问题，你的一些作品比如《观音会》《鸟兽散》《路边的西西弗斯》等都有着实与虚的交错，像尹万与鸟兽的故事、"我"被当作神供奉，这些既有难以解释的神秘，又有着现实的影子。你更希望自己的小说是被当作故事来读还是一种现实的记录呢？

包倬：我希望自己的小说被当作小说。中国小说，确实有讲故事的传统，但小说这门艺术走出了故事，向内回到了语言，向外指向了人类的精神困境。"已行之事，后必再行，已有之事，后必再有"（《传道书》），这里的"事"才是文学需要写的东西。在今天，小说这门古老的艺术之所以还存在，我想，它还有存在的尊严。那就是文字还有影视和像图所代替不了的东西：道可道，非常道。

★有评论家曾经指出，你在集中地关注着"底层"，很多作品比如《狮子山》《三伏天》《四〇一》《心里有把刀》等等都有涉及"底层"的苦难、荒诞、残酷。能不能谈一谈你自己对于"底层""底层书写"的思考呢？

包倬： 底和高，都是相对概念。我自己就是底层。写底层，并非刻意为之，而是我不知道更高级的生活是什么样的。至于苦难、荒诞、残酷，并非底层吧，可能我们不知道的那个层面甚至更残酷和荒诞。我愿意相信人世之苦，以及生存的荒诞和残酷。这可能也会是我未来一直的主题。总之，我想写出我所理解的人的存在。

★在你对于现实种种的表现之外，我比较感兴趣的是你在写作中蕴含着的文化思考。比如在《偏方》里写到的那个农民木帕，他的所谓"智慧""聪明"折射出的反倒是一种自欺欺人的小农意识，所以在这里我读出了一种与鲁迅类似的国民性思考，对那些生活于底层的人们也有着冷峻的审视，我觉得这可以看作是对鲁迅传统的继承。对于这个话题我也想听一听你的思考。

包倬： 我很羞愧给大家这样的感觉，实在是对不起鲁迅老师。至于对人性的思考或审视，我想，这正是写作的意义所在。当然，我并不是说每个人的写作都要呈怒目金刚样，娱乐也可以很高级。如果我的作品让人产生了某"继承"感，我想那是因为我对底层的熟悉吧。还是那句话，不管是底层还是高层，都是复杂的。是人，就是复杂的。

★大概很多作家都集中地写过一个与故乡相关的或实存或虚构的文学地理空间，比如鲁迅的鲁镇，沈从文的湘西，莫言的高密，福克纳的约克纳帕塔法等，我注意到你曾经在创作谈里说："这些年，无论我遇到什么样的困难，我都没想过要躲回故乡。这种和故乡的长期疏离，让我时刻怀想那些人和事。"确实故乡似乎很少直接地出现在你的作品中，如果真要挑出一个文学地理的空间的话，"风岭""跑马坪"可以算是吧。所以我也很想请你谈一谈你对于故乡的思考，以及你是否也会考虑为自己建构一个文学地理的空间呢？

包倬：事实上，我早已经换了那个文学地理空间的名称。现在，它的名字叫阿尼卡。是一个可以在地图上搜到的小村庄，约等于我的故乡。故乡对于一个写作者来说，它就是记忆，是我们最初的世界，是生命的底色。每一个写作者的文字，都是故乡的底色。不同的故乡，成就了不同的文字。一个出生在中国西南方的作家，难以写出南方的细腻温婉和小桥流水。一个出生在江南的作家，又怎么写大漠风沙，长河落日？我的文字，就像我的故乡，贫瘠、荒凉、粗粝、神鬼横行。

★相比起一些同龄作家，你的创作不算多，但每一篇都能给人以深刻的触动，同样也给人留下了惜墨如金的印象，那么现在有没有正在进行中的作品呢？能否简单介绍一下。另外，我也注意到现在你的写作以中、短篇为主，那么未来你会尝试长篇小说的创作吗？最后，可以介绍一下你未来的写作计划吗？

包倬：唉，人艰不拆啊。我确实写得太少了。更沮丧的是，并非不写，而是效率很低。我想，这也是没办法的事。写作就是宿命。我随时都有在进行中的作品啊，但它们会一直一直进行。至于未来，计划没有变化快。未知，或许正是我们活着的意义之一。

杨荃莹访谈

荃莹你好呀！咱俩认识这么久了，这么"正式"的对话似乎还是第一次呢！

这次访谈一方面是出于我自己现在所关注的一个话题：对于"'80后'少数民族作家"的创作的关注，我想从这一个群体中挑选一些有代表性的作家来试着做类似于抽样式的调研；另一方面，咱俩以前都是天南海北地胡侃，这次也是希望尝试一种新的对话角度来交流一下。那咱们就开始吧！

★我想从我的关注点开始吧，我觉得虽然整体上"80后"作家会有一些共性，但是在这个大群体中的另一个小群体："'80后'少数民族作家"也是能够成为一个有效的命名的。至少在"少数民族"这个角度之上，一种特别的民族文化会成为这些作家非常重要的一个文学资源。所以，我挺感兴趣的是，你大概是什么时候开始对自己是满族这件事情有了比较清晰的认识的？（或许我们把它称作是一种身份的觉醒？）对于你的文学成长有什么影响吗？

杨荃莹：晓伟好！认识这么久还真的没有如此"正式"地交谈过呢，哈哈！如果此时你我相对而坐，有一盏茶或者一杯酒，那肯定是极好的！很荣幸可以参与到你的这次调研！

我小时候因为父亲工作的缘故，曾经举家迁住在一个蒙古族聚居的农村，在那里生活了几年时间，我的小学一、二年级都是在那里度过的，三年级的时候转回了城里。那个村子里绝大多数都是蒙古族人，我的小学课程就有蒙古语课，我至今还记得几句呢。我的邻居也是蒙古族人，他们日常说话也是蒙古语、汉话交替使用的。常说"满蒙一家"，我对于少数民族身份的感知最初是因为身边的蒙古族人，他们的生活习惯、饮食习惯、交往习惯对我有更直接的、也更潜移默化的影响。我最初并没有这样的感受，反而是在离那里很多年之后，甚至是我离开中国之后，在一定的空间和时间的距离之下，人才会突然开始回顾，没有一定的时空距离是无法实现这样的回顾和思考的。因为从小生活在少数民族之中，我对自己的满族身份恰恰没有太多的意识，时至今日，我不会说一句满语，看见蒙古族的物什啊、赛马啊、摔跤啊反而会有更多热爱，这大概还是与我童年的那段生活息息相关的。等我八岁回到城市里生活，身边都是汉族的小朋友，也没有草原，没有熟悉的玩伴，因为父母工作繁忙，即便我在乡下的那几年也大多时间是独处，我在很小时候已经开始了对于孤独感和人生的思考，尤其是八岁那年，我的外婆去世，我对死亡的思考也是很早就开始的。

★你的小说，我先开始读的是长篇小说《凝暮颜》，故事、人物这些先放到一边，有个T城很吸引人，联系到你的求学经历，我猜它大概是你上大学时待过的天津。这样的生活成为自己笔下的一个背景，自然是不意外的。我在读这本小说的时候有一个感觉就是T城其实出现得很少，虽然它是一个重要的背景舞台，甚至都很少有正面的对于城市样子的描写，你在写作的时候有考虑过这个方面吗？

杨萤莹:《凝暮颜》这个小说是我在巴黎留学时候完成的，写作的原初就是2008年年末的圣诞假期，我因为很早就完成了学业论文，巴黎因为过圣诞反而店铺、博物馆之类的都会关门，我是因为略有些无聊才开始想写点什么的。T城你当然可以看作是天津，我的确那时候刚从南开大学毕业，我的大学时代很喜欢在天津走街串巷，很多天津本地同学还没我走得全，所以你在阅读的时候可以看见天津这座城市的影子，包括南开区八里台那附近、本部校园的很多描述。但我当时在写的时候，并不想把这条故事线的地点描述得很具象，我不大希望读者在看的时候会带入太多本身因为天津城市带来的"干扰"，如果我写了杨柳青、写了桂发祥，那么在我的写作之外的元素及由此带来的联想会不可避免地伴随阅读带进来。我原本构思的这个故事实际上在空间上是力求悬置的，我希望它是一个独立的空间，可以在之上叠加不同的空间，包括另一条故事线在盘桓着寻找与之相交的结点。不过我那时候还是太年轻，我是没有写过短的，直接就拿长篇来练笔了。成品我如今读起来是有些技术上的遗憾的，但是我对它还是很满意，因为那种想要去建构一个时空的热情，在现在的我来看，是很值得我个人来珍惜和回忆的。

★刚才说T城戏份太少，反而那个无名胜有名的小镇显得格外重要，这个小镇对于你而言是否意味着一种特别的理想或是其他的什么吗？

杨莹莹： 我写的故事中一半线索在南方，而实际上，我那时只是因为去上海办事闲暇，在乌镇和西塘各逗留过半日多的时间吧。那时候古镇游还没有今天这样的火热，乌镇我记得我住在东栅，是真正的老街巷，如今西栅的景区那时候还在修建，我当时还去那边的工地，在已经建好的区域逛了逛。西塘我记得我住的是当地最老的宅子，据说六百多年的历史，第一次睡雕花大床。早上我很早就起来在镇子里闲逛，吃一碗小馄饨的时候和老板聊了聊，我才知道我住的那个宅子的历史，我记得当时那个店老板夸我胆子可真大！可以说，我个人的实际上的南方经验是近乎于零的。也许是来自于自小的阅读经验更多一些。或者迷信地说，没准儿我前世还真是个南方人，哈哈！

说回你的问题哈，这个小镇可以说是我那时候心中的一个桃花源吧，生活在生猛的北方，我更熟悉的自然景色就是一马平川的草原，我们市公园里面的"山"是人工堆出来的，上面修了一个亭子，我记得那时候还成为市民登高观江景的"胜地"，这是南方人无法想象的吧，哈哈！也许还是因为我很小就开始读古典文学作品，大多是描述南方的，所以我那时候会把内心所理想的栖息地化为南方的某一个小镇也是自然而然的。

当然，这是今天的我同你聊天会去做这样的溯源，实际上在下笔时，并没有考虑许多。

★再回到 T 城这个话题吧！长篇《凝暮颜》里它是"当下"时间线的发生地，其他一些小说里也都有出现，比如《红鞋子》《水盂》《小荸》《司琪保洁公司》，它在你心目中是个什么样的城市呢？

杨蓥莹：和我写的 A 城都是差不多的存在吧，哈哈！实际上很多创作者都会构想一个这样的城市，或者说空间，不管是有意还是无意，你所设计的人物在里面生活和思考，以及发生各种各样的故事。前几天我一直在看大卫·林奇的《双峰》，三季的跨度将近三十年了，其间他也写书，拍电影，其实都在有意无意地建造着双峰镇。我想这样的野心实际上很多人的心中都是有的，或者是通过写作、拍摄、绘画等等，哪怕就是天马行空的想象，人都会不经意地将很多过往、很多虚构、很多回忆放置在一个不存在的盒子里。T 城也许就是我的那个盒子。就像毕赣在电影中反复去说的荡麦，苗语中就是指不存在的地方。我想越是在当下高速运转的生活中，我们越是需要有这样的一个不存在地方。

★刚才连续问了几个和 T 城有关的问题，你大概已经猜到了接下来的这个问题了吧，哈哈！费孝通先生曾经说，"中国社会是乡土性的"，不说别的，至少从百年中国文学的流变中是可以看出这一点的，就是中国文学中对于乡土书写的钟情。很多时候我都在想，似乎我们中国文学里除了"乡土"就什么都不剩了，假如我们作家对于乡土的这种执念能够少一些，把眼光更多地转向都市，或许会有不一样的收获呢。因此，当年金宇澄的《繁花》出版的时候我就觉得很惊喜。你在巴黎那么久，对于这种"都市"的感受肯定会更加地多元和深刻，因此我也很想知道你对于城市书写／城市文学这个命题有没有什么思考？什么是你所认为的城市书写／城市文学呢？

杨鏊莹：作为高校青椒，城市空间还真是我比较关注的话题，哈哈！你提到的中国文学对于乡土的执念，我也深有同感，我觉得我们的文学总是背负了太多太沉重的，其实本该不会如此沉重的负累。如果人人都想要太深刻，那么这个深刻本身是否重要的问题就该提上议程才对的。前些天我看了陈丹青的《局部》，他介绍了很多艺术史中都不会注意到的文艺复兴时期的意大利的湿壁画。在所有人都会对《蒙娜丽莎》趋之若鹜的时候，杜尚认为艺术家的名气就是看印刷品的数量的这个话是很可以拿来解构这一切的。我们对于三百年的历史跨度是不应该仅仅用"文艺复兴三杰"这样的标题来概括，那么对于中国文学更不应该只是以乡土这个词汇来做关键词。尤其是对于"80后"这批人来说，乡土经验实际上是一个伪命题，并且将城乡二元对立来看，实际上这是一个太片面的视角了。我觉得这似乎不是一个城市与乡村的问题，而更是一个关于真实感的问题，我希望我读到的文字是作者真实想要来诉说的，有切身的体验（可以是阅读经验），而不是因为想要单纯追求"深刻"，想要去给普世情怀做注脚来写的。其实你可以得闲看一下我的散文和短篇，很多都是写城市，毕竟那种体验我更可以很好地把握。

要说给城市文学下定义啊，这就难了，这似乎是给研究者来思考的问题了。我今天面对你，嗯，是一个不大成熟的创作者，哈哈。

★《凝暮颜》这部小说整体上有很浓郁的古典韵味，我注意到责编在推荐语中也特别提到了小说与传统文化的关系，你在写这部作品的时候有思考过这个方面吗？在这其中，"满族"的这个身份有没有什么特别的影响呢？

杨薆莹：写作的时候并没有太多倾向性的考量，可能与我个人写作的习惯有关，我不是一个会很去做这类规划的创作者，对于古典文学的阅读始自年幼，写作中想到的诗词等等更多是因为人物的设置和情节需要，民国这一条线索中肯定会大量的运用到。作为研究者或者评论者会做这方面的剖析，作为写作者却并不会，当然我是指我这样的比较随着性子创作的这一类人。

民族身份这点，我在第一个问题中谈到过，在写这本书的时候并没有太多意识到这层，那时只是一点很表征性的触及，我想很多我这个年龄的人接受的教育和接触的环境，当然本身民族氛围重的另当别论，我们这种二十多岁的时候可能大多数还没有感受到，随着年纪增长，看问题的角度会更加开阔些，反而会有更深入地了解。

★作家是写作者，其实同样是阅读者，也会阅读很多的作品，他们的创作或多或少都会有前人的影响和启发，你觉得哪些作家、作品可以被视为你的文学传承或者说是影响来源呢？能简单说说理由吗？提这个问题也带着一点点的"八卦"，因为在你小说里好几次都读到了主人公喜欢读"D"的书，确实有点儿好奇这会是指哪一位作家，哈哈！

杨薆莹：很难讲清楚文学传承这个来源点，就比如虽然张爱玲自己也会说受到《红楼梦》和《金瓶梅》的影响颇深，而实际上，因为受她母亲的阅读喜好影响，她也很喜欢《二马》，也读张恨水的小说。而这一切我相信都会或多或少融入作家的笔触，有些是可见的，而有些是不可见的。我以前接受别人询问的时候，对于类似的问题，我也曾大言不惭地说是《红楼梦》，哈哈，现在觉得同这部奇书拉上关系，我显然是很不够资格的。我很喜欢它，可以说《红楼梦》是真的怎么读都有味儿的书，也是少数我如今还会反复拿出来随便读上几个章回的书。去年冬天，我还购买了孙温那套绘本，拿着放大镜仔细看细节。

D 这个不算什么八卦，我那时候在法国读研究生，做的研究是童年心理创伤，杜拉斯是我选择的作家之一，D 就算是 Duras 的缩写，她本人很喜欢 M.D 这个缩写，墓碑上也只是这两个字母。我没有直接写杜拉斯或者 Duras，想来大概是出于把天津写成 T 这样类似的念头，我不希望一个作家名字的引用带来太多对人物本身认知的干扰。

★你的研究方向是精神分析与文学创作的相互关系，我注意到你的博士论文中张爱玲是非常重要的一维，这个大概是你小说中张爱玲元素以及与她风格类似的作家、作品大量出现的一个很重要的原因。能不能谈谈你自己的专业研究和小说创作之间的关系？负笈海外、任教于高校，这样一种学院背景会对你的创作有什么影响吗？

杨莹莹：也许有一天我不在高校任教了，我会很仔细地回看这种经历在写作上会留下什么，哈哈。我是觉得人在其中是没有办法真的看清楚的，是必须要有一个时间和空间的距离，还要是足够长远的距离才可以的。我很小的时候就开始写东西，小学起每一篇作文都被老师当作范文朗读，写作带给我一种最初的自信，我高中选择文理的时候是毫不犹豫的，尽管我那时候物理化学学得还不错，事实上，我记得我高考那年数学还超常发挥了，哈哈。写作是很自然的事情，所以我那时候的写作并没有沾染太多我个人的研究，后期散文和中短篇小说的创作我也没有涉及高校这个我很熟悉的场域。写作对我来说是另一种放松，也是对现实生活的超脱，我可能更加宁愿去建构一个新的空间和时间，或者我在中国的时候写写法国，在法国的时候写写中国，我在南方工作的时候写写北方，我在北方的时候写写南方，我的写作某种程度上来说需要这样的"时差"或者说断裂的。也许因为我是一个常常反省自身的人吧。

★我一直有一个比较粗略的感觉，那就是整体的"80后"写作或多或少地是和"青春写作"分不开的，至少在一开始被整体命名为"80后"的时候。在你的小说行文中偶尔出现的一些人生、青春的感悟也是会让我联想起一些典型的青春语录，比如《三人行》里这一段感慨："车轮碾过一地的斑驳，卷上去的影子里裹着轮子不住地向前，碾过名为'青春'的灿烂尸体"，让我想到的是郭敬明的一句："毕业就是一窗玻璃，我们要撞碎它，然后擦着锋利的碎片走过去，血肉模糊之后开始一个完全不同的人生。"那么从你自己的角度来说，你是怎么看待"青春写作"的呢？你对于自己的写作有没有什么定位呢？

杨蓥莹：我现在要是重新写这句话，我肯定不会说青春是灿烂的尸体，哈哈。人在年轻的时候是需要一点点矫情的，只要不是过度的，那会给你带来一点点甜味儿。回忆本身就是一场重构，我记得我常常说回忆就是给过去镶上了一道金边儿。回忆的人也知道那不一定是真的，可是这个真假难辨的劲儿我是很喜欢放在写作之中的。处在青春中的人都会有大同小异的迷茫和失落，未必指向性明确，其实人到了中年之后，你还是会有迷茫甚至更大的失落，但是你的反应可能是平和的，也许就是因为有了年轻那个阶段的彩排，或者说你已经多少对生活免疫了。现在很多的青春写作都是一群年龄上不年轻的人在写给那些正当年的人看的。我觉得现在的年轻人还是在很被动地受到这些文字的干扰，而并没有产生出属于他们自己的青春时代的感悟。我前段时间看了一个《流浪北京》的纪录片，1990年的。拍摄的是一群"60后"的文艺青年在北京的生活，你一看就特别明白，原来每个年代的人发愁的都是那么些事，"太阳底下无新鲜事"，就是这么个道理。活得纯粹的人，一定是不会把纯粹二字给自己贴标签的。杂点儿，其实也没毛病。自己的生活自己来过，用自己的脑子来思考，我对我的学生们都是这么说的。

对于自己写作的定位，这个问题挺难回答的，我这种随机性的写作不能保质更无法保量，随着生活压力的加重，因为我也不是职业的作家，所以不会考虑这些文字是写给哪些特定群体的。

★现在你的两本小说（集）都是2010、2011年的，我一路读下来，之前的小说到近来的散文，我感觉你的变化是很大的，不是说文体，而是指在这些文字的背后潜藏着的思考和心境等等不一样了。从以前的憧憬、懵懂，到现在有了更有纵深感的思索，我觉得这可以看作是一种成长，文学的成长。不知道你对我的这份读感有没有什么想法？你心目中理想的写作或者说你理想的文学是什么样的呢？

杨莹莹：我很认同你的感受，时移世易，哈哈，我们都在成长中，所思所见所感的影响都是自然而然的，写作的人我想大多要更多了一份敏感。

理想中的写作肯定是会在真正实现衣食无忧的时候出现的，哈哈，就像法国画家修拉的点画法那种。很多作家会去感谢苦难，我本人是很不赞同这样的说法的。理想的写作应该是为了实现一种超越，可以是一种前瞻性的、实验性的，甚至是不被理解的、注定要被丢弃的，就像超现实主义那批画家去拍摄的电影，那些奇思妙想是对视觉艺术很大的拓展。我觉得理想的写作是应该有蓬勃的想象力，想象力就是生命力，它要是活的，会因为每一个阅读者的一次阅读获得一次生长。我不喜欢那种教你如何写作的班，那种生产的作品可以用于产业化的需要，但是不应该被叫作是"写作"。作者不应该介入别人阅读自己作品的行为，不应该指出阅读者感受上的某种与作者预期上的偏离。书写完了，作家就生产完了，这个孩子自己有生命力去成长，你就不要去管了。

★在你的文字里，其实很少会有和自己少数民族身份相关的东西。在《凝暮颜》中你写到了羌族的一些元素，但也主要是作为故事背景来设定的，那么你在写作的时候有没有考虑过自己的少数民族身份这个因素呢？在你看来，"'80后'少数民族作家"有没有什么特质？

杨莹莹：写作长篇的时候的确是没有的，我记得我曾经受到《民族文学》一位编辑的邀请，参加了一次改稿班，当时还让我代表"80、90"少数民族作家做了一个结业陈词，我当时觉得有点不该让我上台的惭愧感，毕竟我写的并不是民族性强的故事。其实这就和我最近研究少数民族电影一样，学界应该怎样定义少数民族电影呢？以往的研究者会认为导演编剧等核心创作团队应该是少数民族，也有人认为要不要对演员有民族要求，也有人认为对白语言上是不是也要考虑，那么如果少数民族创作团队拍摄的是一个汉族的故事呢？其实这个是没有定论的。更何况如今的世界本来就是多民族、多元的，跨文化是很普遍的情况。如果说特质，那么这种不那么少数民族的少数民族作家倒是与之前的认定不同。比如毕赣导演，他本人是苗族，他写诗拍电影，你从他的创作看得出一些民族元素，但你不能说他是一个传统意义的少数民族导演或者少数民族作家。另外，我认为刻意地强调民族性本身似乎并不易于推动少数民族文学可持续的发展，容易导向另一种极端，它应该就是自然而然生长的，它也不一定只能讲述民族性强的故事，它可以是极其日常化的，甚至是都市化的，这样它反而可以走向中心，因此而具有超越性，这一点我很欣赏万玛才旦导演，他同时也是一位优秀的作家。

★我注意到《凝暮颜》是你计划中"旧梦·新梦"三部曲中的第一部，能不能介绍一下你的三部曲计划？现在如果继续这个计划的话，之前的写作思路会不会有什么变化呢？

杨蓥莹：我其实有写第二部的，当时写了十几万字了，只是后来停了下来。我想要延续的还是不同时空的多条故事线讲述。如果现在来写，那十几万字肯定会删掉大半，哈哈。

★最后，能否简单地谈一谈你未来的写作计划呢？

杨蓥莹：现在就是很惭愧了，2019 年我发表了一篇小说和一篇散文，还都是旧文投稿的。如今的电脑里尚有一些残章也不知何时会续写，或者以后会干脆另开炉灶。我是属于那种需要有感觉才会下笔的人，写成的文字也极少会修改。《凝暮颜》的出版年份是 2010 年，如今已经过去十年，这十年中我读博、工作，南北东西走个遍，更换了三个工作地，目前人在广东。也许我可以给我自己找借口说是因为科研和授课的压力很大，哈哈，但我自己知道暂时没有那个心境来构思长篇（写作从来和我的学习工作不是冲突的，相反，是一种休息），所以这十年来我都是在写一些中短篇和散文，并且我又很恋旧（懒），投的杂志就那么两三本，我可能还需要再多一些心理上的沉淀才会重拾长篇。

英布草心访谈①

理博兄弟好！非常感谢兄弟接受我的访谈！咱们认识了这么久，可以说一直是沿着你的写作一路读下来的，在你的作品中时刻都透露着一种彝族的活生生的气息，生动、丰满！所以我也把你的小说推荐给很多人，比如我的研究生、同事等等。当然作为一个阅读者，我在阅读的过程中也会有一些疑问和思考，想要更深入地去探讨一下，所以我列出了一些问题，希望能够借助这样的访谈来和你深入地聊一聊。

★虽然咱们认识很早了，但是直到2017年《民族文学》杂志社举办的"少数民族'80后''90后'作家对话会"上咱们才第一次见面，我还一直记得当时的场面。你身上的那种朴实和内敛确实是和小说中的厚重相呼应着的，这也是我特别欣赏你的创作的一个重要原因。那么，能不能简单地介绍一下你的写作经历呢？你是怎么样走上文学之路的呢？

熊理博：晓伟好！很高兴接受您的采访，在南宁"对话会"上我们都匆匆忙忙的，这次算是纸上的深度交流，于我而言也是一次写作上难得的自我梳理与反思。1997年，我考上四川省彝文学校，在那里读到了很多优秀的母语文学作品，比如：阿库乌雾的母语诗集《冬天的河流》，贾瓦盘加的小说集《情系山寨》，时长日黑的小说集《山魂》等。由于受母语文学的影响，后来就有一种用母语倾诉梦想与爱的愿望。1998年，我在《凉山文学》彝文版上发表了自己的处女作《路》。再后来，在《凉山文学》《凉山日报》上先后发表了几十篇小说与散文，感到写作可以让内心得到安宁，灵魂得到升华，就一直断断续续地写着。再再后来，也算是机缘巧合，成了巴金文学院签约作家，就这样一步步走上

① 英布草心为彝名，熊理博是其汉名。

了文学创作的道路。

★我知道你写小说之外，也在写诗歌，是一个优秀的诗人。所以在小说中常常会出现大量的出色的诗，特别是那些充满了神秘色彩的经文、战歌、卜辞，都是优美的诗句。我很好奇，你自己是怎么样来处理小说和诗歌这样两个不同的写作形式之间的关系的呢？诗歌对于你的小说而言有没有什么特别之处？

熊理博：诗歌可以让人更加自由地表达思想与情感，小说则可以让人进一步懂得生活、宽容与爱，这两种不同的写作形式我都喜欢。对于两种文体，应该是各有优点，也各有不足。总体来说，一首优秀的诗歌，基本上融合了小说具备的很多优势来弥补自身的不足。而一部好的小说也一样，借用诗歌的更加自由的表达方式，来提升自身不具备的情感高度与哲理性概括。我写诗歌时，首先给诗歌一个小说的背景，然后再创作。我写小说时，首先把小说的语言诗化，然后把小说里所刻画的人物、故事的框架结构等也尽量用诗的形式表达出来。我觉得多种文体的互为补充，更能深入地表达作品的内容，升华作品的主题。

★我对于历史有个印象，就是白族和彝族是曾经一起战斗过的两个兄弟民族，所以读着你的小说，包括其他彝族朋友的作品，我都有很强的亲切感。而且阅读你的小说，我有个感觉，就是在文学创作上你有一种雄心壮志。因为在你的小说里能够读到彝族的历史，小说中有大量的彝族民间故事、神话传说，甚至《玛姆》《勒俄》等经书的经文都融入进了小说叙述中，所以我很好奇，你是有通过自己的写作重新梳理建构本民族文化史的想法吗？

熊理博：彝族先民和白族先民一样，在历史进程中有很多故事，为了记住这些故事，大多数先辈是以诗歌的方式记载后让后人代代传唱。因为诗歌与民间传唱的自身特点，历史上发生的故事的细节无法得到充分的展示。我们读到的史书几乎是零零碎碎的，本该完整的故事只能靠读者自身的想象力去补充。十多年前，我在《大家》文学杂志上读到一部长篇小说是写轩辕皇帝的，写得很有特色。当时我就想，如果我们彝族先民的历史也有这么一部小说作为补充就好了。后来，我有意收集了许多彝族历史文化类书籍，在大山深处走访知识丰富的长者，获得了第一手资料。这些资料，后来在小说写作中得到体现与展示，其中一大部分内容还是原生态的。毋庸讳言，我确实有一种想重新梳理建构本民族文化史的计划，且这些年用一部部长篇小说的写作来不断尝试。

★说到讲述历史这样一个话题，那自然要说到你现在正在进行着的大工程："彝人三部曲"，现在你已经完成了其中两部，我个人觉得这其中用文学来讲述民族历史的雄心是很明确的，那么能不能谈一下当初是什么促成了你的三部曲计划？你创作这个三部曲的写作动机是什么呢？

熊理博： 在学习彝族先民历史文化的过程中，我翻阅了中外各民族的历史，发现每一个民族的历史书写都围绕各个不同时代的首领来完成。彝族先民的历史，其实也是不同时代的部落首领的历史。因为有了这样一种想法，我试着写了"彝人三部曲"的第一部《第三世界》，写完后发觉只用一个部落首领的历史来讲述彝族先民的历史显得有些单薄，所以就想写成三部曲。所谓"彝人三部曲"，其实是属于彝族先民的"土王三部曲"，写了三位土王，三种命运，三声叹息。在三位土王不同的人生成长中，我试图用多角度多线条多主题的叙事手法去勾勒彝族先民的历史，来恢复彝族先民具有原始气息而又有现实意义的过去。

★我记得在《玛庵梦》中写到班可夫遇到了一群不知名的鬼魂相聚，一个接一个地讲自己的故事，他们通过故事相互认识，最后班可夫也用竹牌来讲述祖先的故事。我个人觉得这种"讲故事"的方式也像是一种讲述历史的方式，班可夫（或者说我们）也正是通过这种方式认识了民族的历史。不知道我的这个猜想合不合理，你在写作的时候有什么特别的设计吗？

熊理博： 在彝族历史文化资料中，包括彝族毕摩经书和民歌民谣，差不多都是通过讲述故事的方式来佐证历史。《圣经》是犹太教、基督教的经典，在传教过程中，不是一味散布先知预言，也是用讲故事的方式教导自己的信徒神无处不在的，神就是真理和历史。《佛经》是佛教教义的基本依据，以故事片段展现佛教的神奇之处。而这一切都是有人物原型、环境原型、情节原型的。这些原型，必须是生活中司空见惯，但又很少有人注意的。我在《玛庵梦》里写到的人和物，大部分是四川大凉山彝族村落里俯首可得的素材，我在写作过程中把这些人物与故事串联起来，用虚实互换的模式把实的写虚，虚的写实。这样的模式贯穿始终，主要靠讲故事的手段来完成。在写作中，虽然没有特别的设计，但你的猜想是很准确的，很切合我写《玛庵梦》的初衷的。

★你作品中的那些主人公们，比如《玛庵梦》里的班可夫、《虚野》中的撒（狃库兹莫），还有《第三世界》里的土王鲁和《洛科的王》中的纳拉·阿弥，他们整个的一生似乎都是围绕着"回家"展开的，一直都是一种"在路上"的状态，我们能从他们身上读到彝人骨子里那种倔强不屈、野性的生命活力，和不沉溺于当下，不止步于脚下的精神特质。能不能简单谈谈你对于"回家"和"在路上"这两个哲学命题的理解，你觉得自己现在又处于哪一个层面呢？

熊理博：“回家”和“在路上”犹如一个人一生中的“哥德巴赫猜想”，在生活中时时困扰每一个人，不知道怎么解决，特别是谁都难免离开故土四处谋生的今天，这样的无奈与悲哀每一个人都感同身受。每一个人都在回家，每一个人都在路上。可以说，一个人从生到死，活着的每一天都是“在路上”。彝族毕摩有一本经书叫《指路经》，就是指引灵魂回到祖地的经书，也就是“回家”。我听过毕摩念诵的《指路经》，整部经书的内容都在说回家，而总是在路上。我把这个哲学命题渗透在每一部小说里，一方面这个命题是当今社会的现实问题，不管能不能解决都需要提出来；另一方面这个命题也是彝族文化生死观里的灵魂永生说，每一个人的出发点与回归点都是祖先，最后都是与先祖快乐地生活在一起的。所以，于我，或每一个人，其实都是在回家，也都是在路上。

★我的研究生王春慧提到过她自己的读后感，她觉得在你笔下的战争中没有血流成河与流离失所，也没有阴沉灰冷的色调，战斗场面描写也充满着各种神奇和怪诞。可以说很好地将彝族民间的神秘气息与独特的彝族风情融合在了一起，这也是她的好奇之处，那么你是如何想到用魔幻现实主义手法来写战争推进叙事的？能不能简单谈一下你魔幻手法之下想表达的现实。

熊理博：不管在什么样的时代发生在什么样的部落族群之间的战争，没有一场战争是不残酷不血腥的。除了残酷与血腥的一面，战争在不同的时代和不同的族群部落之间发生时会带着一种文化。如果把这种战争的文化在写作中放大开来，一场战争就算再血腥也显得不那么残酷，甚至可以让读者读出仇人之间莫名其妙的惋惜与温暖。当时，我想过用写实的手法来描写彝族先民之间的战争，但试写了一下后觉得很多文化带不进去，一场战争描写下来是死硬冰冷的，没有什么活力与光彩。所以，后来我用魔幻现实主义手法来写战争，一方面让战争凝重的场面轻松活泼一些，另一方面也可以尽量地刻画人性的复杂。而人性的多面性与复杂性，正是从古到今不同时空中的真实的人性。可以这样说，我写战争的目的，更多的是为了探究人性，想看看人性在残酷的战争面前的本来面目。

★你认为在《第三世界》中你所塑造的哪位人物最为苍凉？为什么？小说最后垂暮之年的土三鲁走遍整个彝族地区后，一心一意编写经书，希望神性的指引能让彝族地区永得安宁。英雄迟暮之时让他转归于神性，是彝族民间的神秘文化使然还是你要表达寄希望于现实无望的出路？

熊理博：《第三世界》里的人物，从表面上看伟扎大首领应该是最苍凉的，实际上阿初法师才是最苍凉的。他是法师始祖提毕查姆的后代，三岁可以辨识天上的飞鸟，七岁学法，九岁出师。他主持过的尼姆撮毕（送祖灵）仪式达九十九次之多。后来，他念得动经文念不动女人，把一生耗费在多情上。小说最后垂暮之年的土王鲁，其人物原型其实是我的外公。外公是苏兹家族的长老，一生与人为善，有上百亩的土地任百姓耕种，从来没有收过一分祖金。他研习古彝文，收集整理彝族史书《勒俄》和教育经《冯牧》，还招收学生传播历史文化。新中国成立后，他被划成地主成分，但并不影响他的善良继续传播。在垂暮之年的土王鲁身上，我把外公的善良神性化，确实有一种寄希望于现实无望的出路的想法的。

★你现在的小说中，比如《洛科的王》《第三世界》等等，其中的主人公身份都是"土王"，在他们身上都有传奇的英雄色彩。与这些英雄形象相比，我感觉小说中的女人形象是为了衬托男人的英雄形象而存在的，女人形象相对来说单薄一些，有没有想过以女性为主人公写一部小说？或者说，在未来的小说创作中丰富一下女性的形象？

熊理博： 在我的写作计划中，讲述彝族先民故事的小说是准备写十部的，也算是一个系列吧。而第十部，就是计划以女性为主人公写的。去年，我构思并试写一部叫《人祖之上》的大部头的长篇小说，计划中分成三部来完成，而第三部就是以女性的角度去深思、理解、分析和把握这个时代的。《人祖之上》第一、第二部已经完成，本来今年应该写女性为主人公的第三部的，但因为主角转换后，心境上需要做一个调整，所以打算先多看一些以女性为主角的经典小说，自己也写点其他的东西来积淀一下情绪，把女性的形象在构思上更加具体与丰满一些后再开始写。如果没有其他的事耽搁，应该年底开始写，明年五六月份写完。

★我的另一个研究生李枞曾经谈过她在读你小说时的一种感受，她觉得作为一名普通读者，阅读你的小说的乐趣在于，一边读小说，一边针对小说中出现的某个名词查阅相关资料，比如"土王""毕摩"等等，在学习与阅读中获得阅读的快乐。但是在读完小说之后也会产生一种担忧，因为这个时代，大部分人是不会一边查资料一边获得阅读乐趣的，也就是说他们可能会因为小说中涉及的一些彝族文化望而却步，这样势必会"吓退"一部分读者，使作品在图书市场上遇冷。那么你是如何看待"遇冷"这个问题的？你在未来的创作中是否会考虑市场和大众化的问题？

熊理博： 在中国，少数民族作家在写作上似乎占有更多的优势，其实在市场上这一切优势是无用的。这些年，也算是幸运，写出的作品遭遇再多的退稿，最后还是能顺利发表和出版，出版后也收获一些（一部分素未谋面）高水平的自己预想中的读者，作为"快乐的诺苏"之一，我是快乐的。至于作品出版后会不会在图书市场上"遇冷"，在未来的创作中是否会考虑市场和大众化的问题，我想自己可能还是愿意把更多的精力放在作品艺术质量的提高上，把作品尽量写好，让花费了时间读了作品的人觉得值。

★我把我们这一代的少数民族作家们纳入到了"'80后'少数民族作家"这样一个命名之下，因为我觉得这样一个作家群体实际上有一定的共通性的，不管是成长经历还是写作。在你看来，这样的一个群体命名是否有合理性呢？你如何看待这样一个作家群体？

熊理博：这样的命名很合理也很必要。据我所知，"80后"是一个特殊的群体，在我们的童年里，有父辈"50后"和"60后"潜移默化的生活的影子，在我们的少年时代，各种新的科学技术和新的生活观念铺天盖地而来。在我们共同的成长经历中，使我们与"90后"和"00后"有差别，也与"50后"和"60后"有差别。您建立并命名了"'80后'少数民族作家"这么一个群体，是具有历史与现实意义的。"80后"少数民族作家，与非"80后"少数民族作家相比，在写作风格与艺术追求上有自己的特色与个性的同时，所选取的题材也形成一道自己的美丽的风景线。

★曾经有学者指出过这些少数民族作家们在一种"双语"创作中具备了天然的"双重视界"，给他们自己的创作带来了不一样的内蕴。但同时我也觉得我们"80后"这一代人，也是离民族传统很远的一代人，可能很多人都不再会讲自己的族语，更不用说穿民族服饰了。那么对于这样一种判断，你有什么看法吗？你是如何看待当下少数民族在全球化的冲击之下民族文化的式微，甚至部分少数民族语言也出现了"断代"的情况？

熊理博：每一代人有每一代人的使命与担当，每一个民族的语言文字与传统文化也一样，我们"80后"这一代人，处在社会改革的交接点，一直在获得与失去中寻生存，如果哪天我们不会讲自己的族语，更不用说穿自己的民族服饰了，也是在情理之中的。目前，部分少数民族语言出现了"断代"，不久的将来会有更多的少数民族语言出现"断代"，这已经是一个不争的事实，能够改变这种状况的可能性微乎其微。我写"彝人三部曲"和其他讲述彝族先民故事的小说也是因为感受到了这个事实在一步步逼近，想能不能以小说的形式保留一些彝族的传统文化下来。当然，这样的想法也只是我的一厢情愿，等哪一天一切"断代"后，不会有人关心也不会有人对这么一些所谓的"民族语言与传统文化"感兴趣。而且，这样的"冷漠"会最先出现在自己的民族群体里。

★你创作的民族题材小说和目前所谓的"主流文学"的风格是有很大区别的，那么在你看来，一部好的少数民族题材小说的标准应该是什么？

熊理博：我认为一部好的小说应该是没有标准或者突破了标准的。对于少数民族题材的小说，如果真需要提出什么标准，那应该是可以让读者触摸到一方部落族人的先祖的灵魂吧！

★在《洛科的王》中，我觉得洛科山人们从富足到陷落再到重建的过程是一种现代社会的隐喻，或者说对于当今社会现代技术这柄双刃剑的批判，你是如何看待当今社会科技使人越来越便捷的同时，给人带来的隐患问题？

熊理博：《洛科的王》中，这样一种隐喻一直是作品要表达的现实主题之一。当今社会的科技日新月异，而更多的是落实在物质基础上的，也就是使人的生活怎样更加便捷与富足的层面上的。这当然没有什么不对。但一个人、一个民族、一个社会，如果物质基础发展得太快，精神层面没有跟上，就难免出现一些问题，甚至有时会让物质基础的发展作用适得其反。为此，我时常这样思考，一个人、一个民族、一个社会，只有物质与精神共同发展，才会健康，才会幸福。反之，再富足也是有缺陷的。

★你有没有尝试去了解过彝族读者和其他民族的读者对于你作品的反应？你认为会有什么不同吗？对于不同民族的读者，你有什么期待吗？

熊理博：我了解过，差别确实蛮大的。彝族读者几乎会从彝族文化的角度去解读，而其他民族的读者会从彝族的社会结构上去解读。对于不同民族的读者，我还是有自己的期待的。我心目中的优秀的读者就像要好的朋友，不一定很多，但一定是真诚而善良的。我一直寻找的读者，其实不是别人，而是我自己。如果有一天我自己成了自己的读者，也就是写出了自己满意的作品，那可能就会停止写作，去做一些其他更有意义的事。因为那时，一个作者与自己的对话的目的与意义已经达到，再继续写就是浪费时间与精力了。

★在你的小说中，很多都涉及了"信仰"问题，当今社会"信仰"的缺失似乎是整个社会都面临的问题，你是如何看待人们缺少信仰的问题？

熊理博：在和平年代，只要生活足够美好，仿佛也不需要什么信仰。

这样的观点是当今社会生在骨子里的，哪怕嘴巴上挂着"感恩"，内心深处也是只想着怎样让自己过得比别人更好，而不是怎样让整个社会变得更好。如果社会缺少信仰，感恩就无从谈起。如果这世界没有了感恩，人与人之间，民族与国家之间，国家与国家之间就只剩下"利己主义"。天下熙熙皆为利来，天下攘攘皆为利往，所谓的"知恩图报"与"达则兼济天下"就会变得陌生而僵硬。所以，我在小说里一直寻找一种"信仰"，这样一种信仰不一定是什么教什么会什么派的，但一定是生在骨子里，且感恩而向上的。

★目前看来，你的小说追求的是重构历史，传承民族文化的功能，那么，你会考虑创作一部紧贴着当代彝族现实生活题材的小说吗？说实话，我确实也很期待如果你转向书写现实到底会以什么样的形式来表现。可以简单介绍一下你接下来的写作计划吗？

熊理博：说老实话，我一直在做这个准备，在思考和沉淀。自上世纪90年代后，彝族人民的"边缘社会"已遭到外来文化与经济发展的侵袭，不再是过去那个完整的"边缘社会"的生活文化，要想抓住这样一个社会发展带来的不断变化的边缘群体生活的节奏确实困难。因为边远山区的彝族人民的各种文化生活已经不伦不类。这些年，大批进城务工创业的彝族青年找到了山区生活的另一种方式，形成一种新的人生模式，造就一种不同于城市也不同于边远山区的文化。今年下半年，我准备尝试写一部彝族青年进城务工创业的小说，不知道会写得怎样，但希望它不是打工文学，而是塑造的"都市彝人"的新形象，所写的小说里的人物也应该把自己当作城市的主人来开启自己的人生。

"我其实是一个现实主义者"
——张伟锋答王春慧问

我在本科的时候接触了您的诗集《风吹过原野》和叶多多的散文集《我在高原》以及何永飞的长篇组诗《茶马古道记》等作品，使我对少数民族作家所表达的内容和选择的题材产生了好奇心。后来，又陆续读到袁智中、聂勒、布饶依露、伊蒙红木等佤族作家的作品，更是产生了进一步了解少数民族以及少数民族文学的想法。所以，现在有些问题希望能和你做些交流。

1. "民族只是我的成分而已，并不是我的写作疆界"

王春慧：当时，阅读诗集《风吹过原野》就意识到你在"迁徙"这个问题上很有感触，诗集的第一首诗就是《迁徙之辞》，而第二本诗集你干脆用《迁徙之辞》做了书名，请问是什么让你对"迁徙"有这么强烈的执念呢？

张伟锋：这在以前是一个问题，现在显然已经不是。我的外公是地道的佤族，属于佤族的本人支系。他自幼父母双亡，家境极为贫困，经常是吃了上顿没有下顿，与其二姐，也就是我的二婆相依为命。后来，二婆嫁到了我现在的老家户妈。外公肤色黝黑，眼睛里闪烁着暗黄色，相貌长得并不好看，再加上出身不好，所以三十多岁都没有成家。二婆嫁到户妈之后，外公尾随而至，遇到了因前夫亡命而改嫁给他的外婆。从此，外公一生定居在户妈这个小山村，完成了他的迁徙之途。然而，那时的世界，并不太好。作为一个外来者，外公遇到了很多不好的待遇。大概意思就是，那里的人们都不太欢迎一个生产生活方式都比较落后的少数民族的介入，在言语和行为等方面都会表现出一些不屑和鄙夷的态度。不过，有意思的是，这种态度，在后来发生了巨大的改变，那是在外公偶然间获得了一种了不起的医术以后的事情。事实就是这样，自从外公把周边的一些病患者相继医治好以后，寨子里的人对他随即另眼相待，格外尊重，奉为高人。但是，那种迁徙带来的漂泊感和孤独感，在外公的心里并没有随之消逝，而是成为一个伤疤，永恒地在心里结痂。直到现在，我仍然清晰地记得一件事情，那是在一个落日时分的黄昏，我的外公和他的二姐，两个人一起抽烟、一起饮酒，酒后两人唱起"爹妈在着山成路，爹妈不在路成山……"等句子，两个人相互拥抱，边唱边号啕大哭，泪流满面。这个场景时隔今日已是二十多年，可我依旧清晰地记得那种悲凉之感，并且随着岁月的积淀，它仍在纵深地向我的内心植入。我一直认为，外公这种特殊的疼痛，来自迁徙，来自漂泊，来自无依无靠。

外公在我7岁时，走完了他的人生，那年他72岁。这种迁徙的宿命，似乎在情愿与不情愿中，降落到了我的身上。我离开老家户妈，外出读书，越走越远，毕业之后，留在了临沧城工作。在这之间的岁月里，有一段时间，佤族这个身份，给我带来了一些困扰。从肤色、从民族语言角度来看，别人都觉得我不是佤族，怎么看怎么不像，我感到这种感觉真是不太好，为什么他们要这样下判断呢？为了表明我的抗拒，我写了一首名为《血液》的诗歌，在里面有一种强烈的驳斥感充斥着，也有一种对新时代之下迁徙与融合的速度空前加剧的认识萦绕着。后来，我陆陆续续地写了一些与佤族相关的诗歌，再后来，就干脆把它们集结成《迁徙之辞》这本书。不过，需要说明的是，在写作中，我从不把自己当作一个少数民族来局限自己的写作疆域，民族只是我的成分，这是无法改变的。而作为写作者，我觉得我首先需要做的是找到共性的、普遍性的东西，然后再回到表达具有独特性的东西上来。据我近年的感知和观察来看，这种认知，在年轻一代的少数民族写作者中，已经逐渐波开，获得了广泛地接纳。毫无疑问，这些年轻的写作者已经达到了一种更高层次的境界和进入了宽阔的视野，这就使得他们未来的创作充满了可期待性。

王春慧： 与你的迁徙之惑相对应的就是你诗歌中反复出现的"异乡人"，在《安海村》中的"我以陌生人的姿态"，《岩丙村》中的"我以外乡人的姿态"，都直言一和身在异乡为异客的漂泊感。作为"80 后"的一代大多从小就有出外求学到后来的工作、生活的经历，请联系自己的生活体验和人生阅历谈谈你是如何看待"异乡人"的？

张伟锋： 诗歌《安海村》《岩丙村》等所写的，是当下仍然处于群居的佤族村落。从地理空间意义上讲，"我"是外来的，是突然介入一个特定生活场的人。所以，从这个角度看，就不难理解"陌生人"和"异乡人"的意义。除此之外，我对"异乡人"这三个字，也有一些别的理解。我想，这得从"故乡"说起，我的故乡地理位置偏远，即便是当下，其交通状况仍然很糟糕。有一次，我的一个朋友和我去到老家，回来以后，他意味深长地说，我能从那个地方走出来简直就是一个传奇，一首了不起的诗。在朋友的视界里，他的老家是很落后的，但是去了我的老家之后，他收起之前的言语，觉得我的故乡才是偏僻的。当然，这二十多年来，我的故乡发生了很大的变化，这种变化，渗透到了各个方面。而我多年来所处的所谓外面世界，即异乡，也在不断地变化着。也就是说，当我回到故乡的时候，故乡没有在原地等着我，等着我的只是一个不变的地理空间，它里面所容纳的一切，都在变化着。我所生活过的每一个地方，即便是很短暂的年月，它也实实在在地成为了我的"故乡"，只不过是在我内心里，依旧有着一个想象中的故乡在想念、在靠近而已。我以为，我们经常提到的那个"故乡"，是臆想出来的，是个不存在的地方；"异乡"则是自我的排斥的结果，从某种意义来讲，也是不存在的，或者说，事实上，我们经常说的那个"异乡"，是养育着我们的肉身的地方，是供养躯体存活的"故乡"，即异乡是故乡。

王春慧：当下，无论是在少数民族地区还是汉族地区，乡村通往城市的道路都具有共通性，人们眺望远方于是出外谋生却又眷恋着脚下的土地，融不进繁华的城市，回头才发现故乡也已经变得疏离，这种尴尬的境遇造成了无论到哪里都无法安放自我的"中间人"的悲剧，你是怎么看待这种悖论的？而且随着第一代人迁入城市，后代会一直在此地繁衍下去，那你觉得这样几代之后人们是不是可以在城市再造出一个故乡安放自我呢？

张伟锋：就我的个人经验而言，乡村和城市原先是相对封闭的。乡村里的人很少到城市里去，城市里的人也几乎不会到乡村里来。往返乡村和城市的道路，几乎是在我们不注意的瞬间完成的。当我注意到这个问题的时候，村里的姑娘几乎都到了大城市，村里的伙子们也有去了城市的，因为没有一技之长、知识贫乏，又不得不返回到乡村，时间一天一天地过去，乡村里的光棍就越来越多。我去过一些乡村，光棍问题确实是一个不容小看的问题，是摆在眼前需要解决的问题。这是一种情况。另外一种情况，就是结婚了的，相对年轻的乡村夫妻，把孩子和老人留在老家，然后奔赴全国各地去打工。这些现象的出现，可能是基于人们对现代化进程的强烈渴盼，他们希望搭上这趟列车之后，能够改变自身的生活境况，而作为闭塞和偏远的农村，对现代化的反应速度恰恰是极为缓慢的。至于，能否在城市里再造出一个故乡安放自我。从精神层次来说，有可能找到自我安放，也可能找不到。但是，如果迫于生计，这些人应该都会在城市里生活下去，只不过是经济条件好与不好的问题。就拿临沧这个边远的地方来说，土著居民所占的比例不见得很高，都是在历史的发展中迁徙而来的。所以，我觉得从乡村进入城市里，安落下来是可能的。

王春慧：有人可能会说，融入城市的过程就是与故乡经验和故土回忆的渐行渐远甚至说是一种诀别，你怎样理解这种说法？

张伟锋：我不知道别人对这个问题是怎么看的，但是，就我而言，经历了就存在，就无法磨灭，这种经验和记忆，要么带有显性标记，流动在我的身体里，要么隐性地藏在体内的某个角落。显性部分对我自身的作用是带有某种可预见性的，至于隐性部分，它们可能随时泛起、复活，这些往日的经验和记忆的重新光临，所带来的力量是十分强大的，认识的层次也会较之过去更加深刻。不过，我们也必须看到城市和乡村，是两个完全不同的生活场。所以，这种所谓的"渐行渐远"和"诀别"肯定是因人而异的。

2. "摄影和诗歌的魔力，引领我去塑造一个真正的自我"

王春慧：我留意到你在《视觉感官决定快门行动》里说摄影初时只是你在写作累了的时候的一种释放，但是后来摄影和诗歌创作逐渐演变到同样的地步，一有耽搁就会不舒服，是什么给予了你摄影和诗歌写作的动力，让你觉得这二者成为了必须进行下去的事情呢？

张伟锋：诗歌和摄影仿佛就是一种召唤。这种召唤的日积月累地渗透，就逐渐形成了一种自觉行为。有时候，就是觉得，自己必须去写，必须去拍摄，只有那样子做了以后，心才会安定下来，才会拥有停泊感。这些年来，我真切地感觉到，对我而言，诗歌和摄影的存在，本身就是一种神奇的魔力，这种力量，不断地推动着我去塑造一个真正的自我。十四年前，我开始写诗，而写作诗歌的最初缘由，是想在诗歌里重新构建一个世界，直到现在，我一直都在完善这个私人世界，并且乐此不疲。五年前，我开始有意识地投入摄影，而摄影的最初缘由，一个是记录一些转瞬即逝的东西，把它们捕捉下来，为自己的文学创作提供一些帮助；另外一个缘由，便是想通过摄影这件事情，丰富自己的审美观，打开自己的眼界，拓展自己观察世界的途径和方法。于是，就这样子，边走边拍，直到后来猛地发现，摄影是如此地令人如醉如痴，那种程度，几乎和诗歌的迷人程度一样。那时候，我发现，对于摄影这个事情，我已经无法割舍，它已经和诗歌一样，深入到了我的骨髓里。当然，那种感觉，简直妙不可言。

王春慧：据我了解，你的本职工作是记者，在我的观念里，当记者会比常人更多地见识到世间疾苦，各色各样带血的现实，新闻在我印象里就像你钟爱的摄影一样偏向于一种直接地表达和纪实性地呈现，而诗歌偏向于一种浪漫地表述，与新闻和照片相比比较委婉含蓄，你如何看待这两种艺术对生活的介入方式呢？

张伟锋：事实上，我始终觉得，我是一个现实主义者。只不过，在摄影里，因为图像具有直观性的缘故，表现得可能突出一些；而诗歌则表现得较为隐蔽而已。摄影，对我来说，就是我抬着相机，透过取景器，淹没在人群。我和周边的人们，没有什么不同，他们在自由自在地过着他们的生活，而我也是一样，抬着相机在里面生活，只不过是我通过相机，定格了他们生活里的瞬间。诗歌，对于我来说，更像是一个人，它陪伴着我走过年年月月，见证着我的喜怒哀乐，它已经融入到我的生命，长成了身体里的肉。我想说的是，作为具体的人，我时刻处在生活之中，并没有悬空而转，我的诗歌亦是如此，它们也时刻处在生活之中。在具体的表现中，我的诗歌有抽象的存在，也有具象的存在，而这一切，都源自现实，是现实之象经过内心世界的处理之后的特殊呈现。再补充一点，说摄影是一个公共性的创作，可能大部分人会赞同，因为摄影面对的是公众，当然，在这里我说的是人文摄影。但是，摄影其实是创作者关注世界的角度和方式的一种表达，仍然具有很强的私密性。而说诗歌是私密性的创作，可能大部分人也会赞同，最近在一些交流中，很多写作的实践者就认为自身的诗歌创作，就是纯粹的自我内心的对话。我其实并不赞同这种说法，诗歌的写作同样可以具有很强的公共性，只不过是在具体的写作中，我们喜欢用"我"的角度来表达和书写，从而制造了一种幻觉，让人误以为，甚至诗人自己也误以为，诗中的"我"就是诗人自我本身。我想说的是，在摄影和诗歌的创作中，提高公共性与私密性的感知能力，是很有必要的，至少我觉得可以解决"小我"与"大我"的问题，使作品向更加开阔的地方走去。

王春慧：记者这一身份对你的诗歌创作有没有什么独特的影响？在摄影中你说自己是一个独行的人，那么在文学艺术这条道路上也是这样吗？

张伟锋：我 2010 年参加工作，到现在已有 7 年时间。事实上，在这 7 年里，我从事新闻采访的时间并不多，更多的是做版面编辑。记者这个身份，对我的诗歌写作有无影响，这个问题我还真没有想过。但有一点是可以明确的，新闻写作的语境和诗歌写作的语境是不同的。我时刻保持警惕，不让两种语境交织缠绵。我认为，这会破坏诗歌写作的一些内在东西，也会使新闻写作显得蹩足。诗歌和新闻，就像核桃的内仁，被我放在两个不同的格子里，尽量避免它们之间的相互影响。同时，还可以确定的是，这种坚守我仍然会持续下去，不会做出轻易的改变。

2012 年，我开始热情洋溢地喜欢上摄影，那时候，只有一个卡片机，光线不好的时候，很难拍出好一点的照片。有时候，为了让照片清晰一点，拍照的时候，都必须屏住呼吸，等到照片拍完了，才深深地呼一口气。那时候，我能用卡片机做的，更多的是构图。我心里有一个想法，那就是我拍下的照片，可以是不完整的、是残废的。但是，通过取景器，我所框进去的景象，应该是向完美靠拢的。后来，也就是在 2014 年，我配了一台佳能 70D，这是一个中端机，有点高不成低不就的意思，镜头也是一镜走天下的 18—200mm。不过，拍摄条件在各方面都有了很大的改善，我拍摄的步伐比起之前，也加快了很多，所以大家才注意到我的摄影作品。

在摄影上，我喜欢拍人文方面的东西，那些东西会让我激动。我始终觉得，人文摄影可能更适合我。比如风光摄影，我就不太感冒，拍上几张照片就会觉得很累。在拍照的路上，我喜欢独行，我觉得这样子，会减少拍摄者对被摄对象的侵入感，从而不破坏事物本来的存在状态。独行拍摄还有一个好处，就是可以有更多的思考空间，而不被打扰，会更容易发现一些细微的东西，而那些细微的东西，可能携带着永恒的基因，这种基因的获取和植入，应该比较容易创作出更具有价值和意义的作品。这种独行的体验，同样一直贯穿在我的文学写作路上，或者说，这种独行的自我恪守，是先在文学写作过程中修悟出来的，之后才落在了后来才从事的摄影创作上。经过这些年的摸索实践，我觉得独行是每个艺术创作者所必须拥有的一种能力，只有拥有这种特质，才有可能做出一点不一样的事情来。

王春慧：你现在在报社工作，已经属于离开了乡土，那么就等于进入城市了吗？你认为身在乡土和城市最大的区别是什么？

张伟锋：无论承不承认，我的肉身都是在城市里。至于，在精神层面上，该怎么说呢，这是一个比较复杂的问题。不过，我想可以用一个简单的感受来回答。我在临沧城生活、工作，我经常会想，我的故乡在老家户妈。那里的人们，那里的山川，那里的河流，我都会想念，它们如此迷人，以至于让我觉得，我是在漂泊。当我离开临沧城，去到别的陌生的地方时，我想得更多的是临沧，只不过这种念想比较模糊，大约就是想这个地方，具体的载体一下子会想不出来。这种微妙的体验，我不知道别人会不会和我一样。有话说，吾心安处是吾家，我想我是赞同这句话的，但是，我觉得我的家是移动的，不是固定不变的，事实上，大多数人可能都是这样子，只是他们没有说出来。

对于乡村和城市之间的区别，我的体验应该不是很真切。虽然，我现在生活在临沧城，算是一个小城镇，但是，它确实很小，小到打一辆滴滴快车，会反复打到同一个人的。还有，这个城市是一个充满温情的城市，人与人之间的情感比较真切，人们比较朴实，社会治安也很好。换句话说，临沧城在我的心里就是，比较大一点的乡村。如果真要说它们之间的区别，我能说的也就是乡村并不是我们所想象的那么好，而城市也不是我经常听到言论的那么不好。如果我们平心静气地去对待这两个生活场，应该都会找到真实的存在着的自己。我觉得，找到自己这件事情很重要，找到自己之后，再看世界，一切都会变得不一样。

3. "写作时忘记所有的招式，按照自己的意愿自由出招"

王春慧：语言的根系真的是一种很神奇的东西，几个字词的组合就可以让不同的人产生不同的感触。你在《叫魂经》中描述的思念故乡使得"梦儿发瘦"，在《在东来大坡往左看》中也有爱情在"竹篮里慢慢地堆满"这类的表达，将一些抽象的东西具象化了，空间感和画面感都很强。在写诗的时候，你怎样看待语言的排列组合方式呢？

张伟锋：这真是一个黑暗的问题。准确地说，我不知道我的诗是怎么写出来的，只知道它们确实是我所写。仔细想想，这种体验还是一种很有意思的享受。写诗这些年来，经常会读别人的诗歌作品，国内的国外的，知名的不知名的，都会去阅读，但是我想不出来，哪个诗人是我最喜欢的，好像有又好像没有，这种回答看似是一个谬论，但事实如此，我也没有办法；也会去阅读一些文学理论作品，研究为文写作的内在机理，但我几乎记不住它们，只会记住自己的一些新想法，但是即便如此，这些东西在我写诗创作的时候，都是全部退位的，它们像透明的风，消失得干干净净，不会大摇大摆地出现，对我的诗歌写作进行干预。很久以前，有看过一些武侠剧，特别赞同里面的一个说法，最高境界的武功，就是无招胜有招，就是忘记所有的招式，按照自己的意愿自由出招。我不知道，这种比喻算不算贴切，但是这种认识，在我的诗歌写作中，确确实实地发挥着很重要的作用，而且，我也试图继续运用这种方法，把自己从众多的诗歌写作者中区分开来。

王春慧：在《向西五十里》《向西的背影》和《返回》等诗篇中"向西"这个带有明确指向性的词频繁出现，那次在我们李晓伟老师组织的读书会上包括我在内的很多人都对你的"向西"做了种种猜想，有人觉得是祖先崇拜和原始生命力的渴望，有人觉得是对西方与东方贫穷与落后的一种指涉等等，现在终于有机会亲自问你为什么是向西，不是东南北中的其他方向？有什么特殊的象征或者寓意吗？

张伟锋：由东到西，从最初到最后，这是一个时间的两头。所以，"向西"这两个字，在我这里，并没有那么多复杂的意义。在2014年的时候，我写过一首长诗《向西》，它源于一个朋友给我讲了其父亲去世之后，生者的疼痛与不安，其情其景十分动人，于是，我便写就这首诗。可能也就是从那以后，我开始关注那些向"西方"，朝着生命终点走去的人，并陆陆续续地写了一些这个方面的诗歌。生活远比小说荒诞，生命远比我们想象的坚强，也远比我们想象的脆弱，在书写与死亡、消逝方面有关的诗歌，我传递的不是那种悲凉之感，而是一种淡定、从容、平静的态度，一种光亮、柔和、乐观的温暖。

王春慧： 当下，神性信仰逐渐被人们摒弃，之前那种万物有灵的神性和原始宗教信仰与人们的生活渐行渐远，但是现代意识又还没有完全能够在佤族内部扎根，不少人处在一种思想也好，生活方式也罢的一种裂变之中，你怎么看待这种摇摆的不安？这对你的诗歌写作是否有影响？

张伟锋： 无论对现代意识接纳也好，不接纳也罢，事实是它就像一股洪流一样冲击着我们的生活，变革着我们的思想。当然，这种冲击和变革，会让人感到不安和恐惧，尤其是生活在之前相对封闭区域的少数民族更是如此，但是得相信，人类的适应能力是很强的，他们总会想方设法，找到一条出路，然后牵涌着跨向时代的潮流。就在这几年里，佤族的生产生活已经发生了巨大的变化，而他们对突然到来的外界思维，其接受程度和接受速度，都在做出积极的反应。在我的写作中，神性信仰之类的印记，可能会存在，不过在我看来，它们并不神秘，是如此地普通。这种神秘感的消失，其实也是一个漫长的过程。我外公在世时，会做一些祭祀和祷告，那时候，见此行为，我会心生害怕。后来，见多了，经历多了，也就习以为常了。我对祭祀本身没有多少兴趣，却对作出这些行为的人们比较留意，我会猜想他们的思想世界、琢磨他们的人生经历。说到这里，问题又回到了现实性上，我觉得我就是一个现实主义者，浪漫不起来，也神性不起来。在写作上，我对神性这种东西是有戒备的，但不是说我不会注入这种成分，而是一个度的问题。

王春慧：我以前在诗集《风吹过原野》中看你的表达的时候，感觉你像一个无畏的斗士冲锋陷阵、畅快淋漓，现在觉得你在诗集《迁徙之辞》的写作过程中多了技巧和斟酌，更像一个思虑良多后排兵布阵的将领了，当然这只是我个人浅显的解读，请你对两本诗集做一个比较，顺便谈一下你现在的写作状态和今后的写作方向，以及你对现在蛰居边地小城的状态有什么感想？

张伟锋：当局者迷，旁观者清。也许你的解读是对的，也许我并没有过多地考虑技巧。这都是可能的，它是一种混沌的状态，我觉得不需要说清楚。在诗歌写作中，我觉得有道与术两种层面存在，可以肯定的是，一直以来，我比较看重道的修炼和领悟。道对，术可以加速向光明的方向前进；道错，术扮演的就是南辕北辙的角色。再说得明确一点，就是道对，就是外流河；道错，就是内流河。至于诗集《风吹过原野》和《迁徙之辞》，我也很想做一个比较，但是这个问题，还是交给阅读者比较好，他们的眼睛更加明亮，心中的秤砣也更好使。《山水引》是我现在正在写作的诗集，看题便知主要写山川河流，但是并不止于此，山水只是一个引子，引子背后还有其他的更多东西来支撑。以后的诗歌写作，我想让自己往开阔的地方走去，对文本、对题材、对诗歌本身，做一些意义上的思考，让写作变得更加有效。临沧的地理位置比较偏远，即便现在信息如此发达，但是很多人并不知道这地方，不过，我很喜欢这里，这里有难得的清净，这里能远离尘嚣，我们必须注意一个问题，写作不是凑热闹凑出来的，它是个体的抗争，是独自的思考；写作，最终的落脚点是思想与情感，而这二者本身不受任何疆界的限制。

何永飞访谈

★永飞，我最近又重新翻读了你之前的作品，你以前有过很多不同的经历，比如代课教师、记者、广告业务员等等，这些经历也都被你以诗的方式记录了下来。你是怎么样来看待这些生活经历对你的文学创作的影响呢？我记得有学者曾经在论文中将你看作"打工诗人"的代表，你是怎么理解这个身份的？

何永飞：我从中等师范毕业后，就走上了人生的漂泊之路。成长在社会的转型期，很多政策的改变让我们这一代人措手不及，进退两难，充满无奈和艰辛，总是在绕弯子和跨坎坷。我们那届师范生本来是分配工作的，可后来政策有变，我就从端"铁饭碗"的人变成了"打工者"。身处繁华的城市，我感到迷茫和无助，短时间内我就换了好几份工作。还好有诗歌与我相伴，给我孤苦的心灵带来了一些慰藉。那时，我写了很多关于打工者的诗歌，呈现底层人物的悲苦生活，抒发内心的酸楚和疼痛。我的身份，我的写作题材，让我成为了"打工诗人"，对此我觉得很贴切，也欣然接受。尽管后来我没有再写打工诗，但我所关注的点儿始终没有改变，依旧是人世间的各种悲苦，只是里面多了一些亮光，从"小我"走向了"大我"。

★把你的作品按照时间顺序放在一起来看，我有这样一个感觉，那就是能看出你的写作有一个转型的趋势。早期的作品比如《四叶草》《梦无边》《生命归位》这几本主要是乡恋乡愁、打拼心路以及一些青春心语，而到了后来，特别是《茶马古道记》和《神性滇西》这两本诗集，我从中读出了浓郁的历史韵味，有了不一样的厚重感。我相信对于你来说这是一种自觉的创作转型，而且毫无疑问，也是成功的转型。那么是什么触动了你，推动你开始在创作中去寻找这些历史痕迹呢？你的写作转型的动机是什么呢？

何永飞：我对文字的迷恋是很深的，所以不管人生处于多难的境地，我都没有放弃。后来也才发现，我迷恋的文字其实是在拯救我，如果没有与文字相依相伴，真不知自己会变成什么样子。我相信很多写作者，都会经历从稚嫩到成熟、从模仿到有个性的成长过程。我原先出版的那几本书，虽然也是我用心写出来的作品，可总感觉有些"轻"，没有达到我的期望值。再那样写下去，再故步自封，我的创作路子会越来越窄，作品也不会有太大的起色。转型是我势必要做的，不然永远别想突破自我，写出有分量的作品。历史之所以留下这些痕迹，这些痕迹之所以能在历史中留下，说明自有其道理和价值。我去寻找它们，就是想从这些痕迹中挖掘出对这个时代发展和人心修复有用的东西。

★在创作《茶马古道记》时，你曾历时数月，重新行走在滇藏线和川藏线，一路听闻一路记叙。是什么让你想要亲身行走于茶马古道去谱写一路的想象与传奇的？一路之上你感触最深的是什么？

何永飞：茶马古道，与我生来有缘。我小时候去放牛走的那条山路是茶马古道的一部分，当时也没有太多关注，觉得它跟其他路没有什么区别。直到后来长大，离开家乡多年，我把目光再次聚焦到它上时，才发现其不同寻常。它承载着高原的千年时光，承载着各种古老而深厚的文化，承载着人类富有智慧的生存方式。当年行走在茶马古道上的赶马人，我认为就是诗人的形象，他们把生命之诗和灵魂之诗写在了大地上。我前世或某世也许就是他们中的一员，赶着骡马，赶着生死未卜而

又带有传奇色彩的命运，艰辛而又幸福地在古道上行走，否则我今生再
去重新行走这条古道时，怎么会那么熟悉和亲切，怎么会那么触动我的
脚底板和心灵。一切都没有走远，一切又都回到了时代的中央。茶马古
道，是一条路，但又不只是一条路，它是一种永远不会过时的精神和生
命法则。

★ "他们的马匹，马背上坐着游客，对着镜头 / 努力摆出祖辈的姿
态，而始终不成模样……马帮走过的古道是金腰带，马蹄印都是金币"
（《马帮后代》），当历史成为遥远的传说，当回忆用来换取利益，这条曾
经显赫的古道在现实里被迫卑微。你如何看待这种现象？

何永飞： 茶马古道是我们祖辈留下的遗产，其之珍贵是显而易见的。
现在很多地方都在争夺这些遗产，想尽办法打造"茶马古道"品牌，以
各种方式去赚取游客口袋中的钱。既然是遗产，我们作为后人，享用也
是应该的，但有些人没有节操，没有底线，在滥用这些遗产，甚至是破
坏和损害。在利益的诱惑和驱使下，有些人丢失了祖辈的硬骨和道义，
卑躬屈膝，献媚于猎奇的目光，有时还出卖自己的良知。茶马古道身上
的伤口，是我们的耻辱，是我们不可推卸的罪责，应该正视，应该警
醒，应该忏悔，应该纠正，应该敬畏和珍爱。

★ 你在诗歌中展现出的马帮带有的浪漫主义色彩让人印象深刻。
"马帮除了生死突围，别无选择，就算被埋 / 也要埋在离梦想，或故乡近
一点的地方"（《暴风雪》），就算死去，也不忘梦想和故乡。想请你简单
谈一下自己的"梦想"和"故乡"。

何永飞： 不管是我们的先辈，还是我们，甚至是我们的后代，都会
在"梦想"与"故乡"之间徘徊和挣扎。就像当年的马帮，为了远方，

为了梦想，他们离开故土和亲人，翻越崇山峻岭，把自己的生命和心放飞得很远。可身在他乡，思乡之情却很浓，特别是随着年纪的增长，更知故乡之重。一个没有故乡的人，或者说背弃故乡的人，我想最终会被荒凉围困。像我，从农村到城市里追梦，虽然已在城市里安家，应该不会有太多的漂泊感，可恰恰相反，离开故乡越久，对故乡的依恋却越多。在我笔下，写城市的题材不多，我关注的目光大部分时间都是聚焦在故土和故乡人身上，只是面有所扩大，我的故土不仅仅是那个小村子，而是整个滇西。以前不明白，很多离开故乡的人，到老的时候为什么要回到故乡，死后也要葬在故乡，现在我终于深有感触，他们的返乡之路也是我以后的返乡之路。

★在你的组诗《岁月间谍》中有一篇《行走的麦子》，麦子的走向很耐人寻味，麦子走在"祖母的膝盖""奶奶的肩头""母亲的头颅"这里存在空间上的一种由下往上的递进，而且这几位人物意象都为女性，这种安排有什么特殊的意义吗？也请你谈一谈当下乡村"背离者"与他们故乡的距离与关系。

何永飞：土地是命根子，在农村生活和生存的人更有体会。比如一块麦地，上面生长的麦子养活了一代又一代的人。特别是女性，她们的功劳最大，一生与麦地捆绑在一起，任劳任怨，可麦子在长高，她们的身子却矮下去，最终被时光渐渐吞噬。其实这是每个生命都要经历的过程，"祖母""奶奶""母亲"都是我的亲人，也是万千女性的代表。可在我们老家，如今很多女性也已背离土地，到城里打工谋生，麦地要么荒芜，要么廉价承包给外地人来种大蒜或别的经济作物，一切都改变了，她们回到故乡都是一副很时髦和潮流的打扮，与土地的距离越来越远。我不知道，该为她们感到高兴，还是难过。

★我想继续和你聊聊身份这个话题，说实话，我由于很早就离开村子到城镇里上学，所以我对于自己是"白族"这样的一个身份的觉醒是有些晚的，大概到了高中之后接触了一些家族的过往才慢慢有了变化。所以我在重新以研究者的身份来思考这些问题的时候，就会很好奇我的这些白族兄弟姐妹们，他们又会有着什么样的心路思路。那么，作为一个白族诗人，这样的少数民族身份对于你来说有什么特别之处吗？你是怎么看待这样一个身份的？

何永飞：可能是出生和成长在白族聚居地的缘故，走出村子之前，我对自己的民族身份并没有去追问和审视过，觉得自然而然。我是白族，我就是白族，讲白族话，遵循白族传统习俗。可到外面，特别是来到大城市，很多时候我的白族身份会被隐藏掉，准确地说是被淹没掉，是被动的，也是无奈。但我时时在珍视自己的民族身份，心怀民族自豪感，同时，我又有责任以言行去擦亮我们这个民族的形象。

★沿着刚才的问题，"民族性"对于你来说，更多的是会局限你的写作宽度，还是说为你提供了独特的诗歌视角，你如何看待"民族性"这个话题？"民族性"对于你的写作有哪些影响？

何永飞：我是白族写作者，白族文化对我的影响比较大。但在写作中，我关注的视野比较广泛，人心和人性是我的聚焦点和着力点，不管内容涉及哪个民族，都如此。白族历来是包容性很强的民族，对好的东西都兼容并蓄，当然也不失自己的民族风格。有些写作者，故意隐藏自己的民族身份，摆出高傲的姿态。我觉得有点不可思议，从某种程度来说，这恰恰是自卑的表现。民族血统与生俱来，就算盖住民族身份，我们也无法抹除浸入骨子里的民族性格和特征。当然，我们也没必要过于标榜自己民族身份，现在整个地球都已浓缩为一个村子，全球化势不可挡，同化和共融是必然。作为民族写作者，还是要走出狭隘，要多关注整个人类的命运走向和现实境遇。我希望自己的写作能打破单一性和局限性，就算对自己民族的书写和表达，也力求做到大格局、大情怀、大境界。至于最终能达到哪个层次，我也不知道，只能尽力而为。

★关于民族文化传承这一话题，有些作家认为应该"回去"，深入到本民族的内部，根植于民族文化土壤，从内向外呈现，去书写和记录最原汁原味的民族特色，而有些作家则认为，必须站在当下整个文学视域之下，"离开"自己的民族，从外到内，拉开距离去重新审视和传承自己的文化，你是怎样看待这两种路径的？你自身更倾向于哪种方式？

何永飞：对于一个民族写作者，民族之根是不能丢的，一般也无法丢。但在守住根的同时，如何把生命的枝叶更好地伸到世界的广阔蓝天中，是我一直在思考和探索的。我不想墨守成规，也不想做背叛者。我想超越，超越自己，超越民族，超越地域，超越时空。

★我一直在关注"'80后'少数民族作家"这样一个群体，就像永飞你的写作在这个群体中就是非常独特、重要的一个部分。从你的写作和阅读的经验来看，你认为这样的一个群体他们的写作有没有什么特质呢？

何永飞：谢谢晓伟的肯定和表扬！可我确实感到有些惭愧。"'80后'少数民族作家"这个群应该受到关注了，他们已成为不可忽视的文学力量。这群写作者是在改革开放的大背景下成长起来的，变革为他们带来新机遇和新挑战，也带来新思想和新走向。他们的生活空间扩大了，眼界也开阔了，生存和发展方式发生了很大的改变，再加上文化水平普遍比较高，创作手法更新更多样，从而为少数民族文学的发展和繁荣带来新活力和新希望。

★这几天读完了《神性滇西》，给我的触动很大，尤其是那种神性与人间烟火共存的感觉，真正写出了一个活生生的滇西，让我又思念起家乡滇西来了！我觉得这或许是你对于自己从《茶马古道记》开始的滇西踏勘的一次总结，那么能不能谈谈你现在对于"滇西"的思考和理解呢？和之前有什么不一样的吗？

何永飞：从神性中找到人性，从人性中找到神性，是我写作所追求的。人神共居，这是滇西的普遍现象。宗教信仰支撑着人们的内心世界，从而，生之从容，死之亦从容。神，生命和灵魂的导师。也许有人会认为这是愚昧和落后，可这样认为的人恰恰暴露了自己的肤浅和无知。现在很多人拥有丰厚的物质，可还是挣脱不了无尽的苦恼和忧愁，很大程度跟"神"的缺立有关。居住在滇西的很多神，不是虚无的符号，而是有出处的，或是善良的姑娘，或是英勇的猎人，或是亲民的君主，甚至是值得敬佩的敌人。神具有人的面孔和心肠，人又具有神的博爱和慈善，根本无法辨别清楚谁是谁，也许他们就是一个同体。这就是我为什么把滇西作为写作场域的根源。与之前相比，我的创作更加深入，更加得心应手，更加靠近我的灵魂理想。

★在完成了两部和"滇西"密切相关的诗集之后，你接下来还有什么样的创作计划呢？能不能简单介绍一下。

何永飞：滇西，是我的故土，是我灵魂的道场，也是我生命的归宿。我后面的创作还是会沿着"滇西路径"走下去，《神性滇西》后面我又写完了一部作品，原取名为《大地悲心》，已入选中国作协 2020 年度"中国少数民族文学之星丛书",由作家出版社出版时改名为《穿过一小块人间》,最近我在写着另外一部作品,暂取名为《高原心咒》,其中,很多作品都与滇西有关,或者说带有滇西的色彩和音韵,但我想从滇西辐射到高原,让自己的视野更开阔一些,让自己的身心达到更高的境界。我一直认为,要想写出好作品,首先必须修炼好自己。

李达伟访谈

★达伟兄好!在我的阅读印象里,你写作的起点是很高的,一开始就展示出了很不一般的文学感觉,能不能简单介绍一下你是如何走上文学之路的呢?

李达伟:大学之前,一直还是阅读者,不曾想过要走文学之路,但内心深处对那些作文写得好的同学还是很羡慕。阅读是走上文学之路必要的准备,对于阅读的热爱,一定程度上培养了对于文学的感觉与敬畏之心。很幸运,大二的时候写了一篇作文,我恩师纳张元帮我一个字一个字修改,然后推荐到《大理学院报》发表,是一篇看电影《千里走单骑》的观后感。这篇习作的发表,真正激发了对于文学的热情,就开始大量地进行着写作的联系。但一直还是处于习作的状态,真正有点突破应该是工作之后,应该是从集中书写潞江坝开始。

★你的大部分作品都是围绕着"潞江坝"这个地名展开的,我知道你曾经有过在那里生活的经历,能否简单介绍一下你的这一段经历呢?

李达伟:大学毕业,就开始参加各种考试,当时保山市隆阳区要招一些特岗教师,我就去参加考试。笔试还不错,但面试很糟糕,很幸运,笔试和面试成绩相加后还是考取了。一个多星期的培训后,我被分配到潞江坝。在潞江坝教师三年多，在教书方面碌碌无为，没什么成绩。教师之余，经常游走于潞江坝的各个村寨，与当地人喝酒，和他们成为朋友。那是一段让自己真正融入潞江坝的经历。三年多后，因为一点点写作上的成绩而回到了大理。

★在潞江坝的那一段经历虽然时间上并不算很长，但对你的写作来说，一定是非常重要的。你文字中的很多明亮、昏暗、辽阔、低沉……都来自于那里。如果将它称为你的文学"原乡"不知道是否准确呢？可以聊一聊潞江坝的事情吗？

李达伟：潞江坝教书三年多的经历，无论是对于我的生活还是文学，特别是文学，很重要。有时，我甚至觉得是对我的馈赠。文学的"原乡"这样的表述很准确，潞江坝很神奇，有着很强的地域性，有高黎贡山，有怒江，有各种热带植物，还有很多热情的少数民族，它本身就是极具有文学性的。我的老家也是一个少数民族聚居的世界，但与潞江坝给人的感觉完全不同，这是两个不同的世界。文学在不同的碰撞中产生。我开始以文学的眼光发现潞江坝。潞江坝，首先是生活的，在教书之余，我们经常喝酒，经常处于一种醉醺醺的状态之中，这也是感受潞江坝的一种方式。在潞江坝，直到现在，依然有好些处得很好的兄弟朋友。然后，潞江坝就是文学的，它成为了我很长时间里的写作地理，有一段时间，只要写下"潞江坝"三个字，灵感就会源源不断地涌现。

★阅读你的作品其实不是一件容易的事情，我常常会产生一种"艰难的阅读"的感觉，这样的"艰难"一方面来自于你的语言风格非常绵密，另一方面也是由于文字□有很深的个人思考。我一直都认为一部让读者很容易就能够进入其中的作品可能多半不会是太成功的，在你的作品中我感受到了阅读的难度，让我很惊喜，不知道你是怎样来看待这样一种阅读的难度的？在你写作的时候是否有考虑过"难度"，不管是阅读还是写作？

李达伟：我的写作可能永远是小众的，浓烈的思辨与哲学意味，以及对于形式有着一定的尝试和探索，这不可避免就会带来阅读的难度。我深知如此，但有时又会安慰自己，选择读者，有意制造一些阅读的难度，能与一些有思考的人产生心灵上的共鸣，也是我写作的理想。写作要达到通俗易懂很难，至少我的写作根本无法做到。一些选择性的难度，一直贯穿于我的阅读与写作始终。阅读那些经典，本身就是充满难度的过程，真希望自己能有细读文本的能力。阅读的难度也影响着写作不自觉的追求。

★除了这种"阅读的难度"之外，我觉得你的创作让我格外欣赏的还有夹杂于其中的文学实验，比如在《暗世界》的一些篇目中，你试图用"你""我"的对话来串联写作主体内心的不同声音，像《碎片集》这一篇，然后等到了《大河》这一本之后，这种"对话"又成为了最主要的叙述方式，奇数、偶数篇目交错的设计也让人耳目一新。特别是后来的《记忆宫殿》，每个章节都由引言、正文、阅读笔记组成，这些文字本身就成为了一座"宫殿"。这些有意思的形式其实也可以看作是上面我所提到的"难度"的一方面，所以我很好奇，你是怎么想到要运用这样一些形式的？在你的文学世界中，这些实验手法仅仅是形式的尝试还是也蕴含着某些内在的思考呢？你会不会担心这样的实验写作有可能会走向极端？

李达伟：形式也很重要，有时形式甚至与内容一样重要。对于形式的探索，一直是我所追求的，但在实际情形里，往往会出现这样的情况，形式缥缈不定，形式往往在阅读或者写作过程中发生，有些形式得益于阅读的启发，有些形式得益于谈论的启示，有些形式得益于不经意间的思考。每次写一个作品，总想找到一些很好的形式，让形式与内容能够得到一些很好的平衡。有时，也会有种焦虑，不竭的对于形式的迷恋会走向极端，但更多时候不会过多去思考可能性的极端，而只是想着更多的尝试给写作带来的可能性，至少到现在还没有感觉到探索与尝试的极端。

★另外我还注意到你常常会在自己的文字中穿插着各种其他的文学文本，特别是一些名著，像《记忆宫殿》一书中就有大量的阅读笔记，好像在文本中形成了多重的对话，你、名著（作家）以及读者，这也是蛮有意味的。那么除了这些笔记，你认为这些大量的文学阅读给你的写作带来了什么呢？

李达伟：阅读对于我的写作很重要，有时我可以算是一个高度化的阅读者。大量的阅读，给写作带来滋养与一些可能。阅读对于自己拓宽视野很重要，也是对抗狭隘的很重要的方式。面对着众多的经典，阅读会让人自卑，也让人保持谦卑，那么多的经典，那么多重要的作家出现在了你的面前，你无法骄傲，你在阅读中在看到自己的写作无限渺小的同时也得到了无尽的动力。我一直努力逼迫着自己阅读，当写作打不开，当找不到写作的感觉时，往往是阅读让人拥有了那种豁然开朗感。

★在完成《暗世界》《大河》这两本对"潞江坝"探寻的书之后，你又推出了更多在关注自己出生地的《记忆宫殿》，从曾经的暂居地转向了自己的出生地，是什么促使了你这样的写作转向呢？

李达伟：也是一种无意间的转向，其实在很多年以前就已经关注着那个小城，记忆在慢慢发酵，发酵到自己必然要面对着这座城了。在写作小城的过程中，潞江坝也一直没有被我放下，我依然一直在努力书写着关于潞江坝的一切。对于写作内容与主题，我并没有有意在完成着什么样的转型，只是恰好回到大理后，多次回到了那个小城，小城的很多东西给了我很大的触动，《记忆宫殿》便是这样触动的结果。

★在你的作品中随处可见滇西的神秘、广袤，这其中的少数民族元素是一个重要的部分，而且你自己也是白族，我想这显然是内含于你自己的写作理念之中的。那么这样的少数民族身份对于你或者是你的写作而言，有什么特别之处吗？你是怎么样来看待这一身份的？

李达伟：以前我一直排斥自己的少数民族写作者的身份，一直想把这样的身份抛却，但现在才发现这样的认识与追求还是很狭隘。我的好些写作一直得益于自己的少数民族写作者身份，那些血液中流淌着的本民族对于世界的认识与理解，一直影响着我的写作。现在，我不再有意排斥少数民族写作者的身份了，反而是感激这样的身份，感激这样的身份让自己的写作天然就拥有了异质感的一面，当然也应该时刻警惕这样的身份会给写作带来的封闭与狭隘。一个写作者就是在这样诸多的矛盾中不断思考不断尝试不断挣脱后慢慢成长的。

★以后会尝试去专门写一写有关于白族的东西吗？

李达伟：会的，其实现在也已经在尝试着写一些关于本民族的东西。我热爱白族，我热爱大理这块土地，随着经验的积累，随着对本民族历史文化的审视，随着有意识进行的一些田野调查后，也感觉到了它丰富的一面，但写作本民族的东西，需要很慎重，这同样是摆在我面前的一个难题。

★接着上一个问题，我现在在持续地关注着"80后"少数民族作家这样一个群体，作为其中比较有代表性的一位，从你自己的写作和阅读的经验来看，你认为这样的一个群体他们的写作有没有什么特质呢？

李达伟：这是一个悖论，有一定道理，又没有道理。有时，可能写作与代际无关。毕竟这群写作者的写作会因为个人的体验、个人生活本身、个人的阅读等等而呈现出不同的姿态。当然少数民族身份，以及特殊的时代与现实，还有身处特殊的地域，必然会让这个群体的作品有着一些不一样很特别的东西。只是在当下，世界不断被打开的情形下，一些属于少数民族写作者那种天然的特质，也面临着强烈的冲击，而很难保留。

★能够在"滇西"大地之上边行走边书写的确是一件幸福的事情，我自从上大学之后就很少有机会在家乡自如地游走了，所以在读关于滇西的文字——比如你的散文和永飞、伟锋的诗——的时候，一种亲切感是最先扑向我的。所以我还是很期待在你们的笔下会看到怎么样的一个"滇西"，不管是熟悉或陌生。那么你完成了好几本关于这块边地的书之后，接下来还会怎么样去书写这一片"滇西"大地呢？

李达伟：我现在也一直在努力完成自己不断行走过程中对于滇西的认识，我的写作也从集中和单独书写潞江坝，慢慢变得更为开阔一些，至少是在题材上有了一定的开阔，我写到了自己的出生地，我现在开始书写苍山，这些都算是对于过去更多集中在一个地域的写作的开拓。潞江坝有着很丰富的写作资源，而滇西大地将无疑是更丰富的。

★以后还会有什么样的写作尝试呢？比如在内容、题材或者是手法上会有新的尝试吗？能不能简单介绍一下未来的写作计划？

李达伟：在写作上不断进行尝试与探索，是我写作的动力之一，当然伴随着不断的尝试也带来了各种各样的颓败和沮丧感，但无论是内容、题材和手法上的大胆尝试大胆运用，应该是我的写作可能得到一点点提高的主要方式。现在我正写着一个长散文《苍山》，主要以书写苍山为主，但还是努力至少让内容方面能够更丰富和庞杂一些，苍山本身就是一个古老的山峰，同时它所囊括的又不仅仅只是山，还有着众多的历史与文化，还有着众多在其中生活的生命。

向迅访谈

迅兄好！限于各种原因，只好通过这样罗列问题的方式来和你进行交流，很抱歉！希望以后能够重新来一次面对面的对谈。我还记得当初我们相识是源自你和陈进武兄邀约的一次关于"官场小说"的组稿，因为知道了你也是少数民族，所以我也觉得格外地亲切，从那个时候开始，我所关注、认识的"80后"少数民族作家这个群体也在兄弟你的帮助下不断地扩大了，现在回想起来也格外感激！

★我一直在关注你们这些年轻的"80后"少数民族作家，这个群体最显眼的当然就是少数民族的身份了，所以我想先请你谈谈你对于自己的少数民族身份的思考以及这个身份与你的写作之间有没有什么内在的关联呢？

向迅：感谢晓伟兄关注。谈到少数民族这个身份，有一个从模糊到清晰的过程。尽管自从识字读书开始，就知道自己是土家族，而且知道向姓还是土家族的大姓，但真正有族别意识和民族认同，应该还是从事写作以后的事。从这个意义而言，写作确实可以让写作者更加清晰地认识自己。正是随着写作的深入，我才意识到我的身体里留存着与正统汉族人不太一样的基因。虽然我的身上有一半汉族血统。因为我母亲是汉族人。当然，这样的基因不是显性的，而是隐性的。

具体而言，自清代"改土归流"以降，鄂西地区就开始汉化，而且汉化程度非常高。甚至我们没有把自己当成土家族。我们提到少数民族，一般会这样说，"他们少数民族"。很显然，我们在潜意识里把自己排除在"少数"之外。2009 年，我去沈从文的故乡凤凰，第一次看见苗族和土家族服装，这让我想到一个问题：我们为什么没有自己的民族服装？后来偶然看到报道，鄂西的某个县，还有老师用苗语教学，这又让我想到一个问题：我们为什么没有自己的文字？在我看来，服装和文字，是一个民族得以存在的根基。它们都属于某种身份标识。

可自从我开始以另外的视角来观照我生活了十多年的那个小镇和我们的民族时，我意外发现，尽管我们穿着汉服，说着西南官话，外貌也与汉族人无异，但是我们的骨子里或者说血液里，与汉族人还是存在一些差异。尽管很多差异是只可意会不可言传的。有时，我甚至认为，在我们那个多民族杂居的小镇乃至整个鄂西地区，是少数民族的生活方式同化了汉族。我没有考证我们那过年过节和婚丧嫁娶的习俗，究竟是属于汉族的，还是属于我们土家族的，但我偏向于认为，那些迥异于中原地区的民间习俗，是属于我们土家族或苗族的。

很显然，这个"身份"与我写作之间存在一定的联系。这种联系关系，如同当初联结母亲与我之间的那根脐带。只不过存在于"身份"与写作之间的这根脐带，是隐形的。不用在血脉上往前推三代，仅父辈这一代人，身上或多或少都具有一些堪称天赋的东西。我的父亲，学习能力特别强，堪称乡村自学成才的杰出代表。他有一双灵巧的手，尽管他的双手非常粗糙。他在高强度的工作之余，还有闲心侍弄花草。他从新疆带回格桑花的种子，从武汉带回桂花树苗……我们家的花园里，一年四季都有鲜花绽放。父亲的这份闲情，遗传给了我们。我之所以写作，我觉得与这份遗传的闲情密切相关。

★你曾经有一篇文章《背叛泥土》，我被这篇文章吸引首先是因为题目，但读完之后才发现背叛其实可以说是另一种意义的回归。所以我也曾经在文章里说，"背叛泥土"是你走入文坛的姿态，同时也是你的文学源泉。不知道你是否认同我的理解？如果从现在的角度来回顾自己的这些写作，你会怎么样去表述这个"背叛泥土"呢？

向迅：这是一篇我没怎么在意的小文章，并不是很成熟，算是想毁掉的"少作"吧。如果现在来表达"背叛泥土"这一主题，肯定要比这篇小文章要复杂，也要深刻。毕竟，现在的生命体验与人生经验，都要比过去深刻与复杂得多。

★你一开始尝试过背离乡土，呈现向外的态势，而后来你在文章中又说"我终于痛下决心，离开了那座把我的青春荒废殆尽却一无所获的城市"（《迟到的觉醒》），开始回归故乡并对那片土地进行重新审视。在而立之年，你是怎样忽然意识到要回去追寻个体生命存在的意义，并毅然决然地回归故乡的？为何说是"迟到的觉醒"？

向迅：我觉得这是一个必然的过程。出生成长在一个闭塞僻远的弹丸之地，对外面世界的向往是与生俱来的。总想着有一天能够到外面去看看，去见识传说中的城市，去闯荡江湖。然而，当我们终于经过一番努力在城市生活以后，才发现真正与自己产生关系的，还是故乡那片土地。在城市，我总觉得自己的身份，只是寄居者，暂住者（以前在广州工作时，还被要求办理暂住证），因为我意识到，我们的根依然深扎在故乡那片土地上。与一块土地产生关系，并不是一件容易的事情。即使在城市买了房，在理论上拥有那么一点土地使用权，与在乡下拥有一片宅基地，是两回事。在城市，我们生活在由钢筋水泥搭建起来的"空中楼阁"之中，而在乡下，我们切切实实地与泥土发生着关系，连做梦都是踏实的。我一直记得而立之年那一年的心境，非常糟糕。也正是这一年，我忽然意识到生之为人，还是要把自己的来龙去脉梳理清楚。如若不能，整个人生都是浮在空中的，脚不踏地。我想，这也是当年"寻根文学"发起的初衷之一，当然"寻根文学"是寻民族之根，文化之根。每个人都面临着"寻根"的责任与义务。唯有如此，作为个体的生命，才能在大地上真正站稳脚跟。

★在"离开——回去"的这个过程中你在对故乡的认识上有哪些最为直接的变化？你"回去"之后看到的故乡和你想象中要回的故乡又有哪些异同？你觉得怎样才算是真正地"回归"故乡？

向迅：离开再回去，不仅对故乡有了一个文学视野上的"观照"，而且还多了一个参照，或者说比较。在参照与比较之中，我们对故乡的认识，或许比以前要深刻。我在另外的地方说过，以前，我认为故乡的那片土地，属于文化荒漠，固然我在很小的时候，就听说我们祖上出过举子，而且是一位文举子，一位武举子，但在我们的认知里，那片土地是属于农民性质的，而非读书人性质。可是当我离开之后，当我在外乡通过互联网对故乡有了一定了解之后，我才知道那块土地其实也有着十分悠久的历史。有一次，我到我们村子里一条远近闻名的古街做田野调查，发现一户人家的神龛上挂着的对联，就是"耕读传家久，诗书继世长"。论及出处，这句话实际上来源于北宋大文豪苏轼的《三槐堂铭》。而实际上，在我祖辈和父辈眼里，读书人一直享有很高的地位，这大约也是耕读传统的影响。我的一位堂伯父，以乡村知识分子自居，写得一手漂亮的毛笔字，以前在堂屋里挂着书画作品，而且有意识地搜集与家族有关的传说故事。正是在这些事情上，我对故乡的看法有了微妙的变化。以前，我总想着逃离，想着去山外的世界，但是现在，我会想着生活在这片土地上的人，想着他们的故事。

虽然如此，现实中的故乡，远比想象中的故乡复杂多变。在我记忆中，人们互助互爱，在雨天或者农闲之夜，人们相聚在火塘边，讲述着各种迷人的传奇故事。那样的雨天和夜晚，真是令人怀念和迷恋啊。长辈们一边吃着香喷喷的罐罐茶，一边抽着自己制作的土烟，吞云吐雾，神仙鬼怪故事，在灯光昏暗的火塘屋里奔来跑去……多年之后，我才发现，他们当年讲述的故事，实际上就是蒲松龄在《聊斋志异》里写下的那些故事，或者是那些故事的翻版和再创造。我的那些擅于讲故事的长辈，拥有把再普通不过的故事传奇化的本领。即使是发生在眼前的故事，经过他们的讲述，就像是来自唐宋年间的传奇。可是随着时间的流逝，这样的氛围日渐淡薄，也越发显得金贵。随着父辈们被席卷整个国家的打工潮所裹挟，被一辆辆长途巴士送到想象力不可及的地方谋生，市场经济的概念也被他们从遥远的地方带了回来。原来邻里之间互助式的关系，逐渐消失，一切都以金钱来衡量。原来人们眼中的成功学，也逐渐被金钱观所替代。能挣到钱，变成衡量一个人成功与否的标配，而金钱的来源是否合法或者合乎道德，没有多少人在乎。据我所知，我的同辈人中，有不少在外就因为触犯法律而蹲过监狱。他们回到那片土地，人们的脸上一片漠然，最多只是在私底下窃窃私语。这其中隐含着一个传统价值观分崩离析的过程。我对此是担忧的。因为某些传统的道德观念逐渐消失，或者说对个体人的束缚越来越小，作为乡村社会的某些基础发生了根本性的动摇。

恕我直言，当我们离开故乡以后，就不可能再有真正"回归"故乡的可能。我在前边也有提及，当我们离开故乡以后，我们的身份在悄然之间发生了变化。前几天，我与几个同是外省人的同事，在午饭后谈及一个话题。我们现在生活在南京，但是江苏人尤其是本地人依然会说我们是哪个省的人，顶多说我们是新南京人，但在故乡，人们会说，我们现在是江苏人南京人了。身份的焦虑，切切实实地影响着我们。就我们自身而言，虽然生活在南京，但我们从骨子里还是会认为自己是哪里哪里人；但回到故乡，我们对一切又会感到隔膜。回到那片熟悉而又陌生的土地，我们会发现，自己很多时候都处于失语状态。我们与亲戚邻里，与儿时的玩伴，与堂兄堂妹之间，交流几乎仅限于最简单的寒暄。由于我们现在的生活环境和社交圈子完全不同，我们已找不到共同话题。

★在《斯卡布罗集市》这篇散文中，能看到你不仅从时间维度上梳理出完整的镇街面貌，还跨越时空界限，用不同的"身份"观察着这条街道，将儿童时期的记忆与归来后的视野相结合。对现在的你来说，你觉得更广阔的视野和少年往事这两者哪一方面对你的叙述更为重要？为什么？

向迅：我觉得两者都很重要。童年往事，几乎是每一个作家都会持续挖掘的写作富矿。可以这样说，童年生活决定了一个作家的写作视角。如果他出生于乡村，那么他日后写作时采用的多半是乡村视角；如果他自小在城市生活，那么他写作时采用的肯定是城市视角。这种视角的不同决定了他的写作方向。这一点，在前辈作家身上能够得到很好的印证。当然，这不是我的观点。童年，是一个人一生中最重要最值得记忆的时期，因为这是他认识世界的开端。这也是为什么会有那么多作家孜孜不倦书写童年往事的原因。你看，世界名著中以儿童视角写就的，就可以列出一长串吧。《杀死一只知更鸟》《德语课》等等，都是如此。就我个人的写作而言，基本上就是在写童年和少年时代所经历的种种事情。我所写下的那些文字，可以视为我童年和少年时代的自传。我所记录下的，不仅仅是我看到和听到的。以后，我还会继续写童年往事。2019 年深秋，我在镇江市某酒店大堂，向于坚先生请教：您去一个地方，为什么能记住那么多事情？就好像您在那里生活了几十年。于坚先生说，写作，本质上就是回忆。这句话对我触动很深。我们的写作，不就是这样吗？而视野，决定了一个人的格局。做人讲究格局，写作也讲。只有一个拥有大格局的人，才可能写出大格局的作品。我们在这里，可以把格局一次换成世界视野。我们经常说，某某作家具有世界视野。这是因为他的作品视野开阔，不拘泥于一族一国。怎样才具有国际视野？自然是阅读和人生阅历。我们读海明威、马尔克斯、博尔赫斯等前辈作家的作品时，不仅发现那些作品具有世界视野，还会发现作家本人，也具有"世界视野"的生活经历。他们的一生，并非只是在一个固定的地方度过，而是漂洋过海，在欧洲生活和工作，海明威更是参加了两次世界大战。如果没有你所说的广阔视野，是很难写出更好的作品的。

★你在《失败者的画像》《乡村安魂曲》等作品中都有追寻家族历史并且关注到包括祖母在内的那些家族内的老人，家族记忆和老人与你的故乡书写有什么内在的联系？追寻家族秘史更偏向于对个体内在生命的溯源还是更偏向于探寻故乡的时空脉络？

向迅：我到一个陌生的地方，喜欢拍照。并非是拍自己，而是拍风景。但是过了一段时间之后，我打开相册时，会把当时认为好的风景照悉数删除，只留下那些有人存在的照片。我认为只有有人存在的照片，才有意义和价值。文学作品也是如此。我以前写过不少游记，现在早已金盆洗手了。那些漂亮的文字，没有内在的生命力。在某种意义上，我是认同"文学即人学"这一观点的。文学作品不写人，写什么呢？实际上，我们写作的目的之一，就是探究我们自身。因此在这个意义上，我写家族历史，如果不写那些曾经像活化石般活着的老人，该写什么呢？像我祖母一样的人，就是活生生的家族历史啊。是一代代的人，是他们的经历和他们用整个人生写就的故事，构建了家族历史，而不是其他。马尔克斯的《百年孤独》，写一个家族的百年兴衰，差不多不也就是写一位老祖母的百年人生吗？

刚开始梳理家族秘史时，是为了正本清源，弄清楚自己的来龙去脉。我曾经在村子里的那条古街上采访，一位赤脚医生对我说，活在这个世界上，你得知道自己究竟是一根桑树枝，还是漆树枝。尽管不是每个人都会为追根溯源付诸行动，但其实在内心里，都存在类似那位赤脚医生的焦虑。我曾经野心勃勃地想为我们那个大家族写一本书，但发现难度特别大。关于家族的迁徙史和创业史，没有文字可查，有的只是语焉不详的传说。而且我在采访中发现，类似的传说，也流传于其他姓氏的家族。我试图找到一本族谱，但至今没有找到。即使找到了，上面记录的信息也未必真实可信。据说以往流行修族谱之时，人们为了家族荣耀，往往会牵强附会地把历史上的名人搬进族谱。也就是说，我们现在看到的族谱，也是经过了编撰的族谱，存在虚构和嫁接的嫌疑。因此，我现在关于家族的写作，还是倾向于写人的故事。

★在散文集《斯卡布罗集市》中，泥土、村庄、家族、祖父母、父母、小人物这些意象都是你创作的着眼点，那么为何散文集要以这首英国民谣为题？那个曾经真实存在而又消亡的斯卡布罗集市于你的故乡书写有什么意义？

向迅： 我很喜欢《斯卡布罗集市》这首歌，百听不厌。于是把这首歌的歌名，用作了那篇长散文的标题和散文集的书名。我在这本散文集里写下的，简单一点说，依然是故乡的人与事。斯卡布罗集市，仅从字面来看，特别好听，而且"集市"二字，让人产生一种亲近感——脑海里会浮现出与集市有关的温暖画面。在我的童年记忆中，那个真实存在的集市，对我们孩子充满了诱惑和吸引力。那时候，我们跟着大人去一趟集市，相当于现在去了一趟北京与上海，或者更加遥远的地方，比如东京和纽约。那个集市，寄托着我们对于城镇生活的种种向往。商店柜台里的面包，早点摊上香喷喷的油饼，还有刚刚出锅的包子和馒头，都是让我们恋恋不忘的东西。每次前往集市，母亲都会让我们换上干净体面的衣裳，穿上干净的鞋子，很有仪式感，就像西方人到邻居家参加烛光晚餐，要穿上礼服一般。那是我们走出小镇之前见过的最繁华最富裕的地方。我们在服装店和照相馆，面对店主问询的目光，会感到十分不自在，会感到自卑。它让我们情不自禁地想到在村子里生活时不会想到的身份——农民的孩子。这大概是最早的身份的焦虑。这个集市，相当于一面镜子，让我照见了另外一个自己。后来，当我去了更远的地方，去了都市生活，才发现这个集市是如此破败，是如此经不起打量。在我二十四岁的时候，因为河水上涨，小镇整体搬迁，这个集市也不复存在了，几乎不留任何痕迹的从这个世界上消失。我为此惆怅不已。好像那个消失的集市，是我曾经的一段秘而不宣的人生。

★还有一个我特别感兴趣的事情是你在《挑战有难度的写作》这篇

文章里对自我、散文等方面的剖析，很有深度，特别是能够对自己的写作保持清醒的认识，这不是所有人都能够做到的。所以我觉得"有难度的写作"既是自己的困境所在，也是未来突破之处。我注意到从《斯卡布罗集市》这一部作品开始，你的写作中有一些很明显的变化，其中有一方面是你对于一些作家、作品的引用，它们常常会在文章中串连起上下的思考和延展，读起来既像是对你写作的启发，也是一种互文，即这些作家、作品以片段的方式在你的文字中间和你对话。这样的写作尝试也是属于你所提及的"有难度的写作"吗？

向迅：并不是。我现在已经很少在作品中引用别人的话了。那不仅不是我提倡的有难度的写作，相反，那是一种偷懒行为。我现在看到谁还在自己的文章中，尤其是散文中时不时地引用别人的话，会认为那是一种很 LOW 的行为。我们之所以会在自己的作品中引用别人的话，可能有如下几点原因：炫耀自己读过的外国文学作品；觉得自己的作品与引用的话存在某种内在的关联；实为能力不足，在关键时刻丧失了表达能力，需要借助别人的话来完成表达。直白一点说，引用别人的话，是偷懒行为，是懒于思考的表现。而我所提倡的有难度的写作，是挑战自己的写作极限，突破自己的写作惯性。我们在写作时，要勇于走出舒适圈，要写与过去与前一篇不一样的作品，要让每一篇作品都与众不同，卓尔不群。我们常常说，要努力使自己的作品形成风格，形成辨识度，让别人一眼就能识别出，这就是你的作品。但是我们应该对风格这个词保持警惕。风格往往离僵化只有一步之遥，甚至与同质化和僵化就是同义词。我们所追求的风格，不应该是表达上的风格，而应该是精神上的风格。换言之，努力让我们写下的作品，在精神高度上保持一致。我们应该让读者在精神上辨认自己，而不是形式。

★有一篇作品《雪地少年失踪记》我也觉得很有意思，以第三人称来书写，从而将真正的讲述者隐藏在了背后，在我看来就像是作者本人与读者一起在注视着那个写作者。这倒是和你对自己的反思有了一种呼应，同时我也觉得这样的写作手法是有文学实验的意味的，那么这样的写作只是一次偶然的尝试呢还是说会是你以后的一个写作方向？

向迅：那是一篇记录童年生活的作品。其实，我最开始是以第一人称写的，但后来发现用第一人称写不自由，把"我"换成了"他"，发现我的表达一下子变得非常自由了。这也说明用第一人称写作，存在表达上的局限，而第三人称则要自由许多。而现在，用第三人称写散文，已经成为了一种潮流。把"我"他者化，可以写"我"不便表达的事情。我们可以把"他"看成是真实的"我"，也可以看成是虚拟出一个人。如此这般，用第三人称进行叙述，打破虚构与非虚构的界限也就存在了可能。以后可能会用第三人称写一些作品。

★从你自己写作和阅读的经验来看，你觉得"80后"少数民族作家这个群体的写作特质有哪些？作为这其中的一员，你比较看重哪一方面呢？

向迅：我不觉得"80后"少数民族作家这个群体有某些共同存在的特质。但说到这个话题，我可以说一点我的阅读感受。相对于传统意义上的汉族作家，自小生活于边地或边疆的作家，像藏族、维吾尔族和蒙古族，至今仍然用母语写作的作家，他们的作品有一种天然的经典作品的气息，与世界文学天然相通。

★目前你的创作中有涉及了故土，也有对家族的刻绘，那么未来还会继续下去吗？能不能简单介绍一下未来的写作计划？

　　向迅：现在越写越少。原因很多。表达欲望没有以前强烈是一个原因。发表的虚荣心基本上已经消失是一个原因。更重要的原因，在于我不想随随便便写一个作品了。在过去漫长的练笔期，我浪费了许多特别好的题材。因此在未来的写作中，我会在真正意义上，坚持我所提倡的有难度的作品，写不一样的作品。当然，我还会写童年生活，写故乡，也会写我在城市的生活体验。